LA PRUEBA DEL ÁCIDO

colección andanzas

ÉLMER MENDOZA
LA PRUEBA DE ÁCIDO

© 2010, Élmer Mendoza

Ilustración de la portada: © Tim McConville / Corbis
Fotografía del autor: © Jorge Peraxa. xorxe
Diseño de la colección: FERRATERCAMPINSMORALES

Reservados todos los derechos de esta edición para:
© 2014, 2015, Tusquets Editores México, S.A. de C.V.
Avenida Presidente Masarik núm. 111, Piso 2
Colonia Polanco V Sección
Deleg. Miguel Hidalgo
C.P. 11560, México, D.F.
www.tusquetseditores.com

1.ª edición en Andanzas en Tusquets Editores México: noviembre de 2010
1.ª edición en Maxi en Tusquets Editores México: marzo de 2012
1.ª reimpresión Maxi en Tusquets Editores México: septiembre de 2014
1.ª edición en esta presentación de Andanzas en Tusquets Editores México: octubre de 2015

ISBN: 978-607-421-729-2

No se permite la reproducción total o parcial de este libro ni su incorporación a un sistema informático, ni su transmisión en cualquier forma o por cualquier medio, sea éste electrónico, mecánico, por fotocopia, por grabación u otros métodos, sin el permiso previo y por escrito de los titulares del *copyright*.
La infracción de los derechos mencionados puede ser constitutiva de delito contra la propiedad intelectual (Arts. 229 y siguientes de la Ley Federal de Derechos de Autor y Arts. 424 y siguientes del Código Penal).

Impreso en los talleres de Litográfica Ingramex, S.A. de C.V.
Centeno núm. 162-1, colonia Granjas Esmeralda, México, D.F.
Impreso y hecho en México – *Printed and made in Mexico*

Para Leonor

Hay una salpicadura de sangre en el origen de todo lo que es humano.

Guido Ceronetti, *El silencio del cuerpo*

¿Será tarea del escritor traer más miedo a este mundo?

Rubem Fonseca, *Novela Negra*

El miedo es lo que arma al asesino.

Patrizia Cavalli, *Yo casi siempre duermo*

Uno

Ante una noche que crecía, Mayra Cabral de Melo se rindió, percibió que ese varón que abría la portezuela y la obligaba a bajar sería el último en su vida; que Dios, a pesar de su gran poder, no alteraría su destino; y que en algo, tal vez en todo, se había equivocado. Trastabilló. ¿Para cuántas cosas sirve un hombre? La ciudad era un frío ciclorama a su espalda. Para todo y para nada. El tipo, un enamorado de dos meses a quien últimamente evitaba, la conducía por la cintura con brusquedad castrense. Ay, Dios, después de tantos momentos especiales. Recordó que de niña había querido ser bombero, policía, enfermera, médico, futbolista, actriz, cantante, bailarina. Lo máximo del barrio y del país. La reina. Sí. Pero quemó su juventud como una nave llena de serpientes: noche tras noche, cuando el fuego más cala y envenena. Cuando asumes todos los nombres. En ese momento nada tenía sentido, lejos del sueño y de su espacio, tras ese gran almacén de granos, entre hierbas chaparras que no la lastimaban, con falda corta y blusa strapless, llevada por ese hombre alto con el que había bromeado y atendido invitados; y con quien se había acostado tantas veces, menos la última semana a pesar de su insistencia.

Sin embargo, minutos antes, cuando él la incitara ofreciéndole una cantidad exorbitante, ella consintió y le hizo un par de caricias que él rechazó irónicamente: porque no lo hacía con muertas. Vamos, mi vida, tranquilo, ¿te hago lo que tanto te gusta? Lo digo en serio. ¿De qué hablas?, ¿qué dices en serio? No hubo respuesta. ¿Hice algo mal, mi amor, mi osito de peluche? Si es así, ¿me perdonas? Él no se volvió a verla.

No terminó la carta a su madre ni le mandó el dinero. Pagó la luz, el agua y el teléfono. Fue al súper, el sábado pidió cita con el ginecólogo y la pedicura para el lunes, ¿y los mazatlecos? Olvidó, primera vez que le pasaba, el cumpleaños de Yhajaira, su compañera de casa. Nadie se burla de mí y menos una puta pendeja. Varias veces pensó comprar gas pimienta sin decidirse, ¿para qué? No era una ciudad de peligro extremo y en ese momento ni su bolso llevaba. Habían dejado en él los dieciocho mil dólares que su macho le había obsequiado para que no fuera a trabajar desde el viernes, la carta inconclusa, su crema relajante, sus pastillas para dormir y mucho más. Todo quedaría en poder de ese desgraciado, quien si la había acercado a personas importantes no era para tanto. ¿Por qué no guardé el dinero en casa? Por prisa. No quise ofenderte. ¡Cállate! Te hice millonaria, ¿qué más querías? Los hierbajos le rozaban las piernas pero ya no los sentía. Que no me amenazaras, mi rey, que no me intimidaras con tu ira cuando no quería estar contigo. Dejó pendiente hablar con. Escuchó el disparo y fue eso: la noche que crecía de súbito. Quedó de cara al cielo, hacia la luna blancuzca. El asesino se dio tiempo, un sujeto alto, algo grueso, pelo corto, no para cerrarle los ojos, sí para bajarle la blusa y cortarle un pezón oscuro.

Por la cercana carretera circulaba el olvido.

Dos

Dos de la mañana. Edgar «el Zurdo» Mendieta se incorporó haciendo un ruido extraño al jalar aire con la boca. Sentía que buscaba en una cueva oscura que era su estómago y daba consigo mismo disminuido, asustado, sin pasado o futuro. Eso sentía. Moriré primero que Mick Jagger, especuló. En la tele ofrecían aparatos para ejercicios físicos. El cabrón se hizo vegetariano y se la pasa ingiriendo omega seis y calcio mejorado. La apagó. ¿Quién soy?, ¿quién dice que hago lo correcto?, ¿qué valgo?, ¿en qué punto de mi vida me equivoqué?, ¿vale la pena vivir? Un idiota sin amor, sin éxito, con una profesión vilipendiada; un pendejo de 43 años viviendo solo, en casa de su hermano, sin padre y lo que es peor: sin madre; un desgraciado sin un maldito divorcio porque jamás me casé, sin un padrinazgo de bautizo o primera comunión; un imbécil destinado a morir primero que ese puñetero de Jagger que ahora es Sir e incordia a Keith Richards. Se sentó en la cama. Dormía con camiseta blanca y blúmer. Encendió la luz. El aire acondicionado era silencioso. Sobre el buró *La casa de los budas dichosos,* de João Ubaldo Ribeiro, con un separador a la mitad. Se escuchaba un ladrido. Soy un fracasado, continuó, un pobre infeliz sin más futuro que ser un desgraciado nadie, porque un don nadie es demasiado. La pistola en el carro. Se puso de pie. Salió de la habitación. Hay cosas que no tienen remedio. Traspuso la puerta hacia la cochera, abrió el Jetta y tomó la Beretta de la guantera. No me explico por qué he vivido tanto, ¿realmente vale la pena que gente como yo viva más de la cuenta?, ¿qué es más de la cuenta? Pues eso, que pasen años y años y uno no dé pie con bola, que después de los 18 ya no sepas para qué naciste, qué debes hacer y te pases los días dándole la vuelta a la vuelta. Una persona así no merece vivir, una persona así no tiene por qué gastar oxígeno. Revisó cargador y tiro montado. Del interior del carro tomó un cigarrillo y lo encendió. En ese momento reparó en el perro que ladraba. Pinche sabandija, seguro se está mordiendo la cola. Fue hasta el cancel y salió a la calle. La luna era grande y rojiza y el perro le ladraba. Estás jodido, pinche animal. Le habló en voz baja. ¿Qué haces ladrándole a la luna? Igual que yo, estás fuera del mundo; igual que yo, haces puras pendejadas; ni modo perrito, ¿te matas tú o me mato yo?, porque, ¿no es lo que he estado haciendo toda mi vida, ladrándole a la luna, clavado en la Biblia? No me vengan con que es poético ladrarle a la luna, poéticos son mis huevos y no les ladra nadie. El perro, que se hallaba en el pequeño jardín de la casa de enfrente, conocía al Zurdo; caminó hacia la reja moviendo la cola. ¿Quieres ser primero? Qué cabrón me saliste, pinche can. Vio su sombra y la de la 92FS en su mano. El perro, atento, hizo un gañido. ¿Qué connivencia es esta, pinche alimaña?, ¿terco en encabezar? Advirtió su silueta y se fijó bien en ella, alzó el arma y vio su sombra moverse sobre la calle; la colocó en su sien y así caminó hasta que se perdió en la cochera. Unos segundos después salió sin la pistola y con un nuevo cigarro. A ver, cabrón, tú que todo lo sabes y lo que no, lo inventas, ¿por qué he pensado lo que he pensado?, ¿qué se desató en mí?, ¿qué pinche aminoácido, anfetamina o célula se encabritó que me ha puesto delirante? Cruzó la calle hasta llegar al perro y le acarició la testa. ¿Qué provoca que un hombre que no es suicida considere que ésta no es una posibilidad deleznable? El perro movía la cola. Sonrió. Está bien, animal, mañana veré al doctor Parra, le pediré cita para ti pero me vas a prometer algo: no le harás el menor caso; si te gusta ladrarle a la luna, pues ládrale, cabrón, total, ¿qué puedes perder? Fumó, el perro lo observaba. ¿Quieres un cigarro? Te pasaste, pinche animal: eres un costal de vicios. Aplastó la colilla en el pavimento. Bueno, trata de descansar, mañana será otro día; y regresó a su casa sin mirar la luna que se había puesto blancuzca.

Tres

Nadie sabía quién era realmente McGiver. Unos decían que era inglés, otros que alemán. Nunca dijeron que fuera iraní o argentino. Había nacido en la Col Pop 56 años atrás y se dedicaba al contrabando. ¿Necesitaba usted un cargamento de fusiles AK-47, otro de Barret 50, una flotilla de helicópteros?, ¿le urgía un Dom Pérignon del 54, una confesión de Nicole Kidman o el diamante de Elizabeth Taylor? Leo McGiver era su hombre; aceptaba encargos de los buenos, de los malos y de los peores, y se le podía ubicar con cierta facilidad en la ciudad de México. Le gustaban los bares de lujo, la media luz y una mujer sonriendo y sin palabras. Los bares de ahora están diseñados para sonreír, beber y practicar la eterna gestualidad del galanteo, no para conversar. Cuando alguien intentaba dar su opinión, la enmudecía. Sonríe, mi Lady, es lo único que quiero de ti. Ahora disfrutaba en el Jazz del hotel San Luis, en Culiacán, sexualmente saciado; estaba, entre otras cosas, para obtener apoyo de una banda de narcos y cerrar un extraño negocio que le había requerido días de suma atención. No se negó porque el trato fue con un antiguo conocido, quizá el único paisano con el que mantenía relaciones cordiales y el único que sabía su historia. Lo menos que debía hacer era cumplir como correspondía. Me cae bien mi amigo, un loco que inventó la imprenta de tipos móviles. La morena de lentes de contacto verdes sonreía y bebía a sorbos pausados un ruso blanco. ¿Sabes lo que es la imprenta de tipos móviles? Negó con la cabeza. Pues él la inventó; un cabrón bien hecho que está loco. La morena afirmó sin emitir palabra; si alguna cosa comprendió en un rápido entrenamiento fue que el cliente es el que manda y si este imbécil la quería en silencio ya encontraría la ocasión de hablar.

Sumaban dos horas juntos y McGiver se estaba pasando de copas. ¿Por qué la gente toma vodka como si fuera agua? Ha inventado otros instrumentos, por ejemplo, la pluma fuente, ¿has escrito con pluma fuente? Ella negó de nuevo. La inventó una noche que no tenía qué hacer; así, sin un plan preconcebido, y aquí vive, en esta ciudad donde todo cambia tan rápido. Era de esos que al departir miraba a los ojos y la chica lo percibió a los tres minutos de acompañarlo. Salud por mi amigo y sus inventos. McGiver acabó su resto, la joven dio un pequeño sorbo y preparó el vaso del hombre. Sin embargo, ahora se le pasó la mano, no en alguna invención, que no tengo la menor idea de lo que estará urdiendo en estos días, sino por la pieza que me encargó y que gracias a mis contactos en Europa pude conseguir después de increíbles dolores de cabeza y viajes surrealistas. Bebió. Si te digo que está loco es que está loco; pero no es esa locura de hospital y camisa de fuerza, no, su locura lo induce a pretender tratos absurdos y hasta descabellados, ¿entiendes? La chica afirmó. Un hombre no puede desear cosas tan disparatadas, ¿tienes idea de adónde puede llegar la humanidad con tipos así? Ella negó. Al caos más inverosímil, al desmadre universal; es algo que no quiero ver. Sus deseos, sencillamente son inconcebibles, si te revelara lo que me mandó a encontrar te sorprenderías, algo de insospechado valor porque no reparó en gastos, ¿sabes quién es Jeff Beck? La chica volvió a negar. Lo imaginaba, ¿has visto una película llamada *Blow-up*? Tampoco. Hizo un gesto de que comprendía y bebió. Lástima que no se pueda fumar aquí, con el alcohol se me antoja un cigarrillo, ah, y lo que te digo: se necesita estar más loco que una cabra para invertir en cosas como ésta; mañana le voy a entregar su preciado tesoro que rastreé como idiota en Bruselas y Turín, para al final encontrarlo en Lisboa, en el segundo piso de una casa en el barrio de Santa Catarina, ¿sabes dónde está Lisboa? Ella miró el techo.

Señor, necesito tratar algo con usted. Hey hey hey, nada, estamos muy bien, no rompas el encanto, sólo eso te pido. Seré breve. Nada nada, salud, ella se fastidió. Minutos después el contrabandista preguntó por su mesero. La chica hizo señas a un joven que se acercó. La cuenta. Como eran los últimos, la tenía preparada. No acostumbro traer efectivo encima, ¿puede agregar lo de la señorita y proporcionárselo? Tres mil, expresó ella y volvió a sonreír. Qué sean cuatro mil, realmente eres una compañera encantadora, ¿cuál es tu nombre? Lo expresó sin pronunciarlo. ¿Con dobles? Afirmó. Sonrieron. McGiver rubricó el voucher y se puso de pie. Pídame un taxi. Afuera hay, señor. ¿Puedo decirle lo bien que la pasé? El contrabandista negó con el índice y se marchó con el cuerpo flojo. La chica lo siguió con rostro ceñudo. De un rincón surgió el Muerto, un joven alerta que se sentó con ella, justo en la silla de McGiver. Intercambiaron gestos, ella, de desaliento; él, de amor. Se pusieron de pie y salieron.

Cuatro

Mendieta leía el periódico en su escritorio. Gris Toledo se limaba las uñas. Bebían, ella, Coca-Cola de dieta; él, café. Los agentes se diluían por los pasillos luego de recibir sus órdenes. Sonó el celular con la conocida fanfarria del séptimo de caballería que tanto motiva en los hipódromos del mundo. Aquí Mendieta. ¿Por qué hablas así? ¿Cómo? Raro, como si te hubieras tragado una letra. Te dije que tanta cogedera te iba a afectar, cabrón, te estás quedando sordo. No inventes Zurdo, de verdad te oí diferente, además el médico soy yo. ¿Qué onda? Pues nada, voy a estar fuera de circulación un rato. No me digas. En cuanto me desocupe, te llamo. ¿Cómo son sus ojos? Grandes y brillantes, lo más hermoso que haya visto en mi miserable vida. No te vayas a quedar sordo, ¿eh? Sordos los topos y. Colgó. Es Montaño, ¿verdad? Musitó Gris. En su viaje matutino. Qué tipo más nefasto. Agente Toledo, mientras usted sea harina de otro costal, que le valga madre. Claro que no, si lo sorprendo con una menor lo refundo en el bote al pinche sátiro, ¿qué se está creyendo? ¿Estás celosa? Nomás eso me faltaba. Jefe, ni de broma, ese tipo a mí no me toca un pelo ni aunque lo vuelvan a parir. El Zurdo sonrió. No todo es culpa de él, un par de veces he visto cómo se le resbalan las morritas. Pues le repito: me entero de que se acuesta con una menor y no se la va a acabar. Entró Ortega con el periódico abierto. ¿Vieron la declaración del presidente?

Es lo que estoy leyendo. ¿Está loco o qué? Le está declarando la guerra al narco, ¿sabes cuántos policías pueden morir? Todos. El tipo no sabe lo que dice. Lo bueno es que dice algo, ¿se imaginan un presidente mudo? Intervino Gris. Algo así como un policía vegetariano. Sería lo último. No me gusta ese rollo. Tranquilo, todos lo hacen y al final no pasa nada. Pues sí, pero este necesita legitimarse, ya ves lo que comentan. Tampoco pierdas el sueño por eso, si hicieron fraude también ya ocurrió antes. En este país la originalidad es un milagro. Algo me dice que esta vez será diferente. Que la lengua se te haga chicharrón. Oye, ¿qué onda con el caso de la chica sin tetas, traen un pinche salivero y yo, ni enterado, ¿quién es? A nosotros que nos esculquen, lo único que hemos escuchado son chismes y que al parecer es de familia poderosa. Poderosa es poco, manifestó Gris, según se oye, silenciaron a la prensa, si se fijaron nada se publicó sobre el caso. ¿Tú crees que la prensa se preste a eso? No en nuestro país, papá. Claro, ni en nuestra época.

Angelita, la esbelta secretaria, se asomó. Buenos días, ¿se cayeron de la cama? ¿Qué comentario es ese, Angelita? Es que pocas veces los veo tan temprano. Usted llegó tarde, que es diferente, y como es lunes ni las gallinas ponen. Sonrió. Viene filoso, ¿eh, jefe?, lo llama el comandante, a ver si es tan felón con él. Risas.

¿Y qué chingados hago yo en Madrid? Mendieta y Briseño se miraron sin parpadear. El comandante lo había requerido para informarle que el caso de la chica sin tetas se suspendía. No nos fue asignado. Lo sé, pero no quiero comentarios de pasillo, suficiente tenemos con el promedio de muertos diarios; estamos a punto de alcanzar a Tijuana y a Ciudad Juárez en el ranking nacional. No estaría mal un trofeo, imagine un AK-47 en miniatura sobre un pedestal dorado en su escritorio, conozco un compa que se haría rico con ese negocio. No es cosa de burlas, Mendieta, y me cae de a madre tu comentario. El Zurdo sonrió, hizo un gesto y lo dejó en paz. Y en relación con esa señora, nada, ¿entendiste? Hazlo saber a los demás; ah, tenemos una invitación de la DEA para un curso de investigación sobre el combate a la delincuencia organizada. Debe ser para Pineda, le acercó la carta. Es para ti, ahí lo dice muy claro: Mr. Edgar Mendieta. Leyó el contenido, luego expresó que se metieran su curso por donde les cupiera. Con los gringos, entre más lejos mejor, mi comandante, y con los de la DEA, ni a las canicas. Lo miró con reproche. También tenemos una invitación de Madrid.

Antes de reunirse con Gris llamó al doctor Parra. A las ocho en mi consultorio. ¿No puede ser antes? Me siento raro, se me acabaron los deseos y como si tuviera un hoyo en el cuerpo; desperté en la madrugada pensando que mi vida era una mierda, hasta fui a buscar mi pistola. Llama en dos horas para ver si te puedo atender.

Se oyó la fanfarria de la caballería y respondió. Era Ger. Ya sé que no le gusta que lo moleste pero ahora fue necesario, ¿va a venir a comer? No puedo, debemos resolver el asesinato de una chica a la que le cortaron las tetas. Santo Dios, ¿me lo jura? Con la mano en el corazón. Dios mío, qué crueldad, ¿adónde iremos a parar con esta violencia? No tengo idea, lo único que te aseguro es que estamos ahora con eso y es terrible. No le quito más su tiempo, fíjese que acaba de telefonear el gringo, dice que le urge hablar con usted. Mendieta se había negado a conversar con el hijo de Susana Luján, pero el chico era tenaz y marcaba una vez al día. Si vuelve a llamar, dile que ando de viaje, que a la vuelta seguro le contesto. Ay Zurdo, no entiendo su negativa, siempre me pregunta cómo es usted, qué le gusta, cómo viste, cuánto mide; cuando le conté que le encantaban las playeras negras se puso contento. Dile que regreso en diez días. Cortó. Sólo pensar que su hermano Enrique tuviera razón le aterraba, si se parecía a él no era su culpa, ¿o sí? Hay gente que no nace para ser padre y de esos soy yo.

Jefe, lo encontró Gris; reportan un S-26 por la carretera libre a Mazatlán, la gente de Ortega se adelantó.

Llegaron resueltos al lugar de los hechos. Ortega observaba el espacio balizado por su gente y un practicante de forense enviado por Montaño anotaba sus apreciaciones en una libreta. El cadáver, cubierto, se hallaba entre un bledal alejado unos ocho metros de un almacén de semillas para siembra. Mendieta se adelantó decidido, le descubrió la cara pero se detuvo en seco. *¿Eres poli? No pareces. Te ves algo mustio, ¿te sientes desubicado? ¿Eres el Zurdo?* La mujer tenía los ojos abiertos y la belleza de su rostro, aunque con rigor mortis, era inclemente. El Zurdo permaneció impactado: *Los policías tienen un aire cruel que los explica, en cambio tú te ves tan normal, ¿haces mucho ejercicio?* La encontraron tal cual, informó Ortega, la mataron de un tiro, tenemos el casquillo, le rebanaron un pezón; encontramos huellas de zapatos rudos y de las zapatillas de ella. Paralizado. En el caso de la intocable, ¿fue pezón o la chichi completa? Zurdo, ¿te sientes bien?, porque estás amarillo.

Sin embargo, no pudo evitar sus ojos: uno de color miel, el otro verde. El forense se acercó. *¡Eres zurdo! Yo también*. La temperatura del cuerpo indica que probablemente lleva de seis a siete horas muerta y tiene piquetes de hormigas, informó. En la morgue buscaremos una muestra de semen.

Las hormigas se ensañaron, añadió el perito, aunque no veo demasiadas. El tiro le salió por la oreja izquierda y la mataron aquí. Gris Toledo observaba detenidamente, siguiendo su inteligencia espacial: zapatos rudos, ¿de explorador? Nuevos, ¿un narco se la escabechó? Tal vez, sólo que ellos usan botas vaqueras. Una agente del ministerio público tomaba fotos e intercambiaba impresiones con Gris. Botas grandes, como de soldado, ¿se atrevería una mujer a usar botas de hombre para despistar? Los pasos son amplios. El Zurdo se alejó, los rizos de Mayra Cabral de Melo lucían revueltos. *Debaixo dos caracóis dos seus cabelos, uma história pra contar.* Recordó la canción de Roberto Carlos. Bien, cuando tengan los informes completos me los pasan, Gris te espero en el carro. Ortega lo alcanzó. Zurdo, tú conocías a esa morra, se te ve a un kilómetro. Claro que no, sólo que es tan linda que es una lástima que haya muerto. No te hagas pendejo, papá, hasta uno de mis hombres sabe quién es. Lo dejó con la palabra en la boca. De acuerdo, amigo, si necesitas a alguien con quién tratar el asunto, soy el primero de la lista. Sonó el celular de Ortega. ¿Qué pasó, Pineda? Escuchó. Vamos para allá, ¿crees que haya empezado la guerra? Dos muertos en la Obregón, cerca del entronque con La Primavera.

El Zurdo se metió al Jetta, lo encendió, sintió el aire acondicionado y después, el suave ritmo de Peter Frampton en *Baby, I love your way*. Hay recuerdos que hacen futuro mientras otros lo destruyen. *¿De verdad te gusta esa música? Eres el poli más romántico que he conocido*, recordó sus labios apabullantes, su voz quebrada, su acento brasileño. *Creo que los portugueses le dicen «pimba»*. Se abrió la puerta del copiloto pero no fue Gris quien se sentó: Daniel Quiroz, el reportero más sagaz de la ciudad, sonreía. ¿Qué haces aquí mi Zurdo? Chupándome el dedo, ya te extrañaba. Fui primero con Pineda. Ya me enteré que están enamorados, ¿cuándo es la boda? ¿Ya identificaron a la chava? Ya. Eso me dijeron los polis, trabajaba en el Alexa, ¿tienes diarrea? Porque estás muy pálido. Cuál pálido, pinche Quiroz, estoy bien. Ah, ¿a poco eras su cliente?, es una debilidad que no te conocía, mi Zurdo. ¿Quieres callarte? Se volvió al periodista con la cara descompuesta. Por una desgraciada vez cierra el pico, pinche Quiroz. Ay cabrón, te di en la llaga. ¿Sabes qué? Mejor bájate, no vaya a ser que te rompa la madre. No quieras verte en esa, Zurdo: «Policía agrede a reportero indefenso», imagínate. Mendieta intentó distraerse en la carretera atascada de camiones que llegaban a la ciudad llenos de mercaderías, en los curiosos que pretendían traspasar la cinta amarilla. Gris interrogaba a dos trabajadores del almacén que negaban constantemente.

Sé que era brasileña, que era exclusiva del Alexa y que acostarse con ella costaba un huevo y la mitad de otro, ¿qué sabes tú, mi Zurdo? Nada, y sólo por esta vez, si me tienes aprecio, no preguntes más y bájate. Quiroz lo contempló: Te duele tanto que jamás encontrarás al culpable. No se movió. Lo encontraré, ya verás, así se esconda en el vientre de su puta madre.

Jefe, no hay gran cosa; los muchachos dicen que era bailarina del Alexa y Ortega piensa que usted la conocía. Llamé al velador y me dio la dirección del gerente en la colonia Las Vegas, ¿vamos con él o al negocio? Gris Toledo cerró la puerta del Jetta y guardó sus preguntas para después. Mendieta simplemente siguió las indicaciones de su compañera. Meses antes había conocido a Mayra Cabral de Melo, en Mazatlán, y habían hecho clic: *¿Eres poli? No tienes cara, te ves tan inocente, tan dulce, como que no rompes un plato y todos los tienes rotos; pero tienes bonitos ojos, un poco tristes pero expresivos; de ahora en adelante me sentiré protegida por la ley; debes venir a ver mi show al Alexa, no es solamente el tubo o la iluminación o toda esa calentura colectiva que se despierta; es la danza, la belleza del cuerpo insinuando cositas; además hay una tradición que debo mantener, ¿cuándo has visto una brasilera que no baile? Traemos la danza en el cuerpo y desde niñas empezamos a afinar, a encontrarle un sitio y un movimiento a cada emoción como si fuera un conjuro. Digamos que expreso la dicha de vivir, si algunos van con otra idea espero que salgan cuando menos desconcertados. No, no me gusta beber, pero podemos conversar, comer, pasear, algo de vino si es preciso; a los brasileros nos gusta la cerveza pero a mí me hincha el estómago y prefiero otra cosa; vine a trabajar, no te puedo contar pero tienes razón, fue una fiesta particular; casi aciertas, eran tan notables que no pocos quisieron que me fuera con ellos, no me atreví, es un aspecto delicado y a veces es mejor dejarlo como se acordó, si alguien insiste, se atiende posteriormente y hasta ahora nadie me ha buscado. Lo entiendo, no creas, la vida es algo más que bailar. De verdad tienes bonitos ojos. Claro que puedes hablar de los míos, aunque te costará ser original.*

Alonso Carvajal, de 38 años, recibió la noticia en su casa de Las Vegas en short y camiseta. Soñoliento. Su esposa en su trabajo y sus hijos en la escuela. Pobre muchacha, era nuestra estrella. Mayra Cabral de Melo, ¿era brasileña? Gris Toledo, con voz dura. Mendieta observaba asumiendo el papel de viudo. Eso decía. ¿Por qué lo duda? Las chicas son astutas y de todas partes, si mienten no es asunto nuestro. Claro, para ustedes con que sepan mover el trasero es suficiente. El Zurdo la miró. Es un trabajo como cualquiera. No me diga, sin embargo, ahora no hablemos de eso; ¿desde cuándo bailaba Mayra en el Alexa? Más o menos cuatro meses, por cierto, las tres últimas noches faltó. ¿Qué hacen si faltan? Averiguamos, pero a Mayra no la hallamos, ni su compañera de casa, que tampoco trabajó, supo de ella hasta ayer. ¿Cómo se llama esa compañera? Yolanda Estrada, baila como Yhajaira, vivían juntas. ¿Dónde? Zaragoza 2516-B, cerca del Casino de la Cultura. El Zurdo marcó a la jefatura: Robles, localiza a Terminator, que vayan él y el Camello. Le pasó nombre y dirección. Que estén con la morra hasta que lleguemos y que me mantengan informado. Mayra se hacía llamar Roxana. ¿Cuántas chicas bailan en su congal? Varía, ahora una docena. ¿Quiénes tienen relación directa con ellas, además de usted? Elisa Calderón, mi asistente, vigila que lleguen a tiempo y si se van con alguien toma nota, además las coordina a la hora de la pasarela. Óscar Olivas, el cantinero, a quien le decimos el Fantasma, y los meseros, sobre todo con José Escamilla, el encargado de vender los privados. Les contó que tenía 14 meses en el puesto, que al principio no le gustaba pero que ya le había tomado el modo. Era el primer asesinato que sufrían. ¿Cómo contrató a Mayra?

Llegó en un grupo de Veracruz, hay un circuito en que las chicas van de ciudad en ciudad, se mueven cada tres o cuatro meses. O sea que estaba por irse. Quería quedarse, tenía buenos clientes y como le digo, era el atractivo principal, creo que lo iba a conseguir. ¿Cómo? Pues… Dudó. Uno de sus clientes es socio. ¿Y se llama? Luis Ángel Meraz. Gris miró de soslayo al Zurdo. ¿El político? Ni más ni menos; si no es mucho pedir, cuando vayan con él no mencionen mi nombre. Quiero una lista de sus clientes ahora mismo. Es algo que no podemos. Fue lo que alcanzó a decir antes de que el Zurdo le cayera apretándole la cara. Esa lista, pendejo, ¿estás sordo? La queremos ahora y agrega al resto de los socios. Está bien. El Zurdo se sentó: *como que no rompes un plato y todos los tienes rotos*. Gris lo miró azorada. ¿Y bien? Al principio salía con una docena, más o menos, al final sabíamos que se veía con dos o tres. ¿Quiénes? Me va a costar el puesto. Si te embotello te va a costar la virginidad, cabrón, amenazó Mendieta, que poco a poco se trasmutaba de viudo a villano. Miguel de Cervantes. El Zurdo se levantó como fiera, puso de pie al tipo que era grueso y de estatura regular y le atizó un rodillazo en la entrepierna. Ugg. No quieras vernos la cara, imbécil, ese nombre es de escritor. Les juro que así me dijo que se llamaba, es un ingeniero que instala invernaderos, vive en La Primavera y es español. Uno que escribió Don Quijote. Lo aventó al sillón. Por favor, no tienen que usar conmigo ese método, estoy cooperando, estoy diciendo lo que sé, y conozco a Cervantes, en la prepa me obligaron a leer *El licenciado Vidriera*. ¿Los otros? El licenciado Meraz, que ya mencioné, que fue presidente del PRI y diputado, y el Richie Bernal, de quien ustedes deben saber más que yo. Gris anotó. Desconozco sus domicilios. ¿Los del principio? No recuerdo sus nombres, fue cuando recién llegó; pediré a Elisa que les llame y se los pase. Necesitamos su dirección y teléfono: debe declarar. Vive en Las Quintas, por el bulevar Sinaloa. Anotó los datos. Estos señores, ¿iban por Mayra? No, llamaban y nosotros la enviábamos, es parte del trabajo de Elisa. ¿Adónde? A hoteles, casas, a la playa, es lo usual; con Cervantes siempre a su domicilio, por eso sabemos dónde vive. ¿Y los demás? Al licenciado Meraz a casas que él fijaba de antemano y Bernal la recogía aquí o la mandábamos a alguna fiesta privada; esto de las fiestas era un buen negocio para Mayra, hasta en Mazatlán tenía clientes; si mal no recuerdo, el fin de semana debía ir allá. Mendieta se puso pálido de nuevo pero nadie reparó en ello. ¿Eso también lo acuerda Elisa Calderón? Así es, últimamente se había quejado de que Mayra concertaba ella misma sus compromisos y de que se tomaba días de descanso sin autorización. ¿Quiénes son los mazatlecos? Eso nomás lo sabe Elisa. ¿Y los socios? Aparte de Meraz, Bernardo Almada, que vive en Estados Unidos, y el licenciado Rodrigo Cabrera, a quien ustedes deben conocer. Claro, el ex procurador de justicia. Othoniel Ramírez es el apoderado legal del grupo. Además de Meraz, ¿los otros se aclientaban con las chicas? A Almada nunca lo he visto, Cabrera pocas veces, ninguna con Roxana; el que es frecuente es Ramírez. ¿También con Mayra? Nunca, eran terrenos de Meraz. Dijiste que había faltado tres días, ¿tienes idea de adónde fue? No, anoche Elisa tampoco sabía y estaba enojada; Yhajaira nos informó ayer que en la mañana había descansado unas horas en su casa.

Transcurridos treinta y cinco minutos recibieron la llamada de Terminator. ¿Qué onda, mi Termi? Nada, mi Zurdo, que ya tenemos la información que solicitó, estamos en el lugar de los hechos y hay una mujer joven con un tiro en el corazón. Órale. Alguien no está de acuerdo en que las viejas sean mayoría, mi Zurdo, ¿cómo la ve? Primera pista, mi Termi: el cabrón sabe de estadísticas.

Cinco

McGiver apagó la tele, se bañó, pidió desayuno e hizo las siguientes llamadas: Hola Twain, aquí Flecha verde. ¿Segundo nombre? Danilo, ¿cómo están nuestros tiempos? Relojes en la noche, ¿cómo pasó todo? Dos, bien, lo único que exige es puntualidad. Cumpliremos. Uno quiere publicidad, fotos en los medios y declaraciones; y bueno, tenemos una fuerte perturbación. De eso respondes tú, ¿dieron el adelanto? Sólo Dos, revisa, hoy harán el depósito; espero que Uno llame de un momento a otro, y para el disturbio, estoy en la encrucijada, ¿cómo va mi propuesta para el nuevo gallo? En unos días estaremos listos. Clic. Era su contacto en el tráfico de armas y quería que tuviera todo claro; el anochecer anterior celebró como le gustaba el cierre de una operación que les dejaría millones de dólares y traía otra en la mira.

Marcó el siguiente número. Diga. Voz sensual. Buenos días, ¿alguna novedad? Quieren todo por adelantado. Qué desconfiados. Es su estilo, ya sabes cómo se las gastan los chilangos, en cuestión de negocios no creen ni en la virgen de Guadalupe. Mañana en la noche les entregaremos el ochenta por ciento, es nuestro margen por si la obra es falsa. No aceptarán, además es original. Diles que es nuestro estilo. Evitemos jugar con ellos y mete en tu cabeza de una vez: no moverán un dedo hasta que estén satisfechos en el tema del dinero. Arréglalo, mañana te llamo. ¿Sigues en Yucatán? Jamás he estado allí, en cambio en Saltillo siguen haciendo un pan de pulque delicioso. Colgó. Aunque nunca se acostaría con ella, Dulce Arredondo le encantaba.

Con el señor Olmedo, por favor. No se encuentra, ¿quiere dejar un mensaje? No sé si me recuerde, soy Leo McGiver, ya hemos hablado. Ah, sí; le pasé su recado, dijo que lo recibiría en su casa esta noche, a las diez. Perfecto, aun así me gustaría hablar con él, ¿lo cree posible? Mmm… no, no creo, me llamó de Altata y cuando llama de allí no lo vemos en todo el día. Qué bien lo interpreta. En doce años una conoce a su jefe. Pues felicítelo de mi parte, la secretaria es la mitad de un empresario exitoso. Coménteselo, a ver si me aumenta el sueldo. Lo haré, y si no se lo aumenta se viene conmigo. Mejor que me lo aumente. Se despidieron.

Abrió la puerta y el olor del desayuno invadió la habitación. ¿Cuánto hacía que no desayunaba huevos con chorizo? En cuanto se marchó el mesero destapó el plato y saboreó un bocado. Si no me hubiera largado a tiempo sería un cerdo de 130 kilos; es imposible rechazar esta delicia. Luego tecleó el celular de Olmedo pero nadie respondió.

Continuó desayunando. Mi madre, que en paz descanse, qué bien guisaba el chorizo. Antes, ser madre era también ser buena cocinera. Ahora cualquiera trae hijos al mundo y únicamente les da sándwiches de jamón con mayonesa y papas fritas con Coca-Cola. Qué porquería. Qué tiempos aquellos. Y cuando hacía frío jamás te mandaban a la escuela sin tomar avena o chocolate. Tal vez el mundo ha cambiado por eso: la alimentación no es saludable y no hay quién cocine como antes. Ring. A McGiver jamás le llamaban. Ring ring. Se le encogió el corazón. No usaba celular y generalmente nadie sabía dónde se hospedaba. Ring ring ring. Levantó el teléfono. ¿Por qué no contestas, cabrón, estás cagando o qué? ¿Con quién tengo el gusto? Con tu padre, güey. Ahora se le encogió el estómago lleno de chorizo con huevo. Ayer no quisiste oír mi mensaje, pendejo, así que dentro de cinco minutos tendrás dos enviados en tu habitación y más vale que te comportes. Pero, ¿quién es usted? Soy tu padre, ya te dije. Colgó. ¿Qué era eso? McGiver no era hombre delicado, ningún contrabandista lo es, pero adoraba las formas y aquello no le gustaba nada. Eso de que era su padre, ¿qué significaba? Por supuesto que no le agradó y decidió cortarse, sin embargo, apenas se puso de pie tocaron la puerta. Mierda, murmuró. Abre, la voz era imperiosa. McGiver, que se hallaba en camisa, se metió el saco, quitó el seguro a su Smith & Wesson y se la fajó. Sea por Dios. ¿Quién? Nos acaban de hacer una cita contigo, imbécil, así que abre esta puta puerta o la tiramos.

Entró Vanessa, su acompañante de la noche anterior, y el Muerto, que no tendría más de 19 años, apuntando con una Herstal Five-seven, conocida como matapolicías. Me lleva la que me trajo, rumió el contrabandista, no soy más pendejo porque no soy más viejo.

A mí, ningún verga tarda en abrirme, insistió el Muerto, sin cerrar la puerta completamente, con la pistola en la mano. Pero McGiver se hallaba más atento a Vanessa, que vestía unos jeans ajustados y blusa roja. Mira nomás esta belleza, pensó y expresó: De manera que usted me traía un recado. Usted se calla, ahora la que habla soy yo, ¿sabe cuál de mis amigas inventó el AK-47? Qué va a saber, expresó el sicario, no sirve ni para abrir una pinche puerta.

El contrabandista sonrió. Cierre el hocico, amenazó la chica, que era más linda de día que de noche. McGiver hizo un gesto gracioso de que no diría nada. Por si no se lo han dicho, es usted insoportable. Deja y le meto un tiro al hijo de su pinche madre, el otro estaba animado y quería congraciarse con la morena y sus brillantes ojos. En unos minutos será tuyo. Vanessa se volvió ligeramente y el pistolero le ofreció una leve sonrisa. Helada. Distracción que aprovechó el contrabandista para meterle dos tiros y encañonar a la muchacha. El Muerto cayó despacio, sorprendido, con ganas de contar lo que estaba observando en su paso al más allá, sin soltar la pistola. McGiver se guardó la matapolicías en la cintura y se volvió a Vanessa pálida. Ni hablar, Vanessa con dobles, estamos condenados a estar solos; el que llamó, ¿es tu jefe? Afirmó. ¿Es hombre de negocios? Sí. ¿Para qué quiere verme? Él se lo dirá, pero se trata de armas. La joven se hallaba trabada de terror, blanca, labios resecos. ¿Traes vehículo? Farfulló que sí. Puedes hablar, no estamos en uno de esos espantosos antros en que nada se oye. McGiver se roció loción, acomodó rápidamente su ropa, entre ella un mono azul, guardó la pistola y el tesoro de su amigo en la maleta y abandonaron el lugar.

En el trayecto reconoció el puente Hidalgo y la Colonia Tierra Blanca, el barrio mítico de los gomeros de los sesenta, las calles empedradas por las que más de una vez debió salir pitando. Luego se detuvo en Vanessa. Era linda, fuerte, cutis suave, pelo negro a los hombros; sabía que cada vez más mujeres eran parte de las organizaciones criminales, así que no le haría preguntas; tampoco se cuestionó que al no poder seguir en el hotel algo acababa de alterarse: ya colocaría las cosas en su sitio.

La chica accionó un control y una puerta cochera se corrió en silencio. Entraron a un patio inmenso donde esperaban cuatro cheyennes y un BMW. Dos hombres con armas a la vista se acercaron. ¿Y el señor De la Vega? En su despacho, y está como agua para chocolate. ¿Motivo? No sabemos. Vanessa hizo señas a McGiver de que la siguiera. Pocas plantas mal cuidadas. En el porche lo cachearon, le recogieron la Smith & Wesson y la matapolicías. Aquí se las guardo, compita. Luego siguió a la chica. Cruzaron una sala con sillones de cuero negro, adornos por todas partes, paredes llenas de fotos familiares; el contrabandista pensó que podría colocar un par de obras de arte por ahí, al lado de las fotos de la abuela o de la primera comunión de los hijos. Cómo se parecían a las paredes de su casa de niño; por las ventanas de cortinas transparentes se colaba la luz de la mañana y se veía el estadio de los Dorados. Se detuvieron ante una puerta blanca. Adelante, dijo una voz cuando Vanessa preguntó si podían pasar.

Oficina normal: computadora, menaje, cafetera, sala de juntas. Repantigado en un sillón de cuero los esperaba Dioni de la Vega. Curioso caso. Era de clase alta, sus razones para devenir narco eran míticas. Circulaban varias versiones que lo hacían sonreír. Debía tener 35, delgado con barba al ras. Así que tú eres Leo McGiver. Su casa es acogedora, señor De la Vega, un par de detalles y se convertiría en un palacio. No digas pendejadas y siéntate, señaló un sillón de cuero. Imelda, sírvale algo a este cabrón, ¿qué te tomas? Un café turco. Hey, no estás en París, date de santos que tenemos Nescafé. Seven-up de dieta, por favor. Cómo le haces al pinche loco. ¿Para usted? Agua sin hielo, y manda a tu acople por café al Miró, por si nos tardamos. Está muerto. El Dioni se volvió a McGiver que lo miraba cándido. Estás cabrón, pinche McGiver, muy cabrón, ese morro era una promesa. No lo dudo, pero estaba más interesado en Imelda que en mí. Dioni hizo un gesto de lamento. Bueno, te he hecho venir porque necesito armas, el presidente nos ha declarado la guerra y no quiero que me agarren con los calzones abajo. Sé que cerraste un trato con los Valdés y lo mismo que te pidieron ellos quiero para mí, ¿cómo la ves? Bien decía yo que usted era hombre de negocios. Cálmala cálmala, me cae de a madre que me den por el lado, mejor dime el siguiente paso. Transfiérame siete millones de dólares a esta cuenta en Lituania y tres de euros a esta en Suiza. Le pasó dos tarjetas. A cambio tendrá usted ciento veinticinco fusiles AK-47, veinticinco Barret calibre 50, ochocientas granadas de mano, sesenta y seis Berettas 92FS, veinticinco Smith & Wesson, cuarenta y siete escuadras Herstal de 5.7 por 28 milímetros, cinco bazucas de largo alcance y veinte mil cartuchos útiles. De la Vega escuchaba sonriente. La entrega será en doce días a partir del depósito, entre Yameto y Nuevo Altata. Vendrá por aire y amarizará al amanecer. Usted hace los arreglos locales para que llegue feliz a manos de su gente. Es un trato. Estrecharon las manos. ¿Y el refresco? No hay, esto es un almacén, McGiver, ¿no te diste cuenta? No hay tele y una casa sin tele no es casa. McGiver sonrió. No lo olvidaré; hay una cosa que quisiera tratar con usted. ¿Qué? Sobre su negocio, quisiera participar. De la Vega lo observó. Revolucionaremos esa madre, McGiver, ya verás, y sí, podrías servirnos; sin embargo, ahora no entraremos en materia, no puedo, hay un festival en la escuela de mis hijos y los tres salen cantando, si no voy me matan.

Seis

Pasaba de las doce cuando arribaron a la calle Zaragoza. Terminator y el Camello les dieron un informe atropellado que el Zurdo no entendió pero sobre el que no quiso indagar. Ortega analizaba un pedazo de plomo que sostenía con unas pinzas de relojero. Querías chamba, pues ahí la tienes, papá; hay días en que alguien decide reducir la humanidad y no hay quién lo pare. Hay días en que no amanece completo, murmuró Mendieta aproximándose al cadáver. Montaño, que no perdía la esperanza de tirarse a Gris, le dio la bienvenida. Cada día luce usted más saludable, agente Toledo, ¿qué desayuna? Que un médico lo diga es estimulante, gracias. Más si ese médico es forense, ¿no le parece? Montaño aplicaba su arte. ¿Qué ha encontrado, doctor? Quizás ocho horas de muerta por balazo en el corazón, que hablando del mío está apesadumbrado por usted. Gris observó el rostro amarillento de Yolanda Estrada que vestía una sencilla playera y un blúmer rosado y se dedicó a estudiar cada detalle de la habitación. Montaño la acosó de nuevo. ¿Cree que pudiéramos aliviarlo? Doctor Montaño, sosiéguese si no quiere que le parta su madre. Respiró grueso. ¿Me vio cara de puta o qué? No es para tanto, agente Toledo, sólo quiero que quede constancia de mi admiración por usted. Gris le dio la espalda. Encontramos una foto de la selección brasileña de futbol del mundial pasado hecha añicos. Ortega intentó diluir la tensión. La descolgaron de aquí, señaló una punta en la pared; veremos si hay huellas. Te lo encargo, expresó el Zurdo. Un par de paisajes insulsos ocupaban su sitio al lado del clavo saliente. ¿Violaremos las reglas, papá? Totalmente.

Ortega lo palmeó. ¿Tendrá este asesinato algo que ver con el otro? Era una pregunta tonta que podía aflojar al Zurdo. Eran compañeras, murieron el mismo día con pocos minutos de diferencia, el aprendiz de forense dijo que más o menos a las tres, y aquí Montaño piensa que a las cuatro; pero ya ves cómo es esto: lo evidente siempre es falso. *Como ponerse dos tangas, ¿no? Me quito una y todo mundo cree que me estoy desnudando, o cuando las tangas son color piel.* Por la ropa parece que dormía y desde luego que conocía al asesino: a poca gente le abres tu puerta en piyama, agregó el perito. Con estas chicas no es seguro, como quiera que sea tienen una visión dura de la vida. ¿Está completa? Se tocó el tórax. Sí, incluso Montaño piensa que no fue violentada, ¿conoces la habitación de Mayra? Mendieta no pudo evitar un gesto de irritación. Mira cabrón, no era su cliente, ¿está claro? Silencio. Entonces por qué andas como perro apaleado. Es la chica que conocí en Mazatlán, ¿te acuerdas? Pero jamás la volví a ver. Gris tomaba notas. Claro, es esa puerta. Mendieta, francamente alterado, traspuso la entrada y se quedó de una pieza. Se hallaba tapizada con imágenes desnudas de Mayra en toda su belleza tribal. De frente, de espalda, de perfil. En excitantes poses. Un ligero temblor lo hizo detenerse y mirar la nada. ¿Para qué sirve un imbécil como yo? Se atragantó, ¿un pendejo que jamás ha logrado interpretar su vida? El tatuaje, en su vientre, apenas arriba del vello púbico, resaltaba. *¿Eres tímido? No lo puedo creer, poli acostumbrado a la acción descarnada, ¿nunca has visto un tatuaje como éste? Ánimo, eres un superhéroe: mi superhéroe, el que me salvará de los malos.* Boca seca. La belleza es una buena razón para vivir, ¿o no? Un técnico realizaba el registro de huellas mientras otro, risueño, recogía cartas y tarjetas de presentación de admiradores: ¿A poco no era un señor culo, mi jefe?, hace como dos meses le caímos al Alexa, hicimos coperacha para que cuando menos uno la gozara, ¿y cree que le llegamos al precio? Estaba cabrona, ni juntando todas las quincenas la hacíamos. Mendieta continuaba trabado. Fue el celular el que lo sacó de su envaramiento.

¿Dónde andas? El jefe Briseño del otro lado. En el centro, otra mujer muerta. ¿Están Ortega y Montaño contigo? Estamos trabajando. ¿Quién es la muerta? Una bailarina. ¿De alguna academia de la ciudad? Bailaba en el Alexa. Ah, una teibolera; deja a Gris allí y vayan los tres de inmediato al hotel San Luis, acaban de encontrar un cadáver. Éste también es un cadáver. Pero éste es de un gringo, tiene dos balazos en el pecho. ¡Pero ve ya, Zurdo, y lleva al equipo completo!

Sexto piso. Habitación con vistas. Lo había descubierto la recamarera. El gerente, un joven elegante, los acompañó. Se llamaba Steven Tyler y vivía en Scottsdale, Arizona, norteamericano. ¿Profesión? Pianista. Mendieta observó el cadáver de cerca, luego recorrió la habitación mientras Ortega y dos ayudantes tomaban posición en ella y Montaño medía la temperatura del Muerto, que había quedado sobre la alfombra. A ver papá, no muevas demasiado. Bajo la picosa fragancia de los fluidos mortuorios, el Zurdo percibió un aroma dulce, femenino. Huele a mujer. Señal de que el bato no era puñal. Pa'qué te haces pendejo, güey, te pones el perfume de Sarita. Ortega sonrió, se colocó los guantes y revisó los bolsillos del cadáver, extrajo una cartera de tela gruesa que pasó al Zurdo. Encontró cuarenta dólares además de cien pesos mexicanos pero ninguna identificación. La regresó al perito. El baño olía a Hugo Boss y se veía limpio. Nos llevaremos la sábana, siempre queda algo. Sonó el celular de Mendieta pero no quiso responder al doctor Parra: Pinche barbón, que espere. El Zurdo salió del baño, miró el clóset vacío, abrió un cajón que se encontraba igual. El gerente observaba desde la puerta con curiosidad. ¿Cuándo llegó este huésped? Ayer al mediodía. ¿Usted lo vio? No, lo recibieron en recepción, como a todos. Llame al empleado que lo recibió. Entra a las dos, no tarda en llegar. ¿Pasa algo, Zurdo? Ortega notó que su amigo se había normalizado. No hay equipaje, en el baño únicamente una fragancia que él no usó y en la cartera unos cuantos pesos, sin identificación ni tarjetas de crédito; creo que no es el huésped sino alguien que vino a buscarlo; también es muy joven, ¿cuántos años le echas? Unos veinte, veintiuno. ¿Cómo lo ves, Montaño? Puede ser norteamericano por nacionalidad, mas sus rasgos somatológicos: nariz, boca, ojos, encuadre facial, etcétera; indican que es mexicano hasta las cachas. ¿Puedo usar este teléfono? No, tendremos que levantar huellas. El gerente fue a la siguiente habitación.

Poco después se presentó el joven recepcionista. No es el señor Tyler, éste es demasiado joven. El señor Tyler tiene como 50 años, blanco y alto. Mendieta y Ortega se miraron. Necesito la hoja donde firmó de entrada y le mandaré a mi dibujante para que le haga un retrato hablado. Montaño expresó que tenía alrededor de cuatro horas de muerto, que las balas le habían salido por la espalda. La chica de la limpieza lo descubrió a las doce y cacho y nadie había escuchado disparos o visto algo. Típico, la sociedad del delito es sorda, ciega, muda y acomodaticia. Que lo lleven al depósito y ya veremos quién lo reclama, propuso Mendieta y dejó escapar sus pensamientos: ¿Por qué le cortaría el pezón?, ¿navaja o mordida?, ¿mordida?

Marcó a Briseño. Jefe, el gringo parece mexicano; encontramos un joven que debe tener unos veinte pero no es el que se registró. Tiene dos balazos en el pecho y uno le atravesó el corazón. El huésped, o sea el gringo, huyó. Ortega encontró las dos ojivas de 9 milímetros. ¿Hay algo para la prensa? No se lo recomiendo. ¿No era pianista? Si él es pianista yo soy miembro de la tripulación del *Apollo XIII*, tiene las manos muy pequeñas, rudas y con cicatrices. Bien, entonces me voy a casa. ¿Qué va a cocinar? Camarones Rockefeller. Buen provecho. Oye, en el caso de las bailarinas, ¿tenemos sospechosos? Hay dos, el Richie Bernal y un español: Miguel de Cervantes; sin embargo, el licenciado Luis Ángel Meraz la visitaba de vez en cuando. No creo que él tenga que ver, es una fina persona y con mucho futuro, sería bueno que no lo molestaran. Por eso no se lo mencioné como sospechoso. Mendieta intuía un vínculo entre su jefe y Meraz, y prefería sacarlo del paquete. ¿Ese Cervantes no es el de Don Quijote? El mismo. ¿Qué no murió hace mucho? Parece que no, y viera qué sano está. Bien, alimenta esa neurona, Zurdo, tal vez sea la única que te queda; para Bernal pide ayuda a Pineda, el güey nos debe una, luego nos vemos.

El jefe marcó a su casa. ¿Mi amor, qué te parece si cocinamos unos camarones al ajillo para comer como Dios manda? De vez en cuando un enroque funciona. Ay, viejo, ¿esa porquería? Mejor Rockefeller, ya ves que te quedan riquísimos. Bien mi amor, voy para allá, ¿se te ofrece algo de por acá? Si puedes traer pan de trigo relleno de calabaza, te prometo lo que tanto te gusta. ¿Quieres decir que no te duele la cabeza? ¿A mí?, ¿de dónde sacas eso? Voy por el pan.

Eso es vivir, amigos, ¿a poco no?

El Zurdo volvió a la jefatura donde Gris interrogaba a Elisa Calderón, las vio tan concentradas que no quiso interrumpirlas y se llevó a José Escamilla a otra oficina. Bebían Coca-Cola de dieta. Era muy hermosa, los hombres la veían y quedaban hipnotizados, lelos, y parecía que le daban cuerda a la cabrona, movía su cuerpo de tal manera que hasta las otras salían a verla; se morían de envidia pero no la perdían de vista. Vi unas fotos en su casa con un tatuaje muy especial. Era soberbia, es lo único que explica ese tatuaje, y no era buena, simpática pero incapaz de hacerles un favor a sus compañeras y algunas la odiaban, Camila Naranjo, por ejemplo, varias veces me confesó que lo que más deseaba era verla muerta; Mayra le había quitado a su mejor cliente. ¿Quién era? El licenciado Meraz, que estaba loco por ella y después por Mayra, así son los hombres de volubles, ¿usted es casada? No, aunque estoy comprometida. No le veo el anillo. Sólo de palabra. Nada, ¿no le digo que son volubles? Consiga que le dé el anillo y evite sorpresas. ¿Y tú eres casada? Fui, hace muchos años, de esa experiencia me quedó un hijo de dieciséis que va a la prepa. Nos decía el gerente que Mayra se te estaba saliendo del huacal. Con perdón de Dios, era una desgraciada. El contrato que firman establece que nosotros administramos sus movimientos, sobre todo los que se originan en el antro; si consiguen algo en sus ratos libres nos hacemos de la vista gorda y realmente no hay vigilancia. Ella al principio era muy modosita y después hacía tratos por sí misma; ahora, por ejemplo, no sabíamos dónde andaba, tenía dos días perdida, la verdad es que me quedé con ganas de darle un jalón de orejas; tal vez hubiéramos sabido con quién se fue y a lo mejor hasta estaría viva. ¿Quién era tu contacto en Mazatlán? Joaquín Lizárraga, con oficina cerca de la librería La Casa del Caracol; él hacía la contratación y las chicas actuaban. ¿Notaste algo raro en Mayra a últimas fechas? Estaba muy alzada, esta semana debía continuar en Mexicali y no quería despedirse; claro, con esos clientes hasta yo; imagínese lo de dólares que le daría el Richie Bernal, un tipo que cree que el dinero sólo es para gastarse. Ella, ¿a quién prefería? Le gustaba el dinero y los tres se lo daban, lo que no me cabe es que alguno de ellos pudiera matarla. El Richie es muy violento pero ella lo convertía en una sedita. Los otros dos son educados, sin embargo, ya ve cómo es el mundo; veo los asesinatos en la prensa y me pregunto si yo haría lo mismo; no siempre me respondo que no. ¿Mayra se llevaba bien con Yolanda Estrada? Había días en que no se hablaban, se peleaban como perros y gatos, pero no podían estar la una sin la otra; como que se necesitaban, ¿ambos crímenes tienen relación? Aún no lo sabemos, ¿Yolanda era apreciada por sus compañeras? Más o menos, aunque mucho más que Mayra, a ésa no la quería nadie. ¿Ni tú? Yo menos, me dificultaba el trabajo cuanto podía.

Charlaron sobre las labores cotidianas en el antro, sobre clientes difíciles y sobre el gerente que al fin se había acostumbrado. Lo trajo uno de los socios porque el anterior salió manos de seda. ¿Recuerdas quién? Rodrigo Cabrera, creo que había trabajado con él en la procu. ¿Tienes presente a alguno de los primeros clientes que Mayra se hubiera resistido a ver? Es difícil, porque era muy lista, poco a poco los iba alejando. Camila Naranjo, ¿con quién andaba antes de aparecer Mayra? Llegaron juntas, como que ya traían su rencilla; Meraz se la llevó una docena de veces pero sólo eso. ¿Con qué frecuencia van al Alexa sus clientes? Cervantes está clavado, va casi diario; el Richie puede aparecer; Meraz nunca se para, el Fantasma le informa cuando hay chicas nuevas y ya él ve si se lleva alguna. Le pidió que no saliera de la ciudad hasta que todo se aclarara.

Espero que me perdone el jefe por no haberlo invitado al interrogatorio, reflexionó, anda muy alterado y debo ayudarlo a que se recupere. A ver: tenemos una chica dura, envidiada y muy atractiva, con tres clientes que se negarán a todo aunque los tres pudieron haberla asesinado. Se puso de pie. Tengo que hablar con el Rodo. Llamó a Terminator y al Camello y les pidió que interrogaran al mesero y al cantinero. Se sorprendió cuando le dijeron que Escamilla se encontraba con Mendieta. Bien, díganle que me fui a comer, ¿y el cantinero? Lo mandamos por las cocas, pero también le va a sacar la sopa el jefe.

Tus generales, muñeco. José Escamilla, 24 años, culichi, casado, una hija de dos, tres años trabajando en el Alexa. ¿Sabes por qué te estamos interrogando? Porque mataron a Yhajaira y a Roxana. Cuéntanos de Yhajaira. Tanto ella como Roxana eran muy codiciadas, las buscaba raza de todas clases, pagaban lo que pidieran, qué mal rollo lo que les pasó; mire, a este giro todos le entramos por lana, qué placer ni qué madre, y más las morras que no tienen muchos años de lozanía. ¿Cómo se llaman sus clientes más asiduos? Es difícil determinarlo, un día puede venir un militar, otro un comerciante, un maestro, un político, un albañil; el Alexa es como la iglesia, todo mundo ha ido cuando menos una vez; hay semanas que Yhajaira repetía con un coronel y a la siguiente con un maestro de la Universidad Autónoma de Sinaloa. ¿Qué onda con Roxana? Era la estrella, la más hermosa y la más buena, la semana pasada vinieron dos: el dueño de Agrícola San Esteban que durante dos meses la asedió como perro con la rabia, hasta que ella lo convenció de que la estaba perjudicando, y Marcelino Freire, un brasileño que juega con los Dorados, el que falló el penalti para pasar a primera división, dicen que se vendió, ¿usted cree? Claro que no, en el futbol hay pura gente decente; dame los nombres que recuerdes, primero de los adeptos de Roxana y luego los de Yhajaira. Ramón Ibarra le escribía versos que la hacían sonreír, un flaco de pelo afro que venía con él, le hacía música con vasos y botellas, otro de barba se ponía una nariz roja de payaso y se pasaba horas haciéndole visajes, el gerente de los Multicinemas fue muy insistente. ¿Alguien que te haya impresionado? Un periodista güero que antes era gordo me daba buenas propinas, le corría la baba viéndola bailar. Meditó un momento. ¿Nadie más? Creo que no, salvo el español Miguel de Cervantes y el Richie Bernal, que todos conocen. Mendieta abrió la puerta y ordenó: Terminator, llama al Gori, tengo un testigo que ha perdido la memoria, necesito que le dé una calentadita; en un momento vendrá alguien que es contra el Alzheimer. ¿Qué quiere decir? Nada, sólo por si se te olvidó mencionar a alguien. Escamilla bajó la cabeza y empezó a sudar. No es fácil trabajar allí, he durado tres años porque no miro, no oigo y no hablo. Pues el Gori es como las plumas Bic, no sabe fallar. Al final Roxana sólo atendía a tres personas: al licenciado Luis Ángel Meraz y los que mencioné. ¿A quién prefería? Últimamente a Richie, que debe haberle metido una fortuna, ¿usted conoce a Richie? Dios me libre. Pensé que todos los polis lo conocían. ¿Y el gerente? Es tranquilo, cuando menos no se le sabe nada, tiene como año y medio en el cargo y sólo se ha metido con Nadia, una chava que era gimnasta en la universidad y que aquí es conocida como la reina del tubo, y con Miroslava, que se ha quedado y es la mayor. ¿De dónde llegó? De aquí, trabajaba en el gobierno el sexenio pasado, creo que en la procu. ¿Y el dueño, qué hay de él? Hasta donde sé, es un club de socios formado por Meraz, el ex procurador Barrera y un gringo que no conozco. En la ciudad hay varios clubes, ¿supiste si alguna de ellas les fue a bailar? Al Club Sinaloa, podían ir solas, pero fíjese que siempre me pedían que las acompañara y, pues, yo me embolsaba una feria. A esos señores les gustan las chicas guapas. Vea si no, Yhajaira era una belleza difícil y babeaban, pero Roxana era una diosa, cuando ella pasaba, la gente no podía evitar mirarla, y no crea que nomás los hombres, las mujeres también; era una hembra fuerte, además sus ojos, uno verde y otro miel, y miraba sin parpadear. *Claro que puedes hablar de los míos, aunque te costará ser original.* No le sabría decir, las recibía el licenciado Ramírez y cerraba la puerta, alcazaba a escuchar risas o expresiones de aprobación pero nunca vi a nadie, deben haber sido gente poderosa porque siempre había guaruras merodeando y carros con logotipo del gobierno o de alguna empresa; nunca supe a qué hora, cumplía con llevarlas y ya, el licenciado Ramírez se enojaba pero ellas me defendían; jamás me contaron de gente o de lugares adonde las hubieran llevado, en este negocio también es bueno ser reservados; Ramírez es el apoderado de la empresa, sí, es de armas tomar. Haz tu vida normal, si precisamos una aclaración, más vale que estés a la mano. Si necesita una chica, búsqueme, sé dónde vive la mayoría y todas me deben favores. ¿Sabes cuántos años te tocan por padrote? No, pero sé cuánto debo pasar al mes para trabajar tranquilo, sonrió. Puedes irte. Se puso de pie con rapidez. Espera, no me has dicho el nombre del dueño de Agrícola San Esteban. Esteban Aguirrebere. El Fantasma repitió lo dicho por Escamilla. Se hallaba tranquilo, fumaba, era un hombre correoso y lleno de calma. Así que eso haces: Llegó un cuero, licenciado. Le avisas y va por ella. Más o menos. ¿Cómo puede confiar tanto en tu criterio? Nada de eso, sé sus gustos, le gustan nalgoncitas, de cara hermosa, bien plantadas. ¿De tetas? Normal, chicas o grandes, generalmente no le importa, en lo que se fija es en las nalgas. Órale. Los demás no acudieron a la cita. ¿Quién era Ramírez?

Siete

Samantha Valdés escuchaba a McGiver en el mullido asiento trasero de un Cadillac EXT del año. Él, en el asiento del copiloto y el chofer alerta. Circulaban despacio por el malecón Niños Héroes. Adelante y atrás dos camionetas Lobo resguardaban a la hija del capo del Cártel del Pacífico, su única heredera. Río revuelto. McGiver hablaba girado hacia atrás. Tengo todo, señora Valdés, un equipo de dieciséis hombres para llenar Phoenix y sus alrededores de mercancía. Usted recibiría lo de siempre más un quince por ciento adicional. Lo mismo que con las armas, somos efectivos y serios, lo único que tiene que hacer es dejar un cargamento en nuestras manos y no se arrepentirá. La mujer había escuchado más o menos lo mismo durante siete minutos y estaba harta. McGiver era una garantía cuando de armamento se trataba y en otras cosas, pero su hombre en Phoenix era de los más fieles y no lo iba a traicionar. Suficiente, cortó, no podemos; nosotros somos una organización monolítica donde no hay lugar para nadie; usted es hombre de negocios y espero que así lo entienda. ¿Me daría una oportunidad? Si no es Phoenix podría ser Dallas o San Francisco. Imposible, le podría decir que no tenemos representante en el Polo Norte pero usted es persona seria y no hay motivos para bromear. Vestía un traje azul claro. Por lo mismo, le recomiendo que lo piense, no me gustaría dejar de contar con sus servicios. Eso jamás, sin embargo, no niego que me habría gustado contar con su apoyo en esta idea. Ya hablé de eso y no lo voy a repetir, Guacho, déjame con Mariana, luego llevas al señor adonde te pida y regresas, no vaya a pasar algo en casa y tú en la loca. ¿Su papá está mejor? Por ratos, cada vez nos da más sustos.

    McGiver bajó para despedirse de Samantha, aunque sabía que jamás tendrían una aventura le agradaba experimentar el hechizo perfumado de su presencia. De todas maneras le agradezco señora, y lo que sí, sigo a sus órdenes. Se hallaban en el estacionamiento del edificio. Samantha lo escrutó unos segundos. Sé que vio a Dioni de la Vega y adivino qué trataron, sígalo viendo y tenga cuidado. Sonrisas frías. Quiero saber todo a detalle, y lo que espere ganar con él, se lo doblo sin ver. Lo acababa de enganchar, a McGiver no le agradó pero calló: le convenía. Pidió que lo llevaran al hotel Lucerna. Esa noche, cuando se encontrara con Fabián Olmedo, sabría el siguiente paso. Guacho escuchaba a Daniel Quiroz de *Vigilantes Nocturnos*, pero no puso atención, ¿qué había pasado con los ladrones de arte en la ciudad de México? Le llamaría a Dulce. Ella, ¿estaría siguiendo sus instrucciones? Si hay un equilibrio en el mundo, como dicen, lo consiguió. Cruzó la puerta del hotel directo al bar.

El alcohol no es mal consejero, lo que pasa es que no siempre uno lo escucha correctamente.

Ocho

Sin pretenderlo se acercó a la capilla de Malverde.

Estacionado enfrente vio llegar gente de todas clases. A pie, en autos, en hummers. Temerosos y temerarios. Un grupo de música norteña no paraba de tocar corridos. *La vida es extraña, Edgar, creo que contigo podría hacer vida, otra vida quiero decir, la vida que una mujer sueña.* No te prometo nada Malverde, está cabrón, pero si atrapo al hijo de la chingada estaré aquí con unas rosas, que seguro eran las que le gustaban; nunca se lo pregunté pero a todas las mujeres les gustan. Vio a una hermosa novia que conversaba con los asistentes mientras la filmaban, creyó ver a Mayra Cabral de Melo arribar con su maravilloso cuerpo pero no, no podía ser, esperaba en la morgue que la investigación avanzara y que localizaran a su familia para entregar su cuerpo. Respiró hondo. El vacío que experimentaba era purulento.

Es difícil saber cuánto estuvo allí sin moverse, intentando comprender la hendidura en que se encontraba. ¿Qué me pasa? Ni siquiera me había enamorado de ella ni la vi muchos días, tampoco hacía el amor diferente; pero me trajo de vuelta. Jamás olvidaré su bikini rojo.

Encendió el motor. Al instante sonó Queen: *Who wants to live forever*. Yo no, pronunció, y ella menos. Avanzó despacio. Ando hecho polvo, reconoció. Pero Ortega tiene razón, sólo hay una verdad detrás de su muerte y hay que encontrarla y cuando esto ocurra: Le cortó el pezón el bato, ¿por qué?, ¿es una señal, una firma o para despistarnos? ¡Mierda! ¿cómo se atreven a matar a una mujer como Mayra? Qué jodidos estamos. Abrió la guantera, vio su Beretta y el último sobre que le había dado Briseño: ahí tienes para que dejes de chillar. ¿Tiene qué ver conmigo?, ¿quién sabía que tuvimos algo? Encendió un cigarrillo. Si esto es la vida moderna mejor nos hubiéramos quedado en la prehistoria.

En quince minutos llegó al Quijote. La ciudad era un horno y todos transpiraban con ella.

Cococha, tráeme una torta de pierna y una cerveza. Lo mismo de ayer, Zurdo, ¿no piensas comer otra cosa? Eso no es alimento para ti, eres un representante de la ley, un placa que constantemente se las ve con despiadados asesinos; varíale un poco, criatura, vas a quedar en los huesos. Okey, en lugar de la cerveza tráeme un whisky. Me choca que me tomes el pelo, si tu santa madre te hubiera encargado conmigo ya te habría puesto tus buenos cintarazos.

Le sirvió un bistec con papas, ensalada césar y una michelada. Y no me repeles, Mendieta contempló el plato y el tarro, luego se volvió a su amigo. ¿Conociste a Susana? ¿Qué Susana? La hija de doña Mary. Ah, cómo no, una güerita con un trasero respingadito, hace años que no la veo, creo que vive en el otro lado, ¿qué con ella? Me acordé con la michelada. No me digas que fuiste de sus machines. Cómo crees, siempre he sido un chico serio. Porque esa se metía con medio mundo, tenía muy alta la calentura, si vieras las cosas que me contaba, toda su naturaleza estaba en su entrepierna, ¿todavía vive doña Mary? Y donde mismo. Esa hija le salió muy cuzca, luego me la encontraba en los lugares menos esperados diciendo que quería amor y no sexo, ¿tú crees? Mendieta la recordaba hermosa, simpática y una experta en el asiento trasero. La práctica, pensó y recordó que las pocas veces que salieron a cenar siempre comió bistec con papas y michelada. Bueno, paladea eso, voy a atender a mi viejo que acaba de llegar, ve nomás ese primor. Ubicó a un joven albañil con la sonrisa de oreja a oreja.

Según Enrique, Susana y su hijo vendrían en el verano y el verano está aquí, más caluroso que el año pasado. Siempre decimos lo mismo, nos preguntamos por qué seguimos viviendo aquí pero nadie se va. Jason Mendieta, ¿por qué Susana le pondría ese apellido? ¿Realmente era su descendiente? Qué estúpido, ni que fuéramos los únicos Mendieta del mundo; seguro conoció a alguien con ese apellido y...

Cerca de las seis tomó una llamada de Ortega. ¿Sigues con la menstruación, papá? Acabo de comprar una caja de toallas femeninas Kotex con alitas. Okey, va un punto del informe que te puede interesar; en el segundo cadáver usaron una 9 milímetros y no hay pólvora, lo que significa que le tiró de lejos y tiene buena puntería; y mira, si realmente sostenías algo con la primera chica, no me importa, deberías agradecerle que te quitó lo joto y aplicarte para castigar al culpable. De acuerdo, lo vamos a refundir al puto. Con ella utilizaron también una 9 milímetros. ¿Algo sobre el gringo? ¿Qué crees tú, que soy automático? Estás pendejo. Colgó. El Zurdo se volvió a meter en sus pensamientos: ¿asesino de bailarinas? Nomás eso nos faltaba, un moralista en el siglo XXI, ¿por qué no? Espero que no aparezca otra.

Era de noche cuando abandonó el lugar, la temperatura debía andar por los 38 y sudaba. *Me gustaría quedarme contigo, policía, podríamos hacer cositas y violar las leyes, pero debo trabajar en una hora y debo arreglarme.* ¿Por qué los humanos se odiarán tanto? Son unos verdaderos demonios. Se la pasan matándose. ¿No habrá una manera distinta de expresar la animadversión? La verdad es que hay mucha gente que merece morir, gente que representa lo peor de la raza humana, pero, ¿quién le debe dar cran? Usualmente un idiota de esos se mira al espejo, dice «yo», dispara su pistolita y rompe el equilibrio. Alguien llama a la policía y ahí vamos, como si no hubiera cosas más importantes qué hacer. Yo, por ejemplo, hace mucho que no me rasco los huevos.

Puso la radio. Quiroz a todo lo que daba: Dos cuerpos fueron encontrados esta mañana, uno en La Costerita y otro en una casa de la calle Zaragoza, en pleno centro de la ciudad. La policía no tiene pistas, ¿estamos ante un asesino de teiboleras? Porque las hoy occisas trabajaban en conocido centro nocturno del bulevar Zapata. El comandante Briseño, jefe de la Policía Ministerial del Estado, declaró a este noticiero que no cejarán hasta tener a los delincuentes tras las rejas; reportó Daniel Quiroz para *Vigilantes Nocturnos*. Se me hace que el comandante le aumentó la cuota a este cabrón, está muy condescendiente. Prefirió escuchar un cedé: *The way it used to be*, con Engelbert Humperdinck.

En casa, reflexionando ante un whisky doble en las rocas, concluyó que debía ponerse las pilas. ¿Iba a ser placa toda la vida?, ¿engordaría hasta estirar las camisetas? Cada vez encajaba menos en la mentalidad de la jefatura. Trabajaba en una ciudad donde su profesión jamás daba resultados y era muy poco valorada. La mayoría tenía una vocación para el delito que no lo podías creer. ¿Había nacido para eso? Qué hueva.

El teléfono interrumpió el segundo trago. ¿Y ahora? Recordó que Jason llamaría. Tuvo la esperanza de que colgara pero nada. Jason Mendieta, no fastidies, morro, ¿qué clase de hijo eres que sin conocernos ya me estás jodiendo la vida?, ¿crees que sólo tengo tiempo para ti? Debo trabajar, estoy ante un caso que me duele más de lo que hubiera imaginado, ¿alguna vez te ha perturbado una mujer? No te diré que lo aprenderás cuando seas grande porque se aprende a cualquier edad e igual no sirve para nada. Se ocupó del tercer trago que vació la botella y salió. El teléfono continuó. El Alexa lo esperaba; iría solo, Gris no se había reportado. *Un hombre, para serlo, debe ser increíble, y tú lo eres*.

Nueve

El Gandi Olmedo dormía profundamente en la sala de su casa. No era una sala cualquiera. Aunque podía comprarlos, en sus paredes no exhibía cuadros de Toledo o Picasso. Ni siquiera un Frida que le habían ofrecido en repetidas ocasiones o una esclava de Teresa Margolles que por poco compra en Madrid. Nada. ¿Saben qué había? Restos de guitarras. El Gandi coleccionaba partes de guitarras destrozadas por sus dueños. Poseía cinco de Jimi Hendrix, tres de Pete Townshend, cuatro de Ritchie Blackmore y dos de Kurt Cobain. Estaban elegantemente enmarcadas y protegidas con cristales de seguridad. Era una galería con letreros de prohibido fumar que nadie respetaba, extinguidores con años sin mantenimiento y salidas de emergencia clausuradas.

El Gandi era un empresario poderoso que lo tenía todo, sabía darse todos los lujos y todas las miserias. Fue el que organizó entre los ricos de Culiacán el concurso para ver quién duraba más días viviendo con una familia pobre comiendo lo que ellos. Por mucho fue el vencedor y se ganó el apodo.

Esa noche se quedó súpito mientras esperaba a dos corredores de arte que vendrían a traerle los pedazos de los instrumentos sacrificados por Townshend y Hendrix en Woodstock, piezas que había perseguido con ahínco y que al fin conseguía; además, le dejarían por unos meses un trozo de guitarra que según había roto John Lennon el día que Los Beatles se separaron.

¿Quiere que le crea eso?, ¿por quién me toma? Es verdad, señor Olmedo, no hay registro de este acto y ni Paul McCartney ni Ringo Starr quieren decir algo al respecto, pero la propietaria asegura haber estado presente en la habitación donde Lennon dio rienda suelta a su ira. ¿A su ira, considera usted que John Lennon se encabronó con la ruptura al grado de arremeter contra una Rickenbacker 325? No me quiera ver la cara de pendejo. No me atrevería, señor Olmedo, y entiendo que el asunto fue tan privado que la única testigo es la señora Thompson, que acudió a una cita con Yoko Ono para algo relacionado con una exposición de su obra. No me interesa. No lo tome como compromiso, señor Olmedo, se la dejaremos un par de meses y si no le cautiva la recogemos y sanseacabó. Jamás hago nada si no es un compromiso, así que sólo traiga las piezas que hemos convenido.

Los convocó a las nueve porque a las diez llegaría Leo McGiver con un tesoro: la guitarra rota por Jeff Beck, en esa época guitarrista de The Yardbirds, en la película *Blow-up* de Michelangelo Antonioni. Una auténtica rareza que le había costado una fortuna. Ese McGiver era realmente un as.

Olmedo invirtió la herencia de sus padres en el ramo automotriz con buen tino, y aunque su competencia le atribuía prácticas poco patrióticas para hacer dinero él ponía oídos sordos, se hallaba donde debía estar y eso era lo importante. Sin embargo, era un hombre de cuidados extremos. Lo habían secuestrado tres veces y había escapado dos indemne, en la primera casi no la cuenta.

Olmedo acercó una botella de Buchanan's Red Seal, una pequeña hielera, puso un disco de Tom Waits y se sentó en su sillón favorito. Vivía solo. Una mujer limpiaba la casa pero se encontraba en la ciudad de México, donde vivía su hija que había tenido bebé.

Era correoso. Contaba 53 años y aunque cohabitó con cuatro parejas y tenía una hija, era un solitario declarado. Cuando menos eso le decía el doctor Parra con quien se veía de vez en cuando para comer y platicar.

Para las diez y media había ingerido más de media botella, escuchado dos discos y dormía a pierna suelta. Sonó el timbre varias veces. Le entró pereza abrir. Es cuando pensaba que debía tener un mayordomo discreto que se ocupara de esas minucias. Caminó tambaleante hacia la puerta, bostezando. Vestía ropa holgada que era su favorita. ¿Ingleses? Llegan a la hora que se les hinchan las pelotas, que les crea su puta madre. ¿Hombres de negocios? Mis huevos, ésos jamás llegan tarde, sobre todo si lo que van a realizar es a su favor. Con McGiver no se sabe, jamás ha llegado a tiempo en su perra vida. Dijo que tenía prisa, que le tuviera todo listo, que me plantearía un problema, y ya ven, también está retrasado. Recordó que mantenía los quinientos mil dólares sobre el mueble de los discos y pensó que saldría de ese asunto rápidamente. Claro, vería los certificados de autenticidad y las piezas. Lo de Leo estaba resuelto.

Abrió sin preguntar y se derrumbó. De un balazo en el corazón no se salva nadie.

Diez

Afuera del Alexa un hombre flaco vendía dulces y cigarrillos. Los exhibía en una caja de madera al lado de una falsa ventana de cristal cercana a la puerta de entrada. El lugar de los triunfos de Mayra Cabral de Melo. *No es lo mejor en que he trabajado pero me encanta.* Mendieta lo vio clavado en el cristal. Le decían el Apache y había purgado condena por matar a su mujer. El Zurdo sabía de él porque era informante de Sánchez, su antiguo acople, ahora retirado en un rancho sembrando rábanos y haciendo mermelada de zanahoria. ¿Qué ves, Apache? No se volvió. En este vidrio están todos, señor, los buenos y los malos, los delincuentes y los mártires, los políticos y los deportistas; hay días en que pasa Dios arrastrando una bolsa de cuero, se me antoja preguntarle «¿qué lleva allí, don?» Pero me agüito. Se quitó la gorra beisbolera, se limpió el sudor de la frente que mostraba una cicatriz rugosa donde lo habían descabellado. Le pregunto qué onda y desaparece, el hombre no quiere hablar conmigo, se avergüenza; a veces pasa ella burlándose, la hija de su perra madre; otras pasa llorando y nunca sé qué pensar. Mendieta veía reflejos en el vidrio pero le parecían normales. Cada noche es diferente, señor, a veces sólo veo edificios, sus habitantes están arranados adentro, no se asoman, algo temen, tampoco alzan las persianas; veo ríos donde nadie nada, playas solitarias, desiertos sin alacranes, cucarachas en el espacio. Quiero un Trident. Escoja el sabor, aunque por la cara debe gustarle la hierbabuena, ¿tengo razón? ¿Recuerdas a Sánchez? Un alma caritativa, de vez en cuando pasa por aquí disfrazado de vaquero, ¿prefiere la menta? Trata de ver tu futuro en el cristal, Apache. Qué más daría yo, señor, pero hay algo muy fuerte que se opone, ya le dije, ¿con quién tengo el gusto? Mendieta. Reflexionó unos segundos. ¿El Zurdo Mendieta? ¿Qué, hay otro? Sánchez te tenía mucha fe, ¿cómo vas? Como puedo. Los amigos de Sánchez son mis amigos, así que lo que se te ofrezca. Lo tendré en cuenta. Y si nunca te he visto por aquí es que algo buscas: lógica de prisión. También de afuera. Muy cierto y lo tuyo debe ser el asunto de las morras muertas. ¿Dónde recogía el Richie Bernal a Roxana? En mis narices. ¿Cuántas tienes? Esas muchachas pisaban fuerte, Zurdo Mendieta, así que ándate con cuidado, que las sombras tienen ojos y usan Ray-Ban. Se guardó los chicles. ¿Qué has oído? El diablo no duerme, y cuando duerme es con un ojo. Tengo tres sospechosos. Estás perdido Zurdo, sólo necesitas uno. Un grupo de jóvenes llegó a comprar cigarros.

Conocía al portero, lo había detenido dos veces por portación ilegal de armas de uso exclusivo del ejército. Se miraron. El tipo le dedicó una sonrisa fría y le cedió el paso con una leve caravana. Bienvenido, comandante. ¿Te estás portando bien, Chiquilín? Como un seminarista. Más te vale; mañana cae temprano en la jefatura, debes responder un examen. Ya lo aprobé. Sonrió. El Zurdo, que acusaba el cansancio de la larga jornada, hizo un gesto de fastidio. Deja ver qué cuidas con tanto celo. Nada que usted no haya visto y disfrutado, mi comandante. En cuanto Mendieta entró marcó en su celular.

Luces. Estridencia. Humo. Fragancia. Percibió olores múltiples pero no se interesó. Las chicas daban el recorrido inicial por la pasarela iluminada que atravesaba el recinto. Los parroquianos comentaban emocionados, unos aullaban. Mendieta experimentó un amplio vacío en su cuerpo. *No es solamente el tubo o la iluminación o toda esa calentura colectiva que se despierta, es la danza, la belleza del cuerpo*. Así que este era el lugar de sus éxitos, increíble, un corral de cerdos hubiera estado mejor. José Escamilla le ofreció un sitio de donde nada se le escaparía y una vez allí lo puso al tanto de la cantidad de caricias que podría recibir de cualquiera de las que desfilaban en tanga por la módica cantidad de ciento ochenta pesos: una oferta especial de quincena. El detective lo escuchó, luego pidió una cerveza y un tequila. Alonso Carvajal, avisado por el portero, salió a saludarlo. Bienvenido detective, lo que se le ofrezca estoy a sus órdenes, ¿alguna novedad? Su gente no está aportando lo suficiente, Alonso, vamos a tener que madrearlos e interrogar a las chicas. Están asustadas. Que nadie salga de Culiacán hasta que puedan decir el rosario de memoria. Cuente con ello; me comentó Elisa que su compañera quiere platicar con Camila Naranjo, la estoy tratando de localizar, ayer no vino, esperemos que no haya sorpresas. Es lo deseable. Qué bueno que anda tranquilo, detective; Alonso se tocó la cara, Mendieta sonrió. ¿Y Ramírez, su apoderado legal? No lo he visto por aquí. Le pasó una tarjeta. Aquí están sus teléfonos. Órale. Quiero que me disculpe, debo atender un par de asuntos pero usted siéntase como en su casa, estamos para servirle. Se despidió. El Zurdo observó a unos 30 varones en proceso de descomposición. Bueno mi jefe, qué onda, ¿quiere trabajar o divertirse? La policía siempre vigila. Órale, ¿ve a aquel hombre que está tragando ron en lo oscuro? El Zurdo echó una mirada. Es Miguel de Cervantes, uno de los batos de Roxana. Lo vieron beber directo de la botella. Le cayó como martillazo en el dedo gordo. Luego abatió la frente, colocó los codos sobre la pequeña mesa, se cubrió la cara con sus manos y volvió a beber. ¿Se lo presento? Por favor, antes de que se suicide.

Mendieta se sentó frente al español que tenía los ojos brillosos. ¿Tendrás chocolate? El Zurdo negó. Joder, pero tendrás algo, coño, crack, cristal, lo que sea. Tengo coca. No es lo mío pero bueno, viene, un par de líneas y otra botella, ¿qué esperas? ¿Cuál es el porcentaje de suicidios en España? Me cago en la leche, ¿y a mí qué putas me importa eso? Lo miró con odio ¿Cuándo viste a Roxana por última vez? Eso se lo diré a la pasma. ¿Y qué crees que soy, la virgen de la Macarena? Bueno colega, tranquilo, pasa que no pareces, llegas con esa cara y tal y no soy adivino. ¿Y? Cinco días. ¿Te dijo algo, mencionó algún temor, alguna amenaza? Nada, esa mujer hacía desaparecer el mundo, sólo quedaban ella y tú, nada más; me cago en la puta madre del que la mató. Mendieta se sirvió ron y se lo echó de golpe. Coño, tú no eres poli, también la conociste. Sus miradas de pozo se sumaron. ¿Desde cuándo la veías? Desde que llegué, hace más o menos dos meses y no la mataría aunque me hubieran ofrecido el oro del mundo, joder, eso no se hace; pero qué te cuento que debes tener lo tuyo. ¿Dónde se veían? En mi casa, en La Primavera, ese barrio pijo lleno de gente extraña. ¿Te gustan las armas? Ni las de juguete, mis padres eran pacifistas y nunca supe de ellas. Le sirvió a Mendieta y dijeron salud bebiendo hasta el fondo. Le cortaron un pezón. Coño, no le gustaba que se los tocaran, si algo cuidaba esa mujer eran sus tetas. *Lo sé, pero no quiero que se me aflojen; además, sientes más deseo mirando, ¿no? Es mejor que las veas sin tocarlas, como el tatuaje.* El cabrón no resistió y después de que la mató le cortó el pezón que le impidió mamar; no puede ser un tipo sano. ¿Cuál es tu nombre? Edgar Mendieta. Miguel de Cervantes y no pierdas el tiempo conmigo, tío: antes que matar una mujer como Roxana mato a mi madre, y mira que por esa tía doy lo que sea. Pues estás cabrón. Lo digo en serio. ¿Cómo acordaban sus citas? Ella ponía las fechas, yo la quería todas las noches, ¿entiendes? Todas las putas noches quería ese coño en mi cama. ¿Cuándo habían quedado de verse? Hoy, imagina cómo me siento, ese hijo de puta me ha partido. ¿Dónde estuviste anoche? En mi casa. ¿Lo puedes comprobar? Vi la repetición del partido del Madrid contra el Barça en una terracita, un jardinero que regaba el césped me saludó. ¿A qué hora? Primero como a las diez, luego a las dos y media de la mañana cuando me fui a dormir y él vigilaba; por cierto, había luna llena y estaba roja, ¿crees en los ovnis? Recordó al perro que le ladraba a una luna roja que en tres minutos se volvió blanca, ¿un asesino pondría atención a eso? Era la hora en que posiblemente habían eliminado a Mayra en el descampado. No abandones la ciudad hasta que te lo autoricemos. No te preocupes, aún me queda tiempo acá. Cervantes sirvió de nuevo y dijeron salud, uno con el vaso, el otro con la botella. Ahora dame tus teléfonos y la dirección de tu negocio, que el de tu casa ya lo tenemos. Ahí está todo. Le dio una tarjeta personal y Mendieta le hizo una foto con el celular. ¿Nunca te contó de otros? Cervantes sonrió con ironía. ¿Quieres saber si la impresionaste? Quiero saber si se sentía amenazada o acosada por alguno de sus clientes. Nada, era muy discreta y hasta leía novelas, coño, bien que jodía con mi nombre, no sé si sepas que me llamo igual que un escritor español. No lo sabía. Lo supuse, eres poli. Pero igual te parto la madre. Tú también estás cabrón, ¿eh, tío?

Su mesa se hallaba ocupada, de manera que se instaló donde pudo. Las chicas continuaban con la exhibición pero ahora una por una. El mesero llegó con una cerveza y un tequila. Cortesía del gerente, mi jefe, ¿ya se interesó por alguna? Mire, esa que está bailando acaba de llegar. Mándame una que haya llegado con Roxana, la más cuero, para pecar sin remordimientos. Hay una que le va a encantar, aparte, era muy amiga de las muchachas. Fue con una chica que batallaba sentada a horcajadas en las piernas de un anciano. Ya está, ¿quiere aquí o en un privado?

El privado era una cueva de un metro por dos, semioscura, con un sillón de plástico en una esquina. Miroslava, sonriente, se le sentó en el pubis y se empezó a mover. Espera, cuéntame de Roxana. ¿Crees que eso te excite? Estoy por descubrirlo. Qué día, no entiendo por qué tantos quieren saber de Roxana. ¿Quiénes? Pues todos, sólo tiene una que morir para que todo mundo quiera saber cómo pasó. ¿Son muchos? Más de los que yo pueda tener en la vida, igual Yhajaira, desde que llegué no paran de preguntar por ella; ¿quieres que te ponga a punto para cuando llegues a casa o prefieres hablar de las muchachas?, si quieres servicio especial, ahora no puedo. ¿Por qué? Reglas de la empresa. Hablemos de Roxana. Desde hace tres noches no venía, pero ella era así, cuando asistía llenaba el local y cuando faltaba también. Por eso la queríamos. Salía con ese español que, pobre, está zafado por ella, ¿eres poli, verdad? De los peores. Miroslava se quedó quieta, aflojó el cuerpo, alzó el rostro para no mirar a su interlocutor. Bueno, cada quién trabaja en lo que puede, ¿cómo murieron? De un balazo. Siempre temes que te pase, cada cliente es el verdugo o el caballero que te dará el peor o el mejor momento. El portero los apremió tocando la puerta. Ya voy, pero no se movió. No me has dicho con quiénes salía. Con todos, era la estrella, ¿cuántas veces venías a la semana? ¿Yo? Ninguna, jamás la vi bailar, la conocí en Mazatlán hace tres meses. Esas idas a Mazatlán nunca me gustaron.

¿Sabes quién la llevaba? Ya es hora, gritó el portero. ¿Por qué no nos vemos después? ¿Conoces el café Miró, de la Chapule? No, pero pregunto. Nos vemos allí a las once. ¿Puede ser a la cinco? A las once estoy dormida. ¿Quieres ir a la jefatura? No, ¿y si nos vemos en mi casa?, te puedo preparar algo especial. Estaba a punto de ceder cuando se hizo un silencio cortante, sin música, reiteró: Está bien, a las cinco en el Miró y se apresuró a salir al área de mesas, ¿qué pasaba?

Más vale que no sea cierto, cabrones, gritó un joven de escasa barba, de veinte años tal vez, vestía una camisa estampada y jeans azules. Una gruesa cadena de oro con una cruz resplandecía en su cuello. El Richie Bernal, farfulló Miroslava a su espalda. El joven portaba un AK-47 y ahí mismo vació el cargador en la pasarela astillándola. Todos se lanzaron al piso, bajo las mesas, detrás de los sillones o donde pudieron. Algunos chillidos. Más vale que ella esté viva si no, este lugar va a valer madre. Se terció el fusil con un movimiento elegante, sacó su pistola y acribilló el techo apagando un par de lámparas. Viva la quiero, cabrones, voy a una pari y no voy a llegar solo más que pura madre. Mendieta observó al gerente atrincherado tras la barra y al Fantasma tranquilo, fumando. Richie, por favor, voz pedigüeña. Te callas, pinche Carvajal; te callas tú y los presentes, se callan las viejas, se callan todos o les parto su madre. Hizo una seña a un compinche que le cambió el Kalashnikov. Miroslava, temblando, se pegó al Zurdo. Ostentaba tetas grandes y duras pero él no las sintió. Odiaba meterse con los narcos y sabía que tenía que hacerlo, ¿acaso no era el único placa allí? Qué hueva. Vio que el español no se había movido pero observaba el cuadro alerta. Tal vez empezaba a considerar resguardarse como el resto porque miró el parquet. Calladitos se ven más bonitos, cabrones, proclamó Bernal. Y ahora, Carvajal, cara de mis huevos, trae a Roxana que tengo pachanga con un jefe. Richie, no es cosa mía, expuso el gerente sacando la cabeza, Roxana... Bernal soltó una descarga al techo. No vayas a decirme que está muerta porque te chingo, pinche panzón, llámala ahora, dile que su Richie ha venido por ella, el que se lo hace como nadie se lo ha hecho. Deja de hacerte pendejo, Bernal. Mendieta dio dos pasos al frente; el Richie se volvió como rayo. Ella está muerta y nadie te la va a traer. Vas a chingar a tu madre, gritó Bernal disparando un rifle que no tenía carga. ¿Qué es esto, imbécil? Aventó el arma al que se la había pasado. ¿Andas protegiéndome sin municiones? Déjate de pendejadas, te digo, el Zurdo se le puso enfrente, se le ocurrió que podía preguntarle «dónde estuviste la noche anterior», sin embargo, continuó. Deja de comportarte como un pinche chamaco cagón. Bernal arrebató la pistola a otro de los malhechores y se la puso al Zurdo entre los ojos. Antes de darte en la madre dime quién eres, pinche puto, el Richie Bernal no mata a nadie sin saber su nombre. Soy el papá de los pollitos, expresó el Zurdo de lo más alerta y dispuesto a defender el pellejo. Pues el plumerío que vas a dejar, hijo de la chingada. Es el Zurdo Mendieta, masculló un pistolero. El morro se aflojó un poco. ¿Estás seguro? El Zurdo se volvió al sicario, era el Diablo Urquídez, que en otra época había sido agente y que pronto se casaría con la hija de uno de sus mejores amigos. El forajido pasó un celular a su jefe. Bueno. Nada, sólo que voy a matar al Zurdo Mendieta y, escuchó durante diez segundos. Bajó la pistola, dejó caer el celular y expresó: La suerte de los pendejos es que siempre hay alguien que los quiere. Rápidamente se encaminó a la salida seguido por su gente. El Diablo recogió el celular y sonrió a Mendieta. No olvide que lo esperamos en la boda mi Zurdo, y secundó a sus compinches. Es compromiso, mi Diablo; fue ella, ¿verdad? ¿Quién más?

Escamilla llegó con una cerveza y un tequila, pero Miguel de Cervantes se le adelantó. Tienes cojones detective, y si me vas a dar por culo, será un placer. Le pasó el vaso lleno de ron y bebieron. Miroslava le dio un beso y le restregó sus pechos sin que Mendieta lo advirtiera. Antes que aquello volviera a ser jolgorio irresistible, se retiró, era demasiado. Se sentía agotado, vacío, con ganas de llorar.

Once

Un balazo en el corazón no lo resiste nadie, salvo el Gandi Olmedo que es dueño de otra colección, ésta de chalecos antibalas, que ha enriquecido desde el día que escapó de sus captores y casi no la libra por una bala 38 que lo atravesó.

Me pregunté ¿para qué sirve un hombre secuestrado? Para nada, mejor muerto. Esa noche me habían puesto una madriza de cena y estaba muy encabronado, ¿para qué sirve un cadáver? Resultó que para lo mismo. Nos encontrábamos en el monte, en una casucha, por el rumbo de Sanalona, esposado de pies y manos. Me preparé: En cuanto estos desgraciados se duerman me largo. Tenía como veinte horas retenido. Querían medio millón de pesos que en ese tiempo era un dineral, no lo reuniría ni pidiendo prestado a mis enemigos. Mi guardián se mantuvo despierto hasta la media noche, después se durmió como sus compas. Me fui moviendo despacito, arrastrándome logré salir por un hoyo en una de las paredes de lata tramada; luego rodé unos veinte metros; todo muy lento porque estaba esposado, con los pies atados y el pinche corazón que se me salía. Cuando intenté saltar como canguro, me pegaron el tiro; me dispararon varias veces pero sólo uno me acertaron. En lo único que pensé fue en un chaleco antibalas, no me preocupé por ir a la iglesia o con Malverde, ni madres, si me salvaba jamás andaría sin chaleco. Era flaco, más que ahora, debí tener poca sangre porque en cuanto mis secuestradores me abandonaron creyéndome muerto, como pude, seguí bajando de aquel cerro hasta llegar a la carretera. Allí me encontraron moribundo unos corredores de fondo que entrenaban en la madrugada. Uno de ellos era estudiante de psicología, el ahora acreditado doctor Parra.

Estaba tan borracho cuando recibió el disparo que se quedó dormido hasta el amanecer. Se levantó con dificultad. Vio su camisa blanca perforada y fue en busca de una cerveza fría. Después de un largo trago se la quitó e inspeccionó el proyectil y la pequeña huella en su chaleco. Calibre 25, pensó: Pinches sicarios. Observó el trozo de metal. No tienen ni para comprar una pistola decente. Acabó la cerveza. ¿Quién sería? Y con una pistola tan pasada de moda. Apagó las luces y se sentó. Se volvió al mueble de los discos para ver que la bolsa del dinero permanecía allí, que las piezas en la pared estaban completas. Fue a la puerta que se hallaba cerrada pero sin seguro, luego guardó el dinero en la caja fuerte. Ese cabrón vino solamente a matarme, ¿quién sería, quién lo mandó? Todos mis enemigos se animan y ahora es tan barato ese jale; por la pistola es alguien que empieza, qué bueno, porque si se le ocurre darme el tiro de gracia ya me estuviera pudriendo, ¿qué pasaría con aquéllos? Ni los ingleses ni el cabrón de Leo, de ese pendejo no me extraña, siempre anda metido en ochenta mil broncas y se escuchaba aprensivo en el teléfono, ¿pero los otros? Con esa formalidad que hincha los huevos. Abrió otra cerveza. ¿Y esta bronca? ¿Quién me mandó este mensajito? El Chuco Valenzuela se anima, pinche puto, anda desesperado porque sus negocios no levantan; el Animal con patas también, de fray Antonio no estoy seguro, es un taimado. Bebió, puso un disco de Cream y se sentó de nuevo. El sol entró por una ventana. ¿Avisar a la poli? Qué hueva, ya los viera a los idiotas metidos en mi casa haciendo preguntas, ¿un detective? En esta ciudad no hay, y si hay han de ser unos pobres pendejos. *Sunshine of your love* en el aire.

Volvió a los tipos de las piezas. ¿Vendrían? A lo mejor pero no desperté. En cuanto sea hora de oficina de seguro llaman. ¿Y si traigo un detective gringo? Ésos son efectivos, no la bola de chúntaros de la policía.

Salió del baño después de las nueve. Encendió sus celulares pero no tenía llamadas importantes. Los apagó. El teléfono de su residencia señalaba una de la distribuidora de Hummer hecha diez minutos antes y otra de la de autos de lujo. Subió a su Jeep y se fue a curar la cruda con el Puye: un coctel de camarón, pulpo, almeja, ostión y caracol con chile piquín le salvaría la vida. Si los ingleses querían hacer negocio que esperaran y sí, llamaría a los gringos, al mismo buró que localizó a sus antiguos secuestradores que no vivieron para contarlo. Si fue el Chuco, no se la va a acabar el puto, aunque también pudo haber sido el Sultán Camacho o, ¿a quién le debo tanto como para que me quiera muerto? Ya los gringos me dirán; por sí o por no, antes de llamarlos voy a preguntar a Carrasco, a su negocio llega cada personaje y se entera de cada cosa, que siempre sabe lo que va a pasar antes de que pase. Deberían contratarlo para predecir temblores; además me debe una lana. Más vale que no haya sido el Chuco; si llamo ahora a los gringos pasado mañana los tendré aquí. Puye, gritó antes de estacionar el carro, el coctel Gandi por favor, y ponle chile a esa madre que vengo herido. Ya está, don Fabián.

A esa hora, Leo McGiver aceitaba su Smith & Wesson amorosamente en el hotel Lucerna. Silbaba la 40 de Mozart.

Doce

Cuatro de la mañana. Mendieta había limpiado su pistola, visto dos películas de Reese Witherspoon de rubia, ingerido doble dosis de ansiolítico y seguía despierto. Dormitaba cada tanto unos cuantos minutos y ahí estaba de nuevo en la vigilia. Pensó con pereza en el ángel que lo salvó de Richie: Espero que no me cueste demasiado. Vio el libro de João Ubaldo Ribeiro y no lo tocó. Mayra Cabral, ojos verde y miel, qué manera de mirar el mundo. *No creo que seas poli, tienes ese encanto de los hombres de bien que los hace ver ridículos, hasta ahora eres la única persona que*

65

ha oído hablar de João Ubaldo Ribeiro, aunque no lo haya leído. Y me clavaba esos pinches ojos, carnal: uno de selva virgen, otro de restaurante de comida china. Se puso de pie. ¿Y si voy a buscarla? Duran tres meses en cada lugar y ya hace cuatro que la conocí. Tal vez me digan adónde fue. Hey, busco a Mayra Cabral de Melo, le dicen Roxana. Uh mi jefe, se fue hace un mes, dicen que trae locos a los de Mexicali, pinches cachanillas. Se sentó desalentado. Para qué me engaño. Las cosas buenas no duran. Miró sus manos: Ojalá una de estas fuera como la que describe Ruy, a punto para el deseo. Y el cabrón de Parra que no lo puedo agarrar, este pinche ansiolítico me lo voy a untar en los huevos a ver si así me hace efecto. Pensó en el chico muerto en el hotel. ¿Quién lo mató? Ese Tyler está pesado. Los gringos vienen a México a: buscar droga, lancheros, lugares de retiro, paisajes, algunos a hacer negocio; ¿qué husmeaba éste en Culiacán? Aquí no hay lancheros, ni ruinas, tal vez quería droga o un lugar de retiro, si venía por negocios, ¿es agricultor?, ¿quiénes eran sus acoples?, ¿buscaba o tenía socios en negocios legales?, ¿por qué le dio piso al morro? En su habitación no había detalles. ¿Y si se resistió a un robo? Le hubiera salido más barato hacer su denuncia. Huyó porque mató. Si fue en defensa propia y el bato se peló entonces es mexicano, un gringo común hace la denuncia y todo eso, pero un mexicano jamás confiará en la policía. Steve Tyler, el cantante de Aerosmith es mexicano, ¿mexicano? Esa sí es noticia. ¿Caso imposible? Puso música: *April come she will*, con Simon & Garfunkel y se quedó quieto, con la certeza de que el amanecer redime.

¿La tristeza es un derecho humano? Si no es debería serlo. No entiendo este vacío, esta falta de ambición, este sentimiento huérfano de no tener a quién culpar de lo que ocurre.

¿Cuáles eran los hábitos de Mayra?, ¿iba al gimnasio, desayunaba cereal, comía pescado, veía telenovelas, escuchaba música, tenía amigas fuera de su profesión, usaba drogas, iba al cine? Sé que leía y que no comía pan, ¿quién le tomó las fotos?, ¿de dónde la llevaron para matarla detrás de ese almacén? El gachupín es taimado, ¿se atrevería? El que de plano se sale de esquema es el Richie, pinche loco, casi no la cuento; a ver si no me pesa cuando deba regresar el favor; de la que no me escapo es de la boda de Begoña y el Diablo; ¿por qué escogió ese lugar?, ¿por qué no la mató antes, la encobijó y se deshizo del cadáver?, ¿nos está enviando un mensaje?, ¿por qué le rebanó el pezón?, ¿por qué matar a Yolanda Estrada?, ¿fue el mismo? Tenemos el mismo calibre. Tal vez no sea narco.

Desayunaba machaca con verdura y tortillas de harina mientras intentaba reanimarse con la versión de *My back pages* del concierto para celebrar los treinta años de Bob Dylan como artista. Masticaba despacio. Cuarenta veces, me dijeron cuando era niño, ¿de dónde sacan los matasanos que un niño puede contar eso? ¿Está inapetente otra vez, Zurdo? Mire que si sigue así no va a llegar a viejo, lo reconvino Ger sirviéndole la segunda taza de agua caliente para Nescafé. La vida no vale nada, Ger, estoy convencido. Ésas son cosas de José Alfredo, Zurdo, pero no siempre tiene razón, era un hombre muy atormentado, alcohólico, enamoradizo y débil. ¿Intentaste algo con él? Ay no, estaba muy viejito y soy de gustos firmes; oiga, qué calor, debería comprar otro aire acondicionado para que no desayune así, está sudando. Le echaste demasiado chile a la machaca. Pero usted no es tan delicado, ¿sabe quién no podía ni oler el chile? Fito de la Parra. ¿El baterista de Canned Heat? Lo conocí en el DF cuando la rolaba yo. Y también cayó en tus garras. Bueno pero ¿de dónde sacan eso de garras, Zurdo? Ninguna mujer necesita agarrar, desgarrar, abrir heridas o engatusar a nadie, solitos caen. Silencio. Perdón Zurdo, sé que no le ha ido como se merece, pero ya llegará, es usted joven, guapo y de buena familia, lo que no me agrada es que no se afeite como debe; es algo que nunca entenderé, ¿por qué a los hombres de ahora les gusta andar como limosneros? Ni reclames, Ger, todos los que has mencionado eran una bola de greñudos que qué bueno que no los encontré, me los hubiera llevado directo a la Grande. ¿Cómo? La mitad de los malandrines de la ciudad están libres, cometiendo fechorías y andan muy cortados de pelo; ustedes no pueden con ellos, ¿cómo van a ocuparse de hombres tan importantes como los músicos? Para que les metan tijera. Ay no, es gente decente, creativa, que significa mucho. ¿Decente Alex Lora? Ése no, si quiere deténgalo, córtele los rulos y si le puede cortar otra cosa no se aguante, lo autorizo. No entiendo por qué te cae mal, ¿qué te hizo? Ahora no le voy a aclarar nada, después; Zurdo, necesito ir al súper, falta de todo y le quiero hacer albóndigas de camarón. Conozco a un tipo que se casaría contigo sólo por esas albóndigas. ¿Es guapo? Digamos que sí, aunque en su tipo. Preséntemelo, le prometo tratarlo tan bien que hasta de las albóndigas se va a olvidar; oiga, me dejó impresionada con lo de la chica sin tetas, ¿encontraron al culpable? Lo tenemos acorralado. Espero que le corten lo que le cuelga.

Suena el teléfono. Ger lo levanta: Un momento por favor, es Gris.

¿Cómo está jefe? Terminando de desayunar, ¿has visto a Ortega? Acaba de dejarnos el informe de balística y algunos indicios, pero se fue a ver un caso por la carretera a Culiacancito; oiga, pero no le llamo por eso, tengo ante mí una mujer que asevera haber asesinado a su padre anoche. ¿Y está confesa? La tengo enfrente y lo acaba de soltar, según ella liquidó a su padre en su casa de la Chapule, hasta me entregó el arma homicida. ¿Cómo se ve? Normal, tengo la dirección de la víctima. Bien, ponla a resguardo y vamos a ver qué hay, llama a Montaño y a Ortega para que envíen a sus achichintles.

Mendieta llegó al domicilio que se hallaba cercano al Miró. Casa de una planta con amplio jardín, muy cuidado y grandes ventanales con cortinas blancas, cerca de madera de un metro pintada de blanco. Puerta café, ancha. Tocó varias veces el timbre. Operó su ganzúa meticulosamente, desenfundó y entró con cuidado. Sala amplia. Por la ventana del jardín interior se colaba la luz. Muebles de piel negra austeros pero finos y sobre las paredes extraños cuadros, la mayoría alargados. Se movió con sigilo. Vio que los marcos contenían objetos de forma irregular de metal y madera. Sobre la mesa de centro había dos botellas, una de whisky a la mitad, y otra de cerveza vacía. Un vaso corto. Trató de oír. Olía a madera fina y a alcohol. Entró en las habitaciones vacías, entre ellas tres dormitorios. El cuarto estaba deshecho, con varias mudas de ropa sucia sobre un sofá frente a una tele grande. Echó un vistazo al jardín interior: flores, macizos de gerberas, una buganvilia, helechos, un cobertizo donde se encontraba un Jeep verde de cacería, un asador de carne y sillas de metal blancas. La cocina vacía, limpia y con luz.

Regresó a la sala, ¿y el cadáver?

Puso atención a los cuadros y constató que eran restos de guitarras. Qué onda, qué buena idea. Observó la discoteca: blues, jazz, reggae y rock clásico. En una esquina siete cedés de Los Tigres del Norte. Fabián Olmedo, ¿y este tipo quién es? Cuando menos era un hombre educado, y lo mató su hija, pero ¿dónde está el cuerpo?, ¿se lo escabechó en otro sitio? Por lo pronto esta colección no puede quedar desamparada, de que se pierda o deje de oírse, mejor que la bese el diablo. Sonó el teléfono. Con un pañuelo descolgó. Esperó. ¿Señor Olmedo? Escuchó. ¿Quién lo busca? ¿Quién habla? Su secretario. Tu puta madre, yo no tengo secretario. ¿Es Fabián Olmedo? ¿Quién eres tú, cabrón?, ¿y qué haces en mi casa? Soy de la Ministerial del Estado, recibimos un reporte de que estaba usted muerto. No ha nacido el cabrón que acabe conmigo. Lo felicito, ¿dónde está? En la calle, frente a la casa. Voy a salir al jardín del frente para que se acerque.

Afuera se estacionó un Jeep.

El Gandi Olmedo, de jeans, camisa blanca y mocasines, bajó ágilmente. Mendieta vio su rostro de comegente y comprendió los impulsos de la hija.

Edgar Mendieta, de Homicidios, esta mañana llegó su hija a nuestras oficinas y confesó que lo había despachado anoche, no queríamos que se pudriera y afectara al vecindario. El Gandi sonrió e hizo un gesto afirmativo. ¿Hay gente adentro? No, pero no tardan en llegar. Como estoy vivo, llámales y diles que se ocupen en otras cosas, y en cuanto a mi hija hagan con ella lo que quieran. ¿Qué fue lo que pasó? Continuaban en la puerta. Esperaba a unas personas, tocaron, creí que eran ellas, abrí y me recibieron con un plomazo aquí, señaló su pecho. Sólo vi un bulto, así que no puedo acusar a nadie. ¿De qué marca es su chaleco? Traía un Kevlar de DuPont. Lo más avanzado, vi su colección de discos, lo felicito. No tomó nada, ¿verdad? Cómo cree, no me atrevería. Olmedo sonrió sarcástico. ¿Y qué le pareció mi colección de guitarras? Impresionante, aunque le faltan, ¿no? No vi ninguna de Kiss. Esos maricas sólo hacían montajes, bombas de humo y eso; mi interés es por las que despedazaban los músicos siguiendo sus impulsos. Brutales, casi siempre. Es una especie de culto al exabrupto.

En ese momento se estacionó Gris y otros dos autos. De uno de ellos bajaron dos chicos con cinta amarilla y del otro uno vestido de blanco. Agente Toledo, le presento al señor Fabián Olmedo. Gris abrió la boca. Ustedes pueden retirarse, el muerto revivió. ¿Qué hacemos con la chica? Liberarla, no hay delito que perseguir.

Bien señor Olmedo, disculpe la violación, sólo dos preguntas, ¿por qué quiere matarlo su hija? ¿Cómo sabe que es mi hija? Ella lo dijo. Pues compruébelo antes de venir a meterse a mi casa. Caminó hacia adentro. Mendieta lo detuvo. Sintió su brazo duro, ejercitado. Dije dos preguntas, señor Olmedo. Y yo ya respondí lo necesario. Se zafó, entró y cerró con un portazo.

Enfilaron rumbo a la jefatura, en el camino Mendieta le contó a Gris lo acontecido en el Alexa. Callaron un momento. ¿Qué piensa? Tanto Cervantes como Bernal me parecen inocentes, pero ya ves cómo es esto, no puedes confiar en la primera impresión; debemos hablar con

Meraz, que tiene todas las relaciones, incluso el comandante sugirió no molestarlo, ¿cómo sentiste a Elisa Calderón? Muy cooperadora, sin embargo, siento que hay algo que no le pregunté. ¿Cómo qué? No sé, no quedé satisfecha. Pues cítala de nuevo y no la dejes ir hasta que estés conforme; me gustaría hablar con la hija de Olmedo, llama a Archivo, a ver si tenemos algo sobre él, no me gustó su prepotencia. ¿Y lo del hotel? Aparentemente es un robo, voy a volver allá a ver qué encuentro.

Paty Olmedo vestía jeans apretados y blusa strapless. Se notaban los extremos de un tatuaje en el pubis y otro en el hombro izquierdo. Hermosa. De cuerpo perfecto. Mendieta sintió eso que se siente. Se presentó. Ella, sin maquillaje, respondió con una sonrisa. ¿Por qué liquidaste a tu padre? Por odio, era un misógino, un tipo que no tenía el menor respeto por nada humano, disfrutaba atropellando gente, haciendo sufrir; pregúntele a sus empleados, a mi madre y a las otras mujeres que vivieron con él, a todas las dejó traumadas, lo mismo que a mí, su única hija; ¿usted tiene hijos? Por su cara debe ser un padre ejemplar, en cambio él era basura, un desobligado, un muerto de hambre, por eso lo maté, no merecía gastar oxígeno. Mendieta miraba su rostro encendido, sus tetas en movimiento y se le antojó verla desnuda. *La mujer es el centro de todas las cosas.* ¿Sabes cuántos años te esperan por asesinato? Los que sean, no me importa, lo primordial es que acabé con esa alimaña. Guardaron silencio. ¿Dónde conseguiste la pistola? Me la obsequió un güey en un antro, traía dos y me regaló una. ¿Cuál es el nombre de ese güey? No lo supe, le decían el Guasave, algo así, platicamos un rato, nos besamos, lo hicimos en su camioneta, preguntó que cuál era mi máximo anhelo, matar a mi padre, respondí, ¿qué necesitas? Una pistola. En la guantera traía una grande y una chiquita, me regaló la chiquita. ¿En qué antro fue? En el Studio Six, ¿puedo ir al baño? Aún no, ¿le dijiste a alguien que te escabecharías a tu padre? No, mis amigos son muy influenciables, al rato todos iban a querer hacer lo mismo y algunos de los señores son bien alivianados, me caen bien. Te hubiera gustado que cualquiera de ellos fuera tu padre. Más o menos. ¿A qué se dedicaba tu papá? A vender carros, distribuía varias marcas; era lo que se dice un hombre exitoso, pero caminó. Te vas a forrar con la herencia. Ni pensarlo, debe haberle dejado su fortuna al diablo. ¿Cuántas veces te dijo que tal vez no eras su hija? Ninguna, casi no hablábamos y hacía meses que no lo veía, ¿por qué lo pregunta? Nomás. Me hubiera gustado tener la suerte de Liv Tyler, con un padre tan buena onda, que la quiere tanto y hasta se le parece. Tyler, claro, Steve Tyler, como el del hotel, recordó Mendieta. ¿Qué edad le echas al güey que te regaló la fusca? Unos veinte. Mmm…, ¿trabajas? Diseño modas, ¿qué le parece este modelito? Se refería a la blusa. En Aguaruto vas a tener mucho éxito, sonrió. ¿A qué hora me llevan? Ya quiero conocer mi celda, decorarla y esperar la visita de mis amigos y luego la conyugal, mi vida será de lo más cool. ¿Estás casada? No, pero tengo como veinte amigos que pueden cumplir ese papel. A ver si no te toca un custodio. ¿Alguien rudo? Qué emoción. El Zurdo, más que encontrarle parecido a su siniestro padre, le pareció idéntica a Scarlett Johansson. Te tengo una pésima noticia. Paty se puso seria. ¿No habrá una celda para mí? Puedo pagar por ella, he oído que eso es posible.

Tu padre está vivo y no ha querido levantar cargos en tu contra, aunque es un delito que se persigue de oficio, así que eres libre. Se sorprendió. Entonces, a quién maté, lo vi caer. Traía chaleco antibalas. Se puso seria, luego cayó abatida en una tristeza profunda. ¿No sabías que usaba chalecos antibalas? Las lágrimas rodaron. Nunca me acordé. Pausa. Señor Mendieta, viera qué triste es no servir para nada, no tiene idea de lo horrible que se siente no saber librarse ni siquiera de su peor enemigo. Mendieta se sentía igual. Soy una inútil, se puso de pie, viéndola salir el Zurdo pensó en su aroma leve: ¿Dolce & Gabbana? Salió detrás. La vio subir en una Murano y tomar el Zapata a buena velocidad. ¿Valdría la pena analizar su pistola?, ¿quién sería el morro? Pinche mundo, ¿cómo sería si hubiera más casualidades?

Trece

Quiero pasar coca a Estado Unidos, dijo McGiver. La guerra va a perturbar las rutas y los grupos se desquiciarán; mis contactos colombianos están puestos y los gringos también, debo aprovechar la oportunidad mientras se reagrupan. De veras que eres ambicioso, si dices que te va bien en tu negocio, ¿qué necesidad tienes de explorar un campo tan complejo que además no es el tuyo? Mira quién lo dice. Pronto hará tres años de que nada tengo que ver en ese tópico. Pero sigues lavando dinero. Jamás he lavado, lo he guardado, que es diferente; hago lo mismo que los bancos, la única diferencia es que no le doy un quinto al gobierno ni presto con intereses. McGiver tomó un trozo de pulpo, se hallaban en un privado de El Farallón, solos, celebrando la incorporación de Jeff Beck a la colección del Gandi Olmedo. Quiero que me ayudes, conoces a todo mundo y me podrías abrir la puerta que necesito. El Gandi sonrió. No lo haré, Leo, no te haré ese mal favor. ¿Por qué? El gobierno no sabe lo que dice y no creo que afecte a los verdaderos cárteles; nadie va a abandonar un negocio tan jugoso y con mercado cautivo. Menos los gringos. Claro, son los que se llevan la tajada del león. Antier hice un trato con Samantha Valdés, le voy a armar a cuarenta y tantos efectivos, y ayer Dioni de la Vega quiso lo suyo, ¿invertirían tanto si no esperaran acción? Olmedo tomó un callo, le puso limón, chile molido y lo masticó, luego bebió cerveza. Entonces menos debes intentarlo, si resguardan su territorio con tanto celo harán lo que sea para impedir la intromisión de nuevos grupos, en ese negocio el sol no sale para todos y son muy pocos los llamados. McGiver probó el aguachile y bebió de su copa de vino. No puedo quitarme la idea de que vale la pena probar. No te la quites, sólo ten claro que en esta época no es moda morir por las ideas y agregaría que tampoco estás en edad. Sonrieron. No soy tan viejo, cabrón. Ni tampoco tan joven. Todavía echo tres sin sacarla. Serán suspiros. Rieron. ¿Dejarás el contrabando? Ni lo pienses, ser contrabandista para mí es destino, ¿se te ofrece algo? Antes de que te maten, investiga si John Lennon rompió una guitarra cuando los Beatles se separaron, busca a una tal señora Thompson, que ese día acordaba detalles con Yoko para una exposición de su obra. ¿Su nombre? Sólo eso me dieron. Órale, sirve que me mantengo ocupado en lo que decido este asunto, que de que se va a mover se va a mover, ya verás. Sirve que sigues vivo, ¿puedo saber quiénes son tus conectes en el otro lado? A McGiver le brillaron los ojos, confiaba en Olmedo pero no tanto; sin embargo, decidió jugársela. Mi abastecedor de armamento. Olvídalo, Leo, es como si sustituyeras un Mercedes por un Toyota. McGiver acabó su copa de Muga y se sirvió. Tal vez tengas razón, estamos viejos, pero me la voy a jugar, ¿qué puedo perder? Olmedo sonrió y movió la cabeza. Anoche, mientras te esperaba, tragué whisky hasta que me quedé dormido, soñaba con los angelitos cuando tocaron el timbre, abrí y me pegaron un tiro en el pecho. ¡No!, ¿sabes quién era? ¿Cómo voy a saberlo? Mi hija, cabrón, Paty Olmedo, la heredera del puto imperio que he creado en toda mi perra vida; ¿cómo crees que me sentí? Como vil chinche. Peor, cabrón, peor, el ser más abyecto del planeta, un imbécil que trabajó en vano, que se arriesgó en vano, que se cagó en medio mundo en vano, ¿sabes dónde estudió la pendeja? En Londres, la mandé a la mejor escuela de diseño de modas, ¿para esto?, ¿cómo no quieres que piense que estoy viejo?, fui incapaz de criar una hija, lo único que hice en mi vida es dinero y ¿para qué me va a servir en manos de esa tarada? Debí seguir el consejo de uno de esos locos vociferantes: la riqueza es selección, no acumulación. Luego llega ese pinche policía a rascarme los huevos, un tal Edgar Mendieta, con su cara de yo no fui, cara como del peor bolero que hayas escuchado en tu puta vida, muy acá, vestido de negro; si no me pongo trucha me roba, me lo dijo: qué interesante colección de discos. Si me tardo un segundo se los lleva. ¿Edgar Mendieta? Debe ser de la Col Pop, allí tuve un compa, Enrique Mendieta, que fue guerrillero, ¿no serán hermanos? Maldita la importancia que eso tiene, Leo, mi hija, cabrón, mi propia asesina, y tú queriendo hacer más lana de narco. Calló. ¿Hablaste con ella? ¿Hablar? Lo que quiero es meterle unos madrazos. Se miraron, Olmedo desalentado, McGiver sonriente. Por lo que dices, la vida honorable no tiene sentido, Gandi, así que no me voy a quedar con las ganas. ¿Gladiolas o crisantemos? Rosas, cabrón, no seas codo.

De la calle llegó una descarga de cuerno de chivo: El Richie Bernal mitigaba su tristeza, y en el Apostolis, un restaurante no muy lejano, el fuerte competidor que McGiver temía, conseguía desplazarlo con el Número uno: armaría a dos mil efectivos del ejército mexicano.

Catorce

Le marcó al doctor Parra: Contesta pinche matasanos. Respondió la asistente. Ah, señor Mendieta, qué bueno que llama, lo busqué ayer para avisarle que el doctor salió a un congreso en Austin, Texas, regresa en siete días. Valiendo madre, pensó «para eso me gustaba». ¿Para qué sirve un médico que no está cuando lo necesitas?

Los informes de Ortega y de Montaño se encontraban sobre el escritorio y eran rutinarios: disparo de 9 milímetros a quemarropa a Mayra, a Yolanda de algo más lejos; a la primera le habían rebanado el pezón con una navaja poco filosa y dejó de existir entre dos y cuatro de la mañana. Hijo de puta, ¿por qué ensañarse con sus pechos? Tan lindos, tan presentes, tan. Resultó sin alcohol y la prueba de material genético la guardarían para lo que se ofreciera. *México es una tentación y me vine así, sólo con mi arte, y mira, no me quejo; pronto podré retirarme y buscar otras cosas, pero no he matado a nadie, señor agente, se lo juro, aun-*

que usted puede ser el primero: lo voy a matar a besos. Era como nadar de muertito. Estar, escucharla, verla, tocarla, superar lo horrible. Huellas por todas partes, o sea, Jack el Destripador haciendo de las suyas. Te voy a encontrar, seas hombre mujer o cosa; donde te metas te sacaré, lo juro en el nombre de Dios en vano; no sé cuándo o dónde pero esto no se va a quedar así. Miguel de Cervantes no se ve tan acá, pinche gachupín, pero le voy a dar carrilla; el Richie Bernal tampoco, no es su estilo, la hubiera cocido a balazos; y la otra chica, ¿fue el mismo?, ¿por la misma razón? Pero a ella no la mutilaron. ¿Dos criminales en el mismo minuto? Hay amistades que cuestan la vida. También merece que a su homicida le saquen las tripas. No encontraron bolso, celular o algo, eso da a entender, ¿qué? El Muerto seguía sin nombre, lo habían baleado entre nueve y once de la mañana, en el teléfono había huellas pero no estaban registradas. Tenía ante sí una pequeña caja de metal, decorada con chinerías, que contenía papeles y algunas cartas de Mayra. En el remitente leyó la dirección de la que podría ser su madre en São Paulo. Hurgó. Allí estaba su pasaporte: mexicana nacida en Guadalajara en 1987. Ah, caray. El Zurdo se quedó quieto, puso atención a Gris que se hallaba pensativa con varios papeles en su escritorio y bebía despacio su Coca-Cola. Tomó café. El periódico destacaba el asunto de la guerra contra el narco. Me dejo cortar un huevo si es verdad, a menos que hayan llegado a un arreglo, reflexionó Mendieta, ¿quién puede hacerle la guerra a esos cabrones? Lo tienen todo: armas, relaciones, estrategas, espías, dinero, aliados; realmente muy complicado. Sonó el celular, tiró el ejemplar a la basura, era Quiroz. ¿Por qué no han dicho algo sobre la chica sin tetas, Zurdo? ¿Qué chica sin tetas, cagatinta? No le hagas al loco, pinche Zurdo. No sé de qué me hablas, cabrón, qué quieres que haga. Toda la fuente dice que los pararon, que no los dejaron ni levantar un acta. Bueno, lo que yo escuché fue que los frenados fueron ustedes. ¿No que no tronabas, pistolita? Mendieta sonrió. Si abren el caso me avisas. Olvídalo Quiroz, parece que es un cero. Oye, qué hay del gringo. ¿Qué gringo? Ya, pinche Zurdo, ¿somos raza o no? Lo digo en serio. Ahí te va: Hoy en la mañana recibimos una llamada de que había un gringo muerto en el hotel San Luis. Fuimos y nos dijeron que eso había sido ayer; Montaño tiene el cadáver en la morgue pero nadie sabe nada; hace rato vi a Ortega pero anda en el rollo de los encobijados. Y qué dijiste: le hablo al pendejo del Mendieta y tengo la de ocho, pues te la pelaste, si encontraron un gringo no fuimos nosotros. Órale cabrón, estamos entrados, y conste que no pregunto por lo que te duele. Colgó. Encendió un cigarrillo. Más te vale, pinche Quiroz, no se lo había terminado cuando escuchó a Angelita. Gris, el Rodo por la línea uno.

Rostro pétreo: ¿Qué quieres? No, ya te dije que no, hasta que me dejes de considerar una pendeja, yo aquí clavada en la Biblia y tú muy fresco, ¿qué no merezco seriedad? Cómo quieres que te crea, Rodo, ni siquiera has pensado en el anillo de compromiso. Colgó con violencia. Angelita, que se había quedado en la puerta tenía, la boca abierta y hasta el Zurdo se hallaba sorprendido. Gris volvió a sus papeles. Jefe, farfulló la secretaria, el comandante lo llama.

Mendieta salió en silencio. Vio la hora: ocho para las doce, se acordó de Miroslava.

Briseño tenía unas notas sobre el escritorio. Siéntate. Mendieta lo miró pensativo: Algo le preocupa, ¿es bueno que un jefe sea tan previsible? Éste es transparente. ¿Alguna novedad? En cuanto al caso de las chicas nos falta interrogar al licenciado Luis Ángel Meraz. Ya te dije que lo dejes así, en todo caso llámale y cuéntale lo que has encontrado. Está en la ciudad de México desde hace una semana pero llega esta noche, eso en el caso de la primera chica; de la segunda no tenemos nada. Dejen eso, son teiboleras y no estamos nadando en recursos, y como ves, Meraz no puede ser culpable, puesto que andaba de viaje, ¿qué hay del muerto del San Luis? Sólo el informe de balística y no estaba fichado, el huésped se esfumó, el hotel se cobró con un voucher; la tarjeta es de un banco de Phoenix que se niega a dar información y tampoco hay huellas registradas. Esperemos a que alguien reclame el cuerpo. Comandante, ¿qué opina de la declaración de guerra del presidente? Un día de estos te voy a invitar a comer, ¿te gusta la sopa de chícharos? Sólo si son negros. Oye, los gringos insisten en que vayas, creo que te quieren enganchar. Pero por la boca, como a un pez. ¿Es cierto que era muy guapa la teibolera que te hace sufrir? *De verdad tienes bonitos ojos. Claro qué puedes hablar de los míos, aunque te costará ser original.* El detective se puso de pie. Ya sé que la conociste en Mazatlán, le alargó el sobre quincenal. Unos tragos Mendieta, es lo mejor. ¿Sabía que el ex procurador Cabrera es socio del Alexa? Tampoco te metas allí que se nos arranca. Abandonó la oficina advirtiendo que el vacío se había incrementado; sin embargo se devolvió: Jefe, enséñeme la invitación de Madrid.

Ya en la oficina buscó en su celular. Gris, envía esta foto a esta dirección y pide informes sobre este tipo, es Miguel de Cervantes.

Casa de Mayra. Entró. Detectó un aroma suave, cristalino, varonil. Es fino, concluyó, por tanto hay alguien que puede comprar una fragancia cara detrás de esto, o cerca de esto, o encima de esto. En perfumes lo fino es caro. Permaneció quieto en la sala durante unos minutos: No hay timbre. Tocó con los nudillos: ¿Quién? Yo, Yhajaira, qué bueno que te encuentro, abre por favor. Ah, Roxana no está. Lo sé, vengo a verte a ti, la mujer más linda del mundo. ¿Lo dices en serio? ¿Alguna vez te he mentido? La chica lo deja entrar. ¿Tienes mucho tocando? Estaba dormida. En piyama te ves soñada, mi reina, ni se te nota el desvelo. Gracias, siéntate, ¿cómo está eso de la mujer más linda? Se va a enojar Roxana, ya ves cómo es. Defiende su territorio como fiera, ¿no?, ¿cómo te fue hoy? Fue un día muy pesado, estoy muerta. Ni más ni menos. Y le disparó al corazón con una 9 milímetros, ¿de qué marca? Imaginó al asesino saliendo, tranquilo después de sentir la quietud en el resto del edificio. ¿En qué momento rompió la foto de la selección de Brasil en Alemania 2006? Caviló deteniéndose en la pared donde estuvo colgada. Le pareció bizarro y lo anotó en su libreta. Deseaba evitar que Yhajaira lo mencionara en sus declaraciones; entonces es posible que los crímenes hayan sido cometidos por la misma persona. Se concentró en los olores: difusos, incluso el que le había impactado, ¿Dolce & Gabbana?, ¿Hugo Boss?, ¿Polo de Ralph Lauren? Lo anotó también. El menaje era sencillo y algunos objetos se hallaban en poder del departamento de peritaje. Cocina pequeña, refrigerador lleno: fruta fresca, frutas secas, verdura, pescado, huevos, complementos alimenticios, un par de cervezas. En el piso, una caja de tomates vacía con la etiqueta de Agrícola San Esteban. Una puerta daba a un pequeño patio donde tendían ropa. Escuchó el ruido de los vecinos que volvían con sus hijos de la escuela. Dijeron a Gris que nada sabían de las chicas. La recámara de Yolanda era un caos y no le provocó nada. Fue a la de Mayra tratando de ser objetivo, lo que significa que trató de ignorar su cuerpo y su rostro sonriente por todas partes. Te voy a encontrar, murmuró. Nadie es perfecto y algo debes haber dejado o algo perpetrarás que te ponga al alcance de mi mano. Me harás o te haré la pregunta imposible, y no pasarás la prueba del ácido, pinche puto. Observó con detenimiento el vestuario, unos treinta pares de zapatos con plataforma de cristal de todos colores y diseños. Un compartimiento del clóset con libros en portugués, entre ellos *La casa de los budas dichosos*. ¿Por qué Yhajaira?, ¿cómo afectaba a su verdugo si la dejaba vivir?, ¿sabía que Roxana se fue con él? Estaba muy concentrado cuando escuchó un clic en la puerta. Al tiempo que se volvía recordó que no había cerrado la entrada y que la alfombra era de las más mullidas. Un lujo para este clima.

El guardia del Alexa le apuntaba. Mendieta lo ignoró y continuó revisando el espacio. Mexicana nacida en Guadalajara en 1987, recordó. ¿Quién eres realmente, Mayra Cabral de Melo? Su segundo apellido era Palencia. Pasaporte vigente. En ese momento su interés por el caso se volvió más profesional. ¿Por qué insistías en que eras brasileña? Hablabas como brasileña; bailabas, según decías, como brasileña; leías en portugués, esta pequeña biblioteca indica que tu interés no era una pose; ya lo dije, para leer *A casa dos budas ditosos* se necesita ser brasileña, y tú hablabas de Ribeiro como un gran escritor, y de Coelho y de Fonseca. Todas las cartas eran de la misma persona que te aconsejaba serenidad y paciencia. Recordó que había abierto un sobre manila que contenía una docena de tarjetas de presentación, que había leído los nombres y separado dos que se guardó en el bolsillo.

Sobre la alfombra se veía una huella de 40 por 40 centímetros; una caja pesada había sido removida recientemente, ¿por el asesino? Si puede mover una caja que deja esta huella debe ser fuerte. Qué buscas, preguntó al guardia con firmeza, el tipo bajó la pistola. ¿No deberías estar en la jefatura? No tengo qué declarar. Pues ve pensando qué les vas a decir a mis compañeros que vienen en camino. El hombre le apuntó de nuevo. Veo que sigues utilizando armas prohibidas, Rivera, de eso vas a responder tú o tu jefe. Deja de joderme, Mendieta, tú ni pichas ni cachas. No soy yo, eres tú quien no te alineas.

Sonó su celular, era Gris. Jefe, revisé la caja de Mayra, leí un par de cartas. La dejó hablar. Por lo que dicen, su mamá es de Guadalajara, se llama Elena Palencia. Busca en el directorio telefónico. Ya lo hice y la encontré, aquí le tengo los teléfonos. Llego en media hora, estoy con un detenido. Cortó.

¿Cómo que detenido? Yo no estoy detenido. Claro que lo estás y además portas un arma de uso exclusivo del ejército. Pero si no he cometido ningún delito. Eso lo decidirá el juez. Lo encañona de más cerca. Estás zafado si crees que me voy a dejar atrapar tan fácilmente, además ¿de qué me acusas? Del asesinato de Yolanda Estrada, alias Yhajaira. ¿Qué? Estás tumbado del burro, ¿cómo piensas comprobarlo? ¿Quién se preocupa de eso? Estás fichado y en todo el mundo, lo fichado es para siempre y los fichados invariablemente caen en los mismos errores. Por mi santa madre que nada tengo que ver, vine porque tenía algo con ella; no sabes cuánto me ha golpeado su muerte, sólo quería ver su casa, su habitación, recordar su cumpleaños que fue el domingo pasado, lo bien que la pasamos aquí. Lo iba a embromar pero calló, ¿acaso no le pasaba lo mismo? ¿A qué hora fue el festejo y quiénes estuvieron? Llegué a las cinco y me fui a las ocho, ella se quedó arreglándose para ir al Alexa. ¿Estaba sola? Sí. ¿Por qué no hueles ahora? Por mi mujer, siempre que venía con Yolanda me perfumaba y me la hacía cardiaca. ¿Cuál te gusta? Me han regalado de todos. ¿Conocías a todos con los que salía? Cómo crees, sería una locura; esa mujer tenía una vida muy activa. ¿Y Roxana? Más que Yhajaira, era una chava muy solicitada, había seducido a medio Culiacán, ¿sabes qué?, acepta la pistola pero no me detengas, le juré a mi madre que ya no me metería en broncas y la verdad lo he evitado. Le aventó el arma, Mendieta la observó, tenía tiro montado y el cargador lleno, era una Sig Sauer. Vio la cara de José Rivera que estaba realmente compungido. Está bien, concedió, pero me vas a echar la mano en todo lo que necesite para este caso y el otro. Le regresó la pistola. Regálasela a tu madre en prueba de tu regeneración. Eres raro, pinche Mendieta. Oye, los guardias siempre ven más de lo que deben, ¿quién era el machín de Roxana? Tenía varios. Entre ellos, quién te gusta para que fuera el favorito. No me atrevería a señalar a alguien, ya ves el tango que hizo el Richie anoche; felicidades, por cierto. ¿Sabes de alguien que haya sido cliente de las dos? Seguramente varios, eso es común; los clientes siempre quieren cambiar. Piensa en alguien que sabía dónde vivían y las visitaba. De eso no supe, ninguna de las dos lo comentó. ¿Viste la foto de la selección de futbol?

Muchas veces. Pues alguien la rompió. Roxana se hubiera muerto, pasaba diciendo que era pentacampeona. Guardaron silencio. Hace unos días llevaste a Roxana a Mazatlán, ¿por orden de quién? ¿Yo?, de dónde sacas eso; jamás la llevé a ningún lado. Ubícate, no quiero pendejadas, y ahora lárgate antes de que llegue la cargada.

Volvió su atención a la habitación: Qué difícil es encontrar un pajar para una aguja.

Caballería. Jefe, era Gris, llamó Elisa Calderón. Dice que una de las chicas vio a Mayra irse con Luis Ángel Meraz el domingo pasado, se llama Camila Naranjo y vienen para acá. ¿No estaba Meraz en la ciudad de México? Es lo que dijo el gerente, pero ya ve. Veremos qué sabe Camila. Clic. Otro que tiene doble.

Quince

Peter Connolly odiaba México. No es fácil odiar un país entero pero él se las ingeniaba y lo ejercía. Cuando se convirtió en miembro del grupo especial de avanzada del FBI, al lugar que más le agradaba viajar era a México. En cuanto bajaba del avión escupía el suelo y llegó a decir que defecaba en los jardines de los hoteles en que se hospedaba. Era un país miserable que no podía consigo mismo, una maldita estación de tránsito para la droga proveniente de Sudamérica; que se quedaba con parte de la ganancia y pretendía más. A como diera lugar había que acabarlos, lo mismo a esa caterva de idiotas que pretendían evitar la guerra recién aprobada; que se desgañiten, que recen a sus santos, que lloren, nada conseguirán: imbéciles. Aparte todos esos latinos infestando sus campos, restaurantes y tiendas causarán la perdición de la nación más poderosa del mundo, ¿será posible exterminarlos o cuando menos esclavizarlos? Cuántos problemas se resolverían. Debo convencer a alguien que lo proponga en el Congreso, si no terminaremos hablando esa jerga horripilante con que se comunican.

Era miembro de un poderoso grupo cazador de indocumentados que operaba en Texas, Arizona y Nuevo México. Su meta: un día, un muerto, y presumía que durante doce años jamás había incumplido con su cuota. Incluso, cuando viajaba de comisión, disfrutaba más su ejecución cotidiana. La madrugada anterior, en una calle de Westwood, cerca de la Universidad de California, LA, había aniquilado a una mujer que cuidaba niños y a un operador de trascabo cuando se dirigían a su trabajo. Sabía por experiencia que el siguiente día sería abrumador y prefería adelantar. Al regreso, haría una serie con cantantes. Chakira, ese vómito verde, sería la primera; luego Ricky, algún cantante norteño y remataría con el guitarrista ese, ¿cómo se llama? Maldita raza infecta.

Viendo el noticiero de CNN, esperaba a que los otros gringos tomaran su desayuno y se fueran a turistear, pescar o cazar. Este hotel es una pocilga, pensaba, pero todos están igual. Es este un país asqueroso que no tiene remedio y no nos dejan más opción que manipularlo a nuestro favor; el acuerdo que firmamos anoche fue genial: dos mil efectivos es una buena cantidad. En la tele, el presidente de Estados Unidos emitía un mensaje. El anciano no debería viajar a este país tan corriente y menos a ese rancho tan vulnerable; se expone demasiado. Alguien debería hacerme caso. Fumaba vestido, estudiando un mapa.

A las ocho cero dos decidió que era hora de desayunar. Cuidó que todo quedara en orden, dobló el mapa y lo colocó en el buró. Subió el volumen a la tele. Quitó la cadena de la puerta, abrió y recibió un balazo en la cabeza. Alcanzó a desenfundar pero no consiguió disparar. Lo que siempre digo. Fue lo último que pensó. Un maldito país de.

McGiver, vestido con un mono azul de plomero, se incorporó porque se había agachado previendo otra respuesta. Verificó que el sujeto estuviera muerto. Vender armas es más peligroso que vender información, expresó mientras lo ubicaba en la habitación y lo despojaba de su pistola. Inspeccionó su identificación y su pequeña maleta de donde extrajo el contrato firmado la noche anterior; observó la firma y sonrió; revisó el mapa de la región sin encontrar marcas y lo dejó caer al piso, abierto; tomó tres celulares y se los guardó, al igual que unos dólares. El dinero va y viene, musitó. Éste viene. En la tele, algo sobre las armas nucleares en Irán.

Salió, vio el número: 522. Colocó el letrero «No molestar» y cerró con suavidad.

Dieciséis

A las cuatro de la tarde llamó a Elena Palencia que tenía cuatro meses en São Paulo, Brasil, y no volvería hasta el final del verano. Anotó su número de celular y se largó al Miró. *Honey,* con Bobby Goldsboro. Tuvo el impulso de apagar el estéreo pero resistió. Tomó la calle Victoria, donde fue demorado por un retén militar que buscaba armas. Se identificó pero de nada sirvió. No pensé que nos tuvieran tanta desconfianza, comentó con el sargento. Somos parejos, sin embargo, le dejaremos su fierro para que cumpla con su deber. ¿Han decomisado algo? Ni una navaja. Terminaron de revisar el Jetta y continuó.

Miroslava llegó a las cinco treinta. Avejentada, ojos sin expresión, vestía con sencillez. ¿Gustas algo?, te recomiendo las tapas de carne. Ay no, el colesterol anda duro. La carne ya fue liberada, puedes comerla sin peligro. ¿Puede hacerse eso? Claro, además sirve para que salga pelo. Eso quiere decir que pronto podremos comer cerdo, me encanta el cerdo. Al rato tendremos que tragar lo que haya. Rudy trajo el tercer café para Mendieta y el primero para la chica, quien lo rechazó. Es que luego no puedo dormir. Quiso una cerveza.

Conocía mal a Mayra, un poco mejor a Yolanda. Era de Cosoleacaque, Veracruz, y le encantaba su trabajo, pero ya estaba pasando su tiempo. Mendieta mencionó los nombres de los principales sospechosos pero ella no les dio mayor importancia, lo único que diría de ellos es que eran muy buenos clientes. ¿Ya habló con Kid Yoreme? Todavía no. Derrapaba por Mayra, es misterioso y dos veces le oí decir que no soportaba verla en otros brazos, que la prefería muerta. Dime dónde vive. No sé, ¿cómo voy a saber eso?, ayer no lo vi pero va todos los días. ¿Tienes idea de en qué trabaja? Es boxeador o lo fue. ¿Supiste si alguien la recogía en su casa? Nadie confiesa eso; todas tenemos de esos clientes y no pocas veces ganamos más allí que en el table. Le sirvieron sus tapas. ¿Por qué envidiabas a Mayra? Reflexionó: Por su juventud, su arrastre, su suerte, su belleza, ¿suficiente? ¿Y a Yolanda? Ay la Yoli, pobre, era un pan con leche; no, ella no despertaba tantas pasiones. Le contó que quería casarse y tener una hija para que fuera la reina de los table dance, sonrió. Mejor que Roxana. ¿No te gustaría que fuera policía? Jamás, no me explico cómo puede haber mujeres que tengan un trabajo tan peligroso. ¿Te gusta el ambiente del Alexa? Es soportable, el gerente es buen chico, un poco sacado de onda al principio pero luego se encarriló, digo, porque estuve cuando llegó, hace poco más de un año y ahora, el Fantasma y Escamilla son buenas personas; Elisa nos trae en chinga y cuidado con que te quieras ir por la libre porque se te arranca; las chicas, siempre en competencia pero no para matarse entre sí, digo yo, ¿no? ¿Rivera anda con alguien? Se me olvidaba, pobre Chiquilín, se estaba clavando machín con Yhajaira y parece que ella le resorteaba. Los clientes que las buscan en sus casas, ¿también van al Alexa? ¿Para qué? A muchos no les gusta exhibirse y luego no nos dejan salir, tomó un bocado. Te diré lo que piensas de Camila Naranjo: que es una maricona, una desgraciada, mala amiga y pésima compañera. Miroslava suspendió la masticación y abrió la boca. ¿Cómo lo sabe?

Conversación con Camila Naranjo efectuada a las dos cuarenta y siete de la tarde en la jefatura: Cuéntanos quién te vendió la pistola con que asesinaste a Mayra Cabral de Melo y a Yolanda Estrada. Sus ojos se llenaron de lágrimas, su cara se puso roja y lloró. Yo quería matarlas. Gris Toledo, detective de Homicidios de la Policía Ministerial del Estado, quien observaba las reacciones rutinariamente, se despabiló. Mierda. Y encendió las dos grabadoras. Pero no fui yo, lo pensé varias veces, lo confieso, mas nunca me animé, entiendo que se nace para eso y yo.

A ver, Mendieta, la calma después de la tormenta, querías liquidarlas, ¿y? No las asesiné; sí es lo que está pensando, me caían muy gordas, sobre todo la brasileña, pero no fui yo. ¿Qué andaban haciendo Mayra y tú en ese descampado, querían comprar semillas? ¿Cuál descampado? ¿Cuántos iban con ustedes? Yo no me la eché porque se me adelantaron y nada sé de descampados, ¿me puede encarcelar por desear matar a alguien?, porque en el Alexa, todos los días deseamos la muerte no de una persona, de varias. Mendieta hizo una leve señal a Gris. A ver, no nos has dicho el nombre del que te vendió la pistola. Nadie me ha vendido una pistola, Kid Yoreme se comprometió a conseguirme una pero aún no lo hace, por cierto está loco por Mayra. ¿Dónde lo conociste? Es parroquiano. ¿Cómo se llama? Kid Yoreme. ¿Sabes qué hace? Creo que es velador, algo así. ¿Por qué darles cran a tus compañeras? Las odiaba. ¿Piensas que es suficiente para quitarle la vida a alguien? ¿Cree usted que no? La puta desgraciada me quitó a mi mejor cliente, medio estaba conquistando a Bernal cuando se le atravesó; oiga, soy humana y estoy construyendo una casa en mi pueblo. ¿Y Yolanda? Bueno, uno odia también a las amigas porque te tienes que cuidar de ellas, además a mí nadie me quiere, sufrió un acceso de llanto. ¡Cómo me hubiera gustado despellejar a esa perra! Le dijiste a Elisa Calderón que se fue con Luis Ángel Meraz el domingo, ¿supiste adónde? Señorita, por favor, ¿adónde vamos nosotras con los hombres? ¿Los viste salir del Alexa? Los vi llegar, ella se bajó de la camioneta, se veía acalorada, dijo algo que no escuché pero discutía con él, pasaron unos minutos y se volvió a subir. ¿Viste a Meraz? No, pero era su camioneta; él es el cliente que me bajó, la muy perra. ¿Si hubiera sido su chofer? Esa camioneta sólo la maneja él, lo sé. ¿Dónde trabaja Yoreme de velador? No sé. Mendieta abandonó la oficina y dejó que Gris continuara. Camila era inocente, ¿qué ocurría? Como siempre aparecía un sinfín de inocentes hasta que el culpable daba un traspié. Pinches inocentes, nomás estorban.

En el estacionamiento lo saludó Elisa Calderón que bebía Coca-Cola. Tuvo la tentación de conversar con ella, pero continuó, se hallaba confundido: ¿Quería más a Mayra muerta que en vida? Y ese hijo de la chingada que le cortó el pezón la va a pagar, y este pinche hoyo, y Parra, borracho en Austin; jamás me metería en su vida privada pero le encanta la cerveza.

Pues si lo quiere saber, Camila es la peor: gandalla como ella sola, despectiva, intrigante, rencorosa, una noche podía ponerse tu tanga más apreciada y no te avisaba, te hacía sentir que habías nacido para servirla; ella y Mayra nunca se tragaron. ¿Alguna vez Roxana te contó de sus clientes? Eso no se hace, ¿cómo cree? ¿No se sienten tristes de vez en cuando? Cómo no, hay veces que una quisiera ser otra cosa; pero Mayra no, ella tenía vocación para este negocio; la única vez que la vi triste fue hace poco: cuando se murió una amiga suya que no era del oficio, fue al velorio y no la dejaron entrar. ¿Dijo su nombre? Anita Roy. ¿Sabes en qué trabajaba Anita? No creo que trabajara, era muy rica, Mayra le daba clases de baile. ¿A un grupo o a ella sola? No sé. Bebió tres cervezas más, dijo que era amiga de Livi Leyva, la esposa del gerente, que de vez en cuando daba sus vueltas, según ella para ver a las muchachas pero al que veía era al marido. No sé qué le cuida, está refeo. El Zurdo, quien sabía de su relación con Carvajal, sonrió.

Por la noche le señalaría a Kid Yoreme, luego quiso quedarse en el Forum y Mendieta respondió el celular. ¿Qué pasó? Jefe, no lo va a creer, otro muerto en el San

Luis y parece que éste sí es gringo. A ver si no nos declaran la guerra los norteamericanos, te veo allá.

A las seis cuarenta y cinco de la tarde entró a la habitación 522. «No molestar». Había llegado primero. Tele encendida. Aquí estuvo un asesino, ¿tocó, traía llave, usó ganzúa, encontró abierto? Mmm... El cuerpo se hallaba sobre la alfombra. Observó, olió, especuló. El asesino tocó, el muerto abrió: «¿A quién buscas? No está», y recibió el balazo. Lo conocía, ¿asalto? Entonces, ¿en qué situación un gringo puede ser esa clase de víctima?, ¿están asaltando en este hotel? Aunque Tyler le ganó al malandrín, a quien por cierto todavía no reclaman, ¿estaba armado? ¿Y ese mapa en el piso? Se puso sus guantes y lo recogió: municipio de Culiacán. Lo observó, no tenía marcas. El perfume es diferente al de Tyler, tal vez Roadster Cartier y algo más, no estoy seguro, pero me inclino por que sea, ¿Hugo Boss? Ese pinche perfume lo usa todo mundo. Olfateó la cama, tocó el cadáver con un pie. Perdón, estoy tratando de saber si cogiste antes de morir. Husmeó. ¿Fue hombre el que te disparó?, ¿o mujer? Son tremendas. ¿En qué situación traería tarjeta para abrir la puerta alguien que quisiera ver al gringo? Alguien del hotel, ¿habrá una recamarera asesina? Bueno, son humanas, como dice Camila, ¿por qué no? La primera condición para ser asesino es ser humano, ¿los electricistas de los hoteles abren las puertas? Creo que sí. Si traía ganzúa no hay vuelta de hoja. Tengo la impresión de que este señor lo recibió: El baño está tirando agua y esa lámpara no se apaga, no puedo dormir así. ¿No puede? Pues duerma todo lo que le falta, cabrón. La verdad es que un asesino entra como sea. En la tele, el noticiario de CNN. Te interesaba el mundo, ¿eh?, o sea que no eras un cualquiera. En el baño ubicó el frasco de Cartier, desodorante, crema humectante y una rasuradora automática. Mmm....

Cacheó el cuerpo rígido. A ver qué tenemos aquí, sobaquera sin arma: Oh, ¿la alcanzaste a sacar? Te madrugaron, te acribillaron antes de que pudieras defenderte y después te despojaron de tu fierro. Debes tener cuando menos diez horas de viaje, vamos a ver qué dice Montaño, eso si no está por ahí empernado. Veamos la cartera, piel fina, dos tarjetas de crédito con distintos nombres, dos licencias de conducir a los mismos, mmm... El joven gerente se acercó. ¿Puedo servirle en algo, detective? Présteme la ficha de registro, el voucher que firmó y traiga a la señora que lo encontró. En el tacho de basura encontró un boleto de Aeroméxico. From: Los Ángeles. To: Culiacán. Name: Connolly/Peter Mr. Lo dicho, ahora sí nos declaran la guerra, dicen que los gringos no son felices si no están peleando y ya se aburrieron de Medio Oriente; pues acá pueden tener su guerrita a las puertas del hogar. Sonó el celular. Jefe, ¿dónde anda? Era Gris. Estoy con el muerto, ¿por qué no han llegado? Topamos con una manifestación de comuneros, apenas estamos saliendo.

Peter Connolly, profesión: maquillista; domicilio en Westwood, condado de Los Ángeles. Órale. Mendieta observó sus manos rudas y movió la cabeza. La señora que lo encontró temblaba. Estaba como está, tenía el letrero de no molestar, toqué y como nadie contestó y era muy tarde, abrí y ya lo vi. Nadie había visto nada o escuchado algo; ni el plomero ni el electricista fueron requeridos. En ese hotel nadie molesta a los alojados. El gerente observaba. ¿Qué les pasa a sus huéspedes? Es lo que quisiera saber. Este lugar se está convirtiendo en un cementerio de elefantes.

En ese momento llegó Gris hablando por celular: No Rodo, entiéndeme carajo, seré la madre de tus hijos pero tómalo en serio, no es que quiera el anillo, quiero lo que significa el anillo, eso lo debes saber tú, si sólo con el anillo aparece el significado, tonto no eres ¿o sí? Te lo repito, no voy a salir contigo hasta que corrijas esta situación tan embarazosa. Hizo una pausa y gritó: No he dicho que no me quiera casar contigo, he dicho que aquí faltan algunos detalles. Apagó el celular con violencia. Respiró hondo y puso atención a las personas que la contemplaban embobadas. A sus órdenes, jefe, expresó con voz segura. Esperen afuera. Mendieta sacó a los demás. ¿Y los técnicos? Deben estar subiendo y también el forense.

Necesitamos saber quién es, encárgate, ahí están algunos de sus datos. Le pasó los papeles que le dio el gerente. En su contexto está la clave. Cortina cerrada y luces apagadas. Veía CNN. Para mí que no tenía compañía; quien haya sido llegó, tocó, la víctima abrió y se lo echó. Miró bajo la cama. Nada. El teléfono ya lo verán los técnicos. Con un guante abrió el buró. Sólo la Biblia. Te dejo, esta noche debo volver al Alexa a conocer a Kid Yoreme. Jefe, quiero ir con usted. El Zurdo la miró. Contar contigo es lo mejor que me puede pasar, pero primero arréglate con el Rodo. Salió antes de que ella replicara.

Comandante, el segundo muerto del San Luis es un gringo, igual pienso que no es quien dice ser. Suelta rápido que debo ir a casa a cocinar. Dice que es maquillista y sus manos están llenas de cicatrices, creo que debe llamar al consulado de Hermosillo y a la PGR. Está bien, nos vemos mañana.

Se estacionó a un lado del almacén de granos, cerrado, y se quedó pensando. Mala hora para encontrar indicios. Encendió un cigarrillo. El tipo lo pensó o se le presentó la ocasión. Los matorrales se iluminaban por los vehículos de la carretera. Dejó su bolso, ¿en qué casos una mujer prescinde de su bolso? Es parte de su historia; quiere decir que el tipo lo decidió y si la trajo en carro no permitió que lo bajara. Entonces no es cualquiera; no es el Richie, por ejemplo; pero sí pueden ser Cervantes o Meraz. Sacó las dos tarjetas de visita que tomó de la caja de Mayra. O estos: Esteban Aguirrebere y Miguel Ángel Canela, y tantos que la desearon y soñaron con ella, más los que iban a su casa. Debe estarse pudriendo el hijo de la chingada; algo tan horripilante no se puede ocultar ni soportar por mucho tiempo. Apagó el cigarrillo y bajó. Si le cortó el pezón antes, debe haberle dolido, según Montaño la navaja no tenía filo; el cabrón se puede estar quedando sordo pero no ciego, y lo que sea de cada quién, nadie puede superarlo. Tal vez el contacto con tanto muerto lo incite a la búsqueda de cuerpos jóvenes y vivos, o a lo mejor se nace para eso. Yo, ¿para qué nací? Sintió el impulso de que su vida no valía la pena. Para valer madre. Y el vacío se manifestó de golpe. Para ser una pinche sombra.

 Caminó por el descampado oscuro y no le encontró sentido. Demasiadas breñas y la cinta amarilla había desaparecido. En una nave en construcción a 30 metros del almacén, un hombre fumaba. De vez en cuando se fijaba en Mendieta y soltaba el humo. El Zurdo se acercó.

Buenas noches. ¿Es policía? Como los de la tele, y estoy investigando sobre la muchacha que amaneció muerta allí, cuénteme lo que vio. ¿Cómo sabe que vi algo? Porque más ve el diablo por viejo que por diablo y usted no tiene un pelo de tonto. El Zurdo sacó un cigarro y ofreció otro al señor. Oí el balazo, me asomé, el compa se acuclilló, luego se paró y se fue; tenía un carro estacionado atrás del almacén. ¿Qué carro? Sólo vi el bulto cuando me asomé a la carretera, se alejó por ese rumbo, fuera de la ciudad. ¿Camioneta o automóvil? Auto. ¿Usaba sombrero? No, y vestía de claro, se veía alto, ni flaco ni gordo. ¿Carro chico o grande? Más bien grande, si hubiera venido para este lado lo veo completo. ¿Oscuro o claro? Oscuro. El Zurdo meditó. ¿Los vio juntos antes de que él disparara? No, cuando el tipo se fue me acerqué y vi el cuerpo. ¿Llamó a alguien? No, no tengo teléfono, llamé cuando llegué a mi casa. ¿Cuál es su nombre? No pienso decírselo y tampoco me prestaré para ir a declarar. Hace bien, es una hueva ir con los polis. ¿Es usted poli o no? ¿Qué horas serían cuando oyó el balazo? Por ahí de las tres de la mañana. Mendieta le dio otro cigarro y encendió el suyo. ¿El sujeto se fue despacio o corrió al carro? Se fue calmadito, sin voltear pero calmadito. ¿Se veía joven? Como usted. Gracias, y no vaya con los polis, capaz que le echan la culpa por salir del paso. Se retiró.

Mañana mandaré que tomen fotos de las huellas de las llantas.

Uta es tardísimo y no he tomado ni una cerveza. *A los brasileros nos gusta la cerveza pero a mí me hincha el estómago y prefiero otra cosa.* Claro, cualquier cosa menos morir.

Diecisiete

Helipuerto del campo de caza El Continente, situado al lado de la residencia del propietario, en el extremo norte del aeropuerto para avionetas, donde también funcionan las oficinas. Nueve de la noche.

La aeronave de matrícula norteamericana de dos hélices, verde oscuro, se posa con suavidad en el centro del círculo fosforescente. Un segundo helicóptero sobrevuela la zona. A 30 metros, el dueño del coto espera tranquilo, acompañado de su capataz, un hombrón armado con fusil y pistola. Varios de sus empleados, custodiados por expertos del FBI, cuidan el menor detalle. El padre del presidente de los Estados Unidos es aficionado a la caza y está aquí para una jornada de patos en una laguna cercana. Más atrás la casa está perfectamente iluminada y resguardada, aunque el distinguido huésped sólo beba un whisky en las rocas y después de una cena frugal se vaya a dormir tranquilo, hasta la madrugada. Al lado del helipuerto se alza una cerca de malla ciclónica que protege el área de intrusos y animales. La cerca se halla infestada de agentes aburridos.

Antes de salir de Houston, el general Mitchell, comandante en jefe de la guardia, fue notificado del asesinato del agente de avanzada Donald Simak, pero no le puso mayor atención; es más, declaró que no lo conocía y que jamás nadie con ese nombre se había relacionado con el ejército. El señor B le tenía prohibido suspender expediciones de caza con amenazas de degradación, por lo que ni siquiera se atrevió a comentarlo. Tampoco nunca había ocurrido nada espectacular mientras el padre del presidente del país más poderoso del mundo disparaba a los patos o a las liebres. Era hábil cazador y muy entusiasta. Mitchell ni siquiera intentó recordar a Simak, quien en sus últimos reportes proponía extremar precauciones, cuando escuchó los primeros disparos y se colocó delante del anciano para protegerlo de una descarga cerrada de AK-47.

El general, mientras su gente repelía el ataque con pistolas y rifles de asalto, cayó sobre el anciano que vestía uniforme militar.

El segundo helicóptero, que continuaba su vigilancia desde arriba con el equipo de visión nocturna, pronto ubicó a los cuatro agresores y los acribilló. Sobrevolaron el lugar hasta estar seguros de que nada respiraba. Luego bajaron, constataron que todos estuvieran muertos y los amontonaron junto a la cerca. Todos vestían playeras con la consigna: *Muro no*.

Mientras tanto, el señor B fue liberado del cadáver del general Mitchell y trepado al helicóptero que despegó rumbo al aeropuerto de Culiacán, donde abordaría una aeronave que en 58 minutos lo depositaría en casa.

El coronel William Ellroy, segundo en el mando, se hizo cargo de la situación. Ordenó confinar a todo mundo en una habitación para interrogarlos. Llevó consigo a Adán Carrasco, el propietario, y se encerró con él en el despacho. El capataz fue desarmado. Espero que pueda explicar esto, estúpido. Gritó Ellroy, quien era sureño y famoso por su hosquedad. Casi matan al padre del presidente, ¿cree que es juego?, maldito cretino, poco le importa lo que pueda suceder. El que lo tiene que explicar es usted y toda la sarta de pendejos de sus agentes, ¿qué, no limpiaron la zona? Carrasco a pocas cosas temía y menos a ese grandulón de 1.95, malencarado. Se miraron a fondo. Toman mi rancho y no son capaces de ver a unos cuantos pelagatos entre las yerbas, agregó el dueño que en su juventud había sido francotirador del ejército yanqui. ¿Cómo sabe que eran unos cuántos? ¿Cree que sólo usted tiene informantes? Si nos puso una trampa es hombre muerto. El que es hombre muerto es usted, junto con su equipo de incompetentes. Ellroy se puso de pie para golpearlo, ¿qué se creía el imbécil?, ¿que porque era amigo del presidente y de su padre podía ofender a un miembro del ejército norteamericano? Maldito bastardo, con él no iba a jugar. Se detuvo porque escucharon el ruido de un helicóptero que se aproximaba. No hemos terminado, Carrasco. Si insiste usted en culparme llamaré a la policía mexicana. Salieron, al igual que la mayoría de los agentes. ¿Y ésos para qué sirven? Carrasco se había comprometido a no involucrar a las fuerzas nacionales; pasara lo que pasara, lo arreglarían él y los involucrados. Cuando menos para que estorben. Era el mismo en el que habían rescatado al señor B, que en cuanto tocó tierra bajó rodeado de esbirros. Carrasco fue a su encuentro. ¡Señor B, luce usted magnífico! Ni se te ocurra servirme esa porquería escocesa, Carrasco, más vale que tengas algo de Kentucky, y sólo dos hielos. El viejo caminaba como si nada hubiera ocurrido, mientras el segundo helicóptero sobrevolaba la zona y los agentes vigilaban cada movimiento. No cabe duda, a usted lo rejuvenece el peligro. Vamos a estar bien, Carrasco, nunca he sabido de dos atentados en un mismo sitio y a la misma persona, y sé que hay un centenar de patos esperándome. Y son bastante impacientes. Coronel. Llamó el viejo a Ellroy. Normalice todo, ya hablé con mi hijo y no hay problema, embarque al general Mitchell y que nos avisen para las honras fúnebres. Sí, señor. Oiga, Carrasco, espero que me tenga una sorpresa como la vez pasada. Como temo que pueda usted sufrir un infarto, he cuidado que no sea tan sorprendente y exótica. Dio una palmada al viejo. Pero sí lo suficiente. Rieron con ganas.

Dieciocho

Llegó directo con el Apache. ¿Qué onda con ese cristal?, ¿ya se alivianó? No quiere mandar señales, mi Zurdo, lo último que entendí es que anda todo desvencijado y que nos cuidemos de la muerte. ¿Para qué?, no tiene remedio. Sobre el cristal se veían los destellos habituales. Mira, se ve algo en el vidrio. Son reflejos, Zurdo Mendieta, siempre están ahí, las señales de que hablo son otras, y son tan claras que es imposible confundirlas. ¿Conocías a Yhajaira? Tanto que una vez estuve con ella. Qué envidia, cuenta. Los hombres no cuentan esas cosas, mi Zurdo, ¿qué pasó? Por lo que veo ando bastante zonzo esta noche, ¿cuándo se hizo la machaca? La semana pasada, antes de empezar el show. ¿Y cómo? ¿Cómo que cómo?, con dinero baila el perro, mi Zurdo, ¿a poco no?, aquí y en China. ¿Y bien? Dos tres, después de aquélla, que Dios tenga en el infierno, no hay otra, mi Zurdo, por eso enloquecí, o cuando menos no le llamo comida a cualquier botana. ¿Quién te gusta para culpable? El Apache sonrió, sus ojos brillaron. De gustarme, dos o tres, pero de que hayan sido, está cabrón. ¿No metes las manos al fuego por ellos? Ni loco, y de piromaniaco no tengo un pelo. Ojalá el cristal se recupere y nos dé línea. No creo, poco sabe del mundo y menos de muertes naturales, oye, ¿no piensas preguntarme de Roxana? Mendieta sonrió. Pinche Apache, sabes todo. ¿Era o no un informante confiable de Sánchez? Adelante pues. En realidad no sé nada, últimamente ella salía con gente muy poderosa, allí se estacionaban las suburbans y las cheyennes. ¿Narcos? Curiosamente no, era gente de dinero, sólo esos podían acercarse a la reina. ¿Y el Richie Bernal? Es un plebe y los Valdés no le van a dar mucho vuelo, si es que no lo declararon desecho ya. Hay un español y Luis Ángel Meraz, ¿qué te parecen? A lo mejor el español la confundió con la Malinche y le dio cran. ¿Y el otro? Muchas veces lo vi llegar por ella, siempre acá, tirando aceite, en su Cheyenne, y es muy sencillo, Zurdo Mendieta: un tipo que tiene todo se anima a todo. Alguien compró cigarros. ¿Le hiciste la lucha? ¿Crees que no? Por eso me pesa su muerte. ¿No estarás vendiendo tachas o sí? Qué pasó, mi Zurdo, ¿otra vez? Aquí no se vende nada que no sea lo que ves, si necesitas una hay que conseguirla en otro lado; y si lo quieres saber, para tener un acostón con ella, necesitaba vender casi cinco toneladas de caramelos. Son un chingo y la mitad de otro. ¿Recuerdas haber visto un carro oscuro, grande, manejado por un tipo alto, algo grueso, que venía por Roxana? Todo se parece, mi Zurdo: los carros, la forma de vestir, la estatura; generalmente eran hombres maduros, pero es difícil diferenciar, ¿crees que uno así es el bueno? Sería el perfecto para empezar, pero tú sólo hablas de camionetas. También llegaban carros oscuros y claros. ¿Viste alguno el viernes o el domingo? Sí, a la que no vi fue a ella. Algarabía.

Cerca rodó un individuo lanzado por Rivera y su ayudante: Es una injusticia lo que hacen conmigo, gritó el arrojado, me quejaré en Derechos Humanos; esto lo dijo como para sí mismo y empezó a llorar. Estaba enamorado de Roxana, farfulló el Apache, desde que llegó no ha parado de lamentarse. ¿Y Roxana le seguía el rollo? ¿Qué se lo iba a seguir?, el pobre no tiene en qué caerse muerto, es Kid Yoreme, dicen que cuando era boxeador tumbó a Julio César Chávez; yo más bien creo que fue al revés y que desde entonces no se levanta. Pobre güey. Expresó Mendieta sintiendo que se lo decía a sí mismo, luego se aproximó al caído. ¿Qué pasa, Yoreme? Yo tenía una casita de palma, dejé entrar a la zorra y una vez que estuvo dentro dijo que allí no cabíamos los dos y me echó fuera. Te invito una chela. Lo ayudó a levantarse. Gracias a Dios encontré un alma caritativa. Viene conmigo, manifestó a Rivera cuando lo quiso detener. No me gustaría que entrara, ha estado escandalizando. Prometo mantenerlo quieto. ¿Me respondes por él? Por el que no respondo es por ti.

Yoreme lo siguió, aturdido como estaba, no reparó en nada que no fueran sus ganas de llorar. Carvajal, quien hablaba con Miroslava, vino a saludar al Zurdo. La bailarina hizo un movimiento desganado con la mano. Señor Mendieta, es un gusto tenerlo acá, ¿cómo va el asunto de las chicas? Trabado, como si hubieran muerto de viejas. Cualquier cosa, estoy a sus órdenes. Lo sé y se lo agradezco. Permítame. Se acercó al Fantasma que lo atendió al instante. ¿Algo especial, detective? Dicen que Meraz estuvo el domingo con Roxana. El cantinero sirvió unas cervezas y regresó. Lo que yo sé es que estaba en el DF. Te encargo, expresó el Zurdo, porque el DF no es todo el mundo. Se dejó llevar por Escamilla que les ofreció una mesa alejada de la pasarela. Aquí nadie los va a perturbar, ustedes son los viudos de Roxana y les voy a mandar un trago de cortesía, no de la casa, de su mesero, que les recuerda que un clavo saca otro clavo y que han llegado al lugar preciso, hoy las chicas están jariosas y dispuestas a todo, 200 pesos el privado y chingue a su madre el que se raje. Déjate de mamadas y trae cerveza y tequila, ordenó el detective a quien su invitado había contagiado. Cerveza y cacahuates, añadió Yoreme, quien seguramente tenía hambre. ¿Está acá el gachupín? Aún no. Les sirvieron y dijeron salud. Me contó Chávez que le diste un buen susto. Susto el que me dio él a mí, de vez en cuando aún veo estrellitas relucientes de la nube pasajera, ¿y tú, a qué te dedicas? Yo tenía una casita de palma. Lucha libre. Estás muy flaco, ¿no? Me tocó pelear contra el Santo, el enmascarado de plata. ¿Era bueno? El mejor. ¿Cómo te fue? Salí vivo, quedaron en silencio. ¿Qué hago aquí contigo? Beber cerveza. Pero si no te conozco, no querrás embarrarme en algo sucio. ¡Cómo crees! Es que, le prometí a, ¿conociste a Roxana? ¿A quién? Al amor de mi vida, le prometí que jamás me iba a juntar con desconocidos, yo tenía una casita de palma y dejé entrar a la zorra; así que si te has acercado a mí para que te ayude en algo malo, no voy a aceptar, ella ha muerto y voy a ser un hombre bueno por el resto de mi vida. ¿De qué murió? No sé, pero murió y yo me voy a portar como gente decente. Dichoso tú que tienes un proyecto. Tampoco voy a volver al ring, así que si eres Don King, José Sulaimán o Bob Arum y traes un contrato para que pelee contra el Golden Boy, Manny Pacquiao o el mismo Chávez, olvídalo, no voy a firmar, estoy harto de los golpes y de los entrenamientos. El conejito todo lloroso se retiró también. El mesero permaneció un momento observando a la pareja, movió la cabeza con pena y fue con el cantinero, le pidió algo para exaltarlos y como no queriendo la cosa colocó los vasos en la mesa. El par ni siquiera advirtió la diferencia y se los bebieron. El mesero les sirvió de nuevo. Dos horas después. ¿Sabes cuál es mi gran sueño? Expresó el boxeador con voz pastosa pero con una gran sonrisa. Pelear de nuevo con Chávez, adivinó Mendieta. No me ofendas, ¿lucharías otra vez contra el Santo? Ni aunque me volvieran a parir, esa noche fue la única vez que preferí estar muerto. Silencio. Una lágrima gorda rodó por la mejilla de Yoreme, que había mantenido la calma. Ése es el punto, mi estimado, perdón, pero no recuerdo tu nombre. Cavernario Galindo. Pues ése es el punto, mi Cáver: la muerte, yo tenía una casita de palma, Roxana ha muerto, según la mataron en Mazatlán y quiero ir a verla. Mendieta tuvo una sensación amarga, el cura Bardominos llegó a su mente como una mancha sucia y sacudió la cabeza, apuró su trago, hizo señas a Escamilla de que trajera otra ronda y puso atención al hombre lloroso que tenía enfrente. Este cabrón sí la quería, a mí me puso triste, no lo voy a negar, pero este cabrón la amaba y eso es suficiente para ganarse el respeto de cualquiera; qué bueno que no sabe del pezón. De súbito preguntó. ¿Qué días te acostabas con ella? Yoreme reaccionó. ¿Qué te pasa pendejo? Hay hombres que no necesitamos acostarnos con una mujer para amarla por el resto de nuestras vidas, se ve que no tienes idea de quién era Roxana. Se le vino un acceso de llanto. Si agarro al cabrón que la mató, lo descuartizo; yo tenía una casita de palma. Mendieta se sintió peor. Estoy jodido, sin embargo debo reconocer que este imbécil tiene razón. *¿Eres poli? No tienes cara, y eres zurdo como yo.* El mesero trajo más tragos. Dile al gerente que me la apunte, pidió Mendieta. ¿Y la propina? Sacó un billete y se lo dio. Que me la apunte en el hielo. No se preocupe, el señor Carvajal comprenderá. ¿Dónde anda Miroslava? En un privado, con su mejor cliente. ¿Y Camila Naranjo? Se reportó enferma, pero está Penélope, ¿se la traigo? Una española que está para sacarle jugo del trasero. Mejor dile al gerente que después lo busco. Bien, jefe. Luego se dirigió a su compañero. Kid Yoreme, vamos adonde nos traten como personas.

Se marcharon dando traspiés.

Subieron al Jetta. ¿Sabes adónde te voy a llevar, cabrón? A una cantina donde dan botana. Error, pinche Yoreme, te voy a llevar a Mazatlán. El boxeador calló, el trago lo inducía a estar alegre pero una intensa fuerza interior le indicaba lo contrario. Pinche Cavernario, murmuró, tú sí eres amigo, carnal, nada deseo más en la vida que ver a Roxana, estar en su velorio, rezar por ella, ver su tumba. Cabrón, nunca pensé que los luchadores fueran tan buena onda, perdón, pinche Cavernario, el conejito todo lloroso se retiró también, Dios quiera que cuando te mueras vayas derechito al cielo, si Roxana te hubiera conocido le habrías caído bien. A Mendieta le escurrió una lágrima, pensó que Yoreme lo estaba afectando pero bien sabía que no.

Enfiló rumbo al descampado donde había estado antes.

Entonces nunca te acostaste con. ¿Otra vez?, ¿cómo me iba a acostar con ella si siempre estaba copada, si siempre estaba en brazos de esos cerdos lujuriosos que se derretían por ella? Yo amé su sonrisa, sus ojos de colores, su aroma, yo vivía en una casita de palma y un día fue a visitarme la zorra. Uno se enamora sin querer, una noche vas a echarte un trago, te has convencido de que no tiene caso boxear pero no sabes qué hacer, pides una cerveza y te encuentras con la diosa deteniendo el aire, unificando las pinches miradas. Así fue, sentí un estallido en el corazón. Si la hubieras conocido también te hubieras retirado de la lucha, pinche Cavernario, pensé: si me caso con ella no va a querer que boxee, así que debo retirarme antes de que me lo pida, quiero que piense que soy inteligente, que estudié cuando menos la secundaria.

Mendieta pasó por un aguaje, compró un six de tecates y un tequila Viva Villa que sabía a alcohol del 96. Yoreme, vamos a emborracharnos, cabrón, ese dolor que traes es tan grande que se pega, o sea que ya me chingué, pinche Yoreme. Mi Cáver, tú sí eres amigo, y qué lástima que no le partiste su madre al Santo, te hubiera aplaudido a rabiar. Y yo a ti si hubieras noqueado a Julio César. ¿Es cierto que ese nombre es del rey de Escocia? ¿Tú crees? Mejor digamos salud, ¿esto es Mazatlán o Culiacán? Es Guadalajara en un llano. Tomaron la calzada Colegio Militar que saca al mercado de abastos y de allí, a la carretera libre al puerto. Vas muy despacio, pinche Cavernícola, métele la pata. ¿Por qué siempre cuentas el cuento de la casita de palma? Yoreme empezó a llorar con soltura, más adelante expresó. Si eres mi amigo, no vuelvas a preguntarme eso. Mendieta hizo un gesto de que estaba bien y le subió al estéreo: *Have you ever seen the rain?* Con los Creedence. Qué música tan fea, pinche Cáver, ¿no traes de Los Tucanes? Me caen de a madre los grupos con nombres de animales. ¿Por qué? Tampoco tú me preguntes. Todos los amigos tienen misterios pero nosotros tenemos de más, entre más misteriosos, más interesantes, decía ella. A Mendieta también se lo había dicho, con esa voz luvina que hacía que lo más absurdo se convirtiera en una verdad indiscutible. Veo que platicaste muchas veces con ella. Yoreme bebió, dejó que sus lágrimas corrieran como si fueran heridas de guerra y expresó con voz pausada. No me lo dijo a mí, en realidad jamás hablé con ella, dejé entrar a la zorra, se lo dijo a uno de los cerdos con los que salía, un licenciado podrido en billetes. ¿Un político? Esa noche los seguí: ellos, en camioneta; yo, en bicicleta; no la llevó a un hotel, fueron a una casa grande, elegante, muy cerca del Alexa. Unos minutos después salió él solo. O sea que se la llevó a alguien. Es lo que pensé, pero no, regresó por su celular y llamó, y el conejito todo lloroso se retiró también. ¿Oíste a quién llamó? ¿Cómo iba a oír? Estaba como a 20 metros. La casa era blanca o azul. Era un caserón de poca madre, puerta amarilla, nunca se me va a olvidar. Salud, amigo. Salud, no sé qué sería de mí sin ti, eres mi hermano, el único que me aconseja sobre qué hacer en la vida; me dijiste que dejara el box y lo dejé, que trabajara y estoy jalando machín, que dejara las drogas y estoy en eso, ya ves que no es fácil. Órale, sírveme que me estoy secando, Yoreme. Vas muy despacio, Cavernero, métele el fierro a esta madre o no sirve para nada. No sirve para nada, mi Yoreme; igual que tú. ¿Y cómo sabes eso? Te pegó Julio César. Y a ti el Santo. Porque le di chance, cuando le gané la primera caída con un rodillazo en los huevos y un piquete de ojos, me suplicó que no le fuera a ganar, que me lo pedía por la virgencita de Guadalupe, ah, ¿tú irías en contra de la virgen? Está cabrón. Exacto. Pues a mí me pasó lo mismo, dejé entrar a la zorra. ¿Te pidió Julio que te dejaras ganar?, no te creo. De rodillas. ¡Qué!, te pasas, pinche Yoreme. ¿Por qué no? Ni que fuera supermán el güey. Es el mejor boxeador libra por libra en la historia de México, no es cualquier baba de perico. Mis huevos tampoco. Y los traes colgando. Yoreme volvió a llorar. Cálmate, pinche Yoreme, no seas joto. Es que me acordé de ella, carnal, de sus labios carnosos, y el conejito todo lloroso se retiró también. Mendieta calló, recordó que cuando se ponía seria sus labios eran Alicia en el país de las maravillas. De su tatuaje, tú no la conociste mi Cáver, tenía un tatuaje en la pancita que no podías ignorar, cuando bailaba giraba, le daba la vuelta a su cuerpo, a veces no se quería mover del trasero. Muévete, pinche tatuaje, no te claves ahí, yo tenía una casita de palma. *¿Te impone? Es un tatuaje como cualquiera. ¿No?*

Pasaron frente al almacén de granos pero el Zurdo siguió. Cruzó el Trébol y tomó rumbo a El Dorado. En un pequeño descansadero donde había dos trailers estacionados se detuvieron a hacer pis. Orinaron parejos. Al frente la siembra de maíz brillaba bajo la luna. Frescura. Antes de ir al velorio de Roxana me gustaría ver el lugar donde cayó para ponerle una cruz. ¿Quién te dijo que la están velando? Se habían tragado cuatro botes de cerveza y media botella de tequila ¿No la están velando?, ¿no vamos al velorio? Sólo pregunté quién te dijo. Y si no vamos al velorio, ¿entonces adónde chingados vamos, Cavernícola? No te encrespes, pinche Yoreme; tranquilo. Tranquila tu puta madre, pinche Cavernero. Se puso en guardia y soltó un derechazo que hizo tambalear al detective. Cálmate. El Zurdo retrocedió pero Yoreme se le fue encima con recto a la nariz, gancho al hígado, para rematarlo con un óper a la mandíbula que lo mandó noqueado al suelo. Cabrón mentiroso. Lo bolseó, le sacó la cartera, tomó el dinero y la tiró, el celular lo aventó al maizal y se llevó el Jetta. Lo primero que hizo fue apagar el estéreo que tocaba *In a gadda da vida*, con Iron Butterfly y buscar canciones norteñas en el radio.

Segundos después Mendieta despertó. Todo le daba vueltas. Vio la cartera tirada, se palpó, no traía el celular. Le mentó la madre a Yoreme y luego a sí mismo. No soy más pendejo porque no soy más viejo, ¿qué me indujo a vivir este numerito? Observó los trailers. Recogió sus pertenencias y se puso de pie. Su pistola estaba muy bien en la guantera del carro.

Si fueras trailero y llegara un cabrón a despertarte a las tres de la mañana, vestido de negro, sangrando por la nariz, con cara de borracho y loco, ¿qué le dirías? Un tipo que no te va a decir que es policía, que aunque se puede identificar no trae arma, está sucio y apesta, ¿creerías en su placa? Pues prepárate porque eres el más próximo y va por ti.

Tocó la portezuela. Nada. Golpeó con más fuerza y pudo ver una silueta que tras el cristal preguntaba con la cabeza qué quería. Baje el vidrio, pidió el detective. El trailero dudó pero aceptó. ¿Qué pasó? Me acaban de asaltar, me quitaron todo. Y yo qué, llama a la policía. Al trailero no le gustó que lo despertara. No tengo cómo, y no hay un teléfono público a la vista. ¿Y no encontraste otro pendejo más que yo que le vengo pegando desde Hermosillo? Mire, tengo un amigo trailero, no sé si lo conozca, se llama Teófilo pero le decimos Teo. El tipo lo observó. He oído de él y tú de dónde lo conoces. Del barrio. ¿Qué barrio es ese? La Col Pop de Culiacán. Ah, y tú lo ves, lo saludas. La verdad no me acuerdo de él. Cómo que no te acuerdas y dices que es tu amigo. Es amigo de mi hermano, era su acople cuando estaban morros. ¿Quién es tu hermano? Oiga, sólo quiero un favor, me asaltaron, me quitaron el carro, el dinero, se llevaron mi celular. ¿Y no me puedes decir quién es tu hermano? Se llama Enrique, pero ese cabrón no va a venir por mí, vive muy lejos, y usted, si no me va a ayudar vaya y chingue a su madre. Oye, pues de veras que estás picudo. ¿Usted nunca se ha enamorado? Y de qué manera, hizo una seña al camarote. ¿Y después de eso no le han despachado a la mujer? No he tenido tanta suerte. Bueno, me va a ayudar o no. O sea que te enamoraste y te mataron a la morra. Más o menos. ¿Y el que la mató además te robó el carro? Usted no me va a ayudar, voy a ir con el otro. El Zurdo se alejó. ¿Qué debo hacer? Se volvió. Préstame su celular o lléveme a la caseta de peaje, allí debe haber un teléfono. Eres igual de enfadoso que tu carnal. No le permito que ofenda a mi hermano, viejo pendejo. Soy Teo y tú debes ser el mocoso. Nunca fui mocoso. El morrito pues, el niño, el menor de los dos, creo que eras zurdo o así te decían. ¿Es usted Teo? Lo que queda. Perdón por mis palabras; en el barrio hablan muy bien de usted. Hace como un año vi a tu carnal en Las Vegas, está un poco gordo; oye, por si lo quieres saber, yo estuve la noche que tu hermano se tuvo que ir. ¿De veras? Hasta la fecha no sé por qué se fue. Por pendejo, ¿por qué más? Bueno, te subes o seguimos platicando en larga distancia, aquí tienes mi celular, prendo esta madre, meo y nos largamos. El Zurdo subió. Deje llamar, a lo mejor consigo que vengan por mí. No vayas a mirar al camarote porque mi morra se agüita. ¿A poco todavía puede? ¿Y esas preguntas tan pendejas? Lo que digo, idéntico a tu pinche hermano.

Le llamó a Ortega. Nada. Gris le contestó a la segunda. ¿Sabes qué hora es? La hora en que la gata llora. ¿Qué haces despierta? Se acaba de ir el Rodo. ¿Todo bien? No sé qué sea para usted «todo bien» porque creo que terminamos peleados. Qué mala onda, agente Toledo, de verdad. Oiga, yo aquí hablando muy cuca, ¿se le ofrece algo? Le contó. ¿Y le robó el Jetta? También el dinero, el celular y las ganas de ser buena gente. ¿Y qué sigue? Llama a la Federal de Caminos, que lo detengan en la caseta o en la carretera, va a Mazatlán y odia los límites de velocidad, y si no es mucha molestia, ven por mí. Le dio sus coordenadas.

Yoreme llegó a la caseta donde lo detuvieron dos patrulleros de la policía de caminos. Les ofreció dinero. Al verse rechazado soltó el llanto. Quisiera que alguien me comprendiera, yo tenía una casita de palma y dejé entrar a la zorra. Los agentes conmovidos quisieron saber qué lo aquejaba. Es que mataron a mi novia, y continuó llorando. ¿Cuándo? Ayer, en Mazatlán. ¿No sería la que estrangularon en la zona Dorada? Ésa fue, voy a ponerle una cruz en su tumba. ¿Y por qué nos pidieron que te detuviéramos? ¿Quién? La Policía Ministerial del Estado. Debe haber un error, jamás he cometido un delito, un amigo me prestó su carro y dinero para que fuera a velarla. Uno de los agentes abrió el Jetta para buscar los papeles y encontró la pistola. ¿Y esto? No sé, el carro es de mi amigo. ¿A qué se dedica tu amigo? Es luchador, luchó contra el Santo, el enmascarado de plata, y si no es porque le pide chichi lo hubiera despedazado. Los agentes se miraron entre sí y lo coparon con unas esposas a la vista. Sin dejar de llorar, Yoreme noqueó al más próximo con un izquierdazo al estómago y un óper a la mandíbula, se trepó a la patrulla y aceleró rumbo a Culiacán. El otro desenfundó pero no disparó. Lejos de ir contento, iba llorando y a 190.

Teo y Mendieta evocaban el barrio donde Susana Luján ocupó, cuando menos, un cuarto de hora. Sale buena lana ahí, ¿verdad? No tienes idea de cuánta. Entonces por qué hay tanto placa piojo, tú mismo, por lo que me dices, andas en un Jetta del año del caldo. Es que ahorramos para nuestro retiro en la playa, chalet, palmeras y eso; oye, ¿qué fue lo que hizo mi carnal que tuvo que largarse al otro lado para siempre? Investiga, ¿qué no eres placa? ¿Es cierto que fueron guerrilleros? Yo entrené al subcomandante Marcos. Con razón. Con razón qué. Con razón es tan simpático. La simpatía es una forma de lucha, ¿a poco no? Deben haber hecho algo muy grueso para que aquel cabrón no haya regresado una sola vez a Culiacán. Vino una. ¿Cuándo? Cuando falleció tu madre. ¿En serio, y por qué no lo vi? Porque estaba disfrazado y consideró que no era oportuno que hablaran ustedes; había moscas en la leche. Hijo de su pinche madre. Tú sabrás, son de la misma. Pasaron un par de minutos en que Mendieta rememoró el velorio de su progenitora. Nada, nadie que se le pareciera. ¿De qué se disfrazó? De mujer. ¿Y tú? Yo lo esperé en el carro, tampoco convenía que me vieran. Pinche par de locos, estaban bien tumbados del burro.

Un patrullero que se hallaba dormido a siete kilómetros rumbo a la ciudad, fue alertado por sus compañeros, sacó un rifle y se plantó junto a la autopista resguardándose tras su vehículo. Tres minutos después una patrulla volaba hacia el policía federal.

Mendieta y Teo encendieron nuevos cigarrillos y siguieron al vehículo oficial. ¿A qué juegan esos cabrones? Ejercicios para espantar el sueño. A ver si no se dan en su madre con la barrera de contención. ¿Qué más da?, una raya más al tigre. ¿Entonces no me vas a decir lo que hizo mi carnal? Tengo cara de pinche chivato o qué. Debió ser algo grave. Imagina, con lo regionalista que era el cabrón y tiene veintitantos años sin volver. Voy a investigar, y si hay algo fuera de la ley, por Dios que me retiro. Quieres irte a tu casita en la playa antes de tiempo, ¿verdad, culero? Y no encuentras mejor pretexto que utilizar a tu carnal, eres pendejo o qué, mira que enredar a la familia en tus broncas. Los voy a meter presos a los dos güeyes. Qué picudo me saliste, pinche Zurdito, si eras un morrito cuando nosotros andábamos en la loca; mira cabrón, con eso de tu hermano más vale que seas discreto, no serás tú el que se la haga cardiaca a mi compa Quique; además, estás borracho, pinche Edgar, y no hay borracho que no sea hocicón; mejor cuéntame algo de esa morrita que perdiste. Pausa. Hace poco pasé unos días en Mazatlán y la conocí. ¿La conociste bien conocida o nomás le hicieron al loco? Reportaron una muerta, fuimos a ver el caso y era ella, chale, sentí bien gacho; invité a un compa para ir al lugar donde la encontramos; por hacer tiempo me seguí y me asaltó. Entiendo que él sentía algo por ella. ¿Cómo crees?, el bato me acompañó por solidaridad. Y luego te asaltó; qué pinche solidaridad tan solidaria, y siendo tú chota, o eres muy pendejo y no mereces que pierda el tiempo contigo, o me estás ocultando algo. Él también estaba enamorado de ella. No me digas, e iban los dos juntitos a llorar a su amada, qué chingones, y el cabrón te dejó tirado para que no la vieras; esa modernidad en el amor no la entiendo. Era bailarina. Ah, ¿de noche? El Zurdo afirmó. Eso complica la vida, mi Zurdo, hay hembras que es mejor mirar de lejos. No creo que tú sepas mucho del amor, ¿por qué no le preguntamos a tu pareja? Órale, pregúntale, ha de estar despierta. Mendieta se volvió al camarote detrás de él y llamó. Señorita, ¿nos está escuchando? Teo apartó la cortinilla. Contéstale mi amor, es un morro del barrio, hermano del cabrón que te compró. Mendieta vio que era una muñeca inflable y sonrió. ¿Te la compró Enrique? Me la regaló cuando nos vimos en Las Vegas y jamás me ha provocado problemas, es de buena familia. En ese momento vieron la patrulla 161 de la Ministerial del Estado y a Gris Toledo que descendía. Me entero que le haces algo a tu morra y te enchiquero, pinche Teo, así seas el gran compa de mi carnal. No te digo, igual de echón que tu pinche hermano, encendió la máquina. Se despidieron.

Diecinueve

Medianoche. En la pantalla aparecieron las fotos de los cuatro implicados en el atentado contra el señor B. En tres de ellas resaltaban extensos informes sobre los atacantes; la cuarta foto no tenía nada. Se encontraban en el centro de operaciones del FBI en Los Ángeles. Los tres eran ciudadanos norteamericanos de origen latino: mexicano, salvadoreño, colombiano. El cuarto no está registrado, precisó el jefe David Barrymore. Igual está muerto, manifestó un oficial. Nada, acotó el funcionario, no podemos dejar cabos sueltos, ¿quién nos asegura que no es el jefe de algún clan? Observó la imagen del francotirador en la pantalla y marcó en su celular. Coronel Ellroy, ¿tomaron las fotos con celular? Escuchó. Ah, porque uno de ellos, al que le acertaron en el pecho, no aparece, es blanco, cara redonda, labios delgados, pelo corto, algo delicado. Envíenos otras tomas. ¿No?, ¿no tiene una maldita cámara? Okey, ya dará explicaciones a sus superiores pero es una incongruencia. Cortó. Imposible tener una foto de mejor resolución, mataron al fotógrafo y los cadáveres quedaron tan destrozados que los pasaron por ácido; manden las huellas y la foto a la policía mexicana para ver si lo tienen en sus archivos. ¿Cree que lo tengan? Aunque con ésos nunca se sabe más vale cerciorarnos, ¿encontró algo agente Harrison? Una mujer de 1.70, madura, delgada, se acercó, vestía jeans holgados y playera: Los tres están fichados por actividades en contra de los Estados Unidos y a favor de los migrantes; sobre todo desde que se anunció la construcción del muro fronterizo y la militarización de la frontera. Gómez, el mexicano, ha estado preso cinco veces por estas razones; Castellanos, el centroamericano, dos, y Barriga, el colombiano, siete; dos vivían en Los Ángeles y Gómez en Gila Bend, Arizona. Viles pájaros de cuenta. Exactamente, señor, aunque los tres combatieron en Irak y fueron condecorados con la medalla al valor. Puede retirarse, Harrison. Señor, las noticias sobre Donald Simak son definitivas, encontraron su cadáver en el hotel San Luis de Culiacán, en el noroeste de México, cerca de donde se dio el atentado, tenía nueve horas de muerto. ¿Qué dice Harrison? Que yo sepa, jamás un Donald Simak estuvo adscrito al FBI, y no necesito repetirle que se aboque a sus tareas. Sí señor. Intercambiaron intensas miradas que el resto, a pesar de ocuparse en sus asuntos, apreció.

El silencio con la boca seca es más suculento.

Win Harrison salió a una pequeña terraza donde podía fumar. Meditó. Su rostro frío no se interesó por la ciudad iluminada que se extendía ante sus ojos como caballo de Troya. Sabía que lo que le hacían a Simak era posible, pero no justo. Sabía también, porque era el único con quien se hubiera atrevido a procrear un hijo, que todos lo odiaban profundamente por su obcecación en romper las reglas; sólo ella estaba al tanto de su desamparo y la frecuencia con que se sentía como una máquina tragamonedas. Era un desgraciado con el que se había pasado las mejores noches de su vida; no sabía cocinar, ni preparar bebidas, ni mirar por la ventana; era un artista de la soledad y fue su amigo. Nunca logró que le explicara su obsesión contra los migrantes y últimamente su pretensión de contrabandear armas al país vecino. Cuando terminó el cigarrillo había tomado una decisión. Se tomaría unos días de descanso. ¿Viviría aún LH en Tijuana?

Veinte

Nueve de la mañana. Mendieta observaba corredores y caminantes por el malecón Diego Valadés. Si Jason es campeón de la milla no deberá verme bajo de condición, tengo que hacer algo; con esta maldita cruda es engorroso, pinche Yoreme, te voy a colgar de los huevos, cabrón, para que agarres la onda. También le dolían los puñetazos. Pediré a Montaño un chequeo, no me vaya a dar un infarto por andar haciendo lo que no debo. De los golpes ni le cuento, capaz que me receta Iodex y la burla no me la acabo. Reparaba en mujeres hermosas, de tetas y traseros genuinos pero continuaba ensimismado. Lo pensaré, tal vez con todos esos cursos sobre medicina forense sólo sepa de muertos y mujeres, para lo que dudo que haya estudiado. Se encontraba atrás del Forum, junto a la pista a la orilla del río, esperando a Luis Ángel Meraz. ¿Hago esto por Mayra o por la sociedad? Por la sociedad, claro, que es la que paga mi sueldo y mi pergamino. Sonrió. Mayra es mexicana, ¿por qué ese salivero en portugués? Le tengo que llamar a su madre que le escribe cartas, muchas cartas. Por los consejos que le da y los comentarios se nota que son contestaciones, ¿qué le contará Mayra? *Si escribo de estas cosas algún día, ¿serías mi personaje?* Nació en Guadalajara y su segundo apellido es Palencia. ¿Qué haría el bato con el pezón? Al fin pudiste chuparlo hijo de la chingada, seguro te supo rico, pinche asesino. Meditaba, pero ni de chiste daba un paso de más; no había dormido y sentía la cabeza gorda, aunque sin sueño. Briseño no quería que molestáramos a su amigo, que puede ser el próximo gobernador, pero lo convencimos de cuando menos darle motivos para ejercer su poder. Miroslava me contó que es un alma de Dios, que el culpable puede ser el Richie Bernal que se cree dueño del mundo y sus alrededores, pero que el licenciado qué esperanzas, un hombre tan educado, con tanto futuro. Pinche Parra, debe andar pisteando con sus compas matasanos, lo que menos le interesan somos sus pacientes. En la madrugada estuve platicando con el perro y como que me entiende el cabrón, mueve la cola y me mira directo a la cara. ¿Qué onda animal?, ¿qué harás cuando se acabe la luna, cuando sólo quede una rayita? Ponte las pilas, pinche bestia peluda, ¿sabes que tienes una congénere astronauta llamada Laika que en vez de estar como tú, clavada en la luna, salió en su búsqueda? No me digas, ¿cómo sabes que fue el primer animal en orbitar la tierra?, ¿fuiste a la universidad? Con razón esa cara. Le vas a encantar a Parra, par de cabrones. ¿La luna era blanca o roja?, ¿era Marte? No, porque está lejos.

Wachaba un documental sobre soft rock cuando llamó Gris. Su celular de repuesto, conectado. ¿Pudo dormir, jefe? Pues claro, agente Toledo, ¿qué crees que hace la gente decente por la noche? Perdón, quería compartirle que Meraz corre todos los días por el malecón Diego Valadés y ya comprobé que llegó antenoche, ¿qué le parece si lo abordamos allí? Ya ve que el comandante Briseño no está de acuerdo en que lo llevemos a la jefatura. ¿Quién te lo dijo? Un amigo, no olvide que fui tránsita y allí se ven muchas cosas, entre otras, quién pasa. Me hago cargo, llama a Rodo e invítalo a desayunar al Puro Natural, a ver si con una ensalada de lechuga y un Chakira se aliviana. ¿Qué cree?, me trajo serenata anoche; mientras lo rescataba a usted, él se aventaba *Canto al pie de tu ventana, pa'que sepas que te quiero*, razón de más para que aclaren sus rollos. Gracias jefe, lo veo en la jefatura entonces. Los pleitos más encarnizados son entre amantes, ¿a poco no?

Una pareja transitaba, ella platicaba de los espectáculos que presentaría ese año: Y el concierto de diciembre con el maestro Patrón, ¿qué te parece? Formidable, una joven delgada corría seguida de un señor robusto y una mujer mayor con unas piernas magníficas caminaba con rapidez. Le llegó el sueño. Necesito un café, iré al Lucerna. Imposible, Meraz se aproximaba a trote normal, acompañado de una joven que el detective había visto en el periódico haciendo declaraciones sobre el maltrato a las mujeres. Conversaban con coquetería. Al pasar frente al Zurdo: Licenciado Meraz, ¿me permite unas palabras? El aludido se detuvo sin perder la sonrisa y lo saludó de mano. ¿Cómo está usted?, perdone, no lo recuerdo pero estoy a sus órdenes, ¿de qué medio es? Detective Edgar Mendieta, de la Ministerial del Estado. Sin perder la simpatía. ¿En qué puedo servirle, detective? Debía tener 50 años, de rostro agradable y una incipiente calvicie, alto y más o menos grueso, tenis quizá del 29 y medio. Hace tres días encontramos muerta a Mayra Cabral de Melo, alias Roxana, con quien usted debió correr más de una vez. Meraz sonrió comprensivo. Dayana, te alcanzo en un momento, mi reina. La chica que vestía un short ajustado y top rojo continuó a paso lento. Me lo dijo Omar Briseño, pobre chica, estoy consternado, una mujer tan hermosa debía tener mejor suerte, oiga detective, si necesitan algo, recursos para enviar el cadáver, ya ve que era brasileña, trámites expeditos, estoy para servirle. ¿Dónde estaba usted la noche del domingo de las once a las seis de la mañana del lunes? Meraz lo miró a los ojos. ¿Soy sospechoso? Le estoy preguntando dónde estuvo en el tiempo probable en que ella fue asesinada. Se volvió donde Dayana lo esperaba. No se compara con Roxana pero es sensacional. ¿Tiene testigos? Ahí la tiene, si quiere preguntarle ahora mismo. ¿Puedo tener su teléfono por lo que se ofrezca? Encantado, le dio una tarjeta. Y disculpe, licenciado. No hay cuidado y adelante con esa investigación. ¿Desde cuándo no viaja a la ciudad de México? Llegué antier, estuve una semana con Dayana. Se vuelve adonde lo espera. Con dolor de mi corazón tuve que regresar. Una pregunta más. Una chica asegura que el domingo lo vio traer a Roxana al Alexa, que discutieron y luego se fueron de nuevo. Creí que era de rutina, detective, pero veo que soy realmente sospechoso, y ya que entramos en materia, le confiaré que Briseño me advirtió que tuviera cuidado con usted, que por nada me trataría de hacer pasar por la prueba del ácido. Sonrió. Desde que llegó, la mayoría de los lunes estuve con ella, y si no me interesé por verla el último lunes es porque esta chiquita que ve usted allí me trae loco y espero no tener que confiarle detalles. Veo que no es casado. Ironizó. Aún no tengo edad, detective. Disculpe, no lo molestaré más. No es molestia, al contrario, tenemos que atrapar al culpable, le repito, lo que necesite estoy a sus órdenes. Le cortaron un pezón con una navaja sin filo. No me diga, pobre Roxana. ¿Conoció a Yhajaira? Claro que la conocí, y es una pena también lo suyo, ¿estaremos ante un asesino de bailarinas? No tengo la menor idea, a ambas las mataron con una 9 milímetros. No conozco de armas, pero deben ser terribles. Gracias, licenciado, ha sido usted muy amable. Para servirle, detective. Se fue a reunir con la chica. Mendieta se quedó en blanco para no estallar, encendió un cigarrillo delante de los que se ejercitaban y se encaminó al Jetta que le regresaron los federales sin investigar, pero se quedaron con la Beretta: dijeron que no sabían de ella. Si este güey llega a Palacio seguro lo convierte en harem, ¿y saben quién será su médico de cabecera?

Mientras escuchaba *Reflexions of my life* con The Mermalade recordó otra vez sus ojos, su cara perfecta, su cuerpo. Me contó que había leído a Jorge Amado, Nélida Piñón y Rubem Fonseca. Una de esas noches fuimos al Valentinos y se sorprendió de que no supiera bailar. *¿Pero cómo? Los sinaloenses que conozco bailan muy bien, tienen mucho ritmo* *y las chicas son estupendas, conozco una que es un encanto.* Le conté que en la prepa nunca me atreví a hacerlo, a veces con algún vals como que me animaba pero jamás di el primer paso. ¿Por qué le conté eso? En la vida se lo había contado a nadie y se lo conté con una emoción que pocas veces he sentido.

No, no me estaba enamorando como tampoco me enamoré de Susana que no tarda en llegar con su hijo. Tampoco creo haber nacido para estar solo y menos para pasar las noches conversando con el perro de mi vecino, que por cierto anoche estuvo genial: se paró en dos patas, así le estaba ladrando a la luna, ¿o sería a los ovnis que mencionó Cervantes? Debo buscar a ese cabrón. Sonó su celular. Mendieta, respondió sin ver. Zurdo, te espero en una hora en las oficinas de la PGR. Era el comandante. Jefe, ¿cómo les fue a los yanquis anoche? Briseño cortó.

Mendieta pensó que debía sonreír pero no emitió una mueca. Enfiló rumbo a su casa por un café. Este Meraz se ve muy seguro, no obstante tiene esa mirada vacía donde se delata lo hijo de la chingada que es; ¿tanto sexo será bueno para la salud? Le marcó a Ortega. Quihubo, pinche maricón, ¿sigues menstruando? Sangro un poco menos. Aliviánate, papá, el mundo no se hizo en un día. Oye, anoche metí la pata. ¿Cuándo no? Le contó el periplo, pero se le dificultó describir la cara de Yoreme. ¿Sabes qué? Mejor te llamo al rato. Sobres.

Lo recibió Ger, quien barría la cochera y echaba agua a las macetas. Y ahora usted, ¿fue a atrapar a algún malandrín madrugador? Fui a pasear. ¿Y esa cara? Es la misma, Ger, sólo un poco más estragada. Oiga, dónde pasó la noche, la cama está como la dejé. Dormí en la sala. ¿Usted? La que no lo conozca que le compre, a usted le gusta la comodidad, el colchón suave, y si estuvo en casa jamás se quedaría en el sofá, ¿me quiere engañar? Cómo crees; Ger, tengo que irme en 30 minutos. Le hice unos huevos a caballo en salsa roja con frijoles. Sólo tomaré Nescafé. ¿E irse sin desayunar?, ni lo piense Zurdo, le repito: usted tiene que estar bien alimentado. Sí, pero no hay tiempo, el comandante me espera. Apúrese, yo creo que alcanza a comer algo, su ropa está sobre la cama y ahora mismo le sirvo; oiga, y por la gloria de su madre rasúrese, ¿en qué cabeza cabe que ande con esos pelos? ¿Qué no sabe que a las muchachas decentes les gustan los hombres pulcros?, ¿por qué cree usted que no me quise meter con el Alex ese? Nomás de verle el greñero me asusté. Qué se me hace que le tuviste miedo a la señora Chela. Con ella ni quien se meta, era él el que quería conmigo, pero no es pulga de mi petate. Qué bárbara, Ger, cómo eres exigente. Nomás una vida hay Zurdo, y hay que vivirla como Dios manda. Sírveme pues, en diez minutos estoy listo; una cosa, ¿conociste a Teo, un amigo de Enrique? Cómo no, pero esos plebes eran otra cosa, no la rolaban como los demás. ¿Eran fresas? Ni lo piense, simplemente eran diferentes, ¿cómo le diré?, hablaban de otra cosa, traían su rollo. ¿Iban a las fiestas con ustedes? El Teo bailaba bien, Enrique nunca se animó, y no iban siempre. Vi al Teo hace rato, está muy enamorado. Es lo mejor que les puede pasar a los que creen en el amor. ¿Tú no crees? Claro que no, Zurdo, ¿cómo podría vivir si creyera, sin sentirme desolada? Entonces, ¿por qué piensas que yo sí? Ay Zurdo, no se haga, usted sueña con un amor estable. Mejor se fue a vestir y a tomar su celular que conectó de nuevo para carga.

Oficina del delegado de la Procuraduría General de la República.

Usted hizo un reporte a su jefe sobre el cuerpo de Peter Conolly, el gringo que mataron en el hotel San Luis. Felipe Montemayor fue al grano. Mendieta afirmó. Briseño se mantenía expectante. Además le sugirió que llamara al consulado americano en Hermosillo y a la PGR, ¿por qué? Tenía dos identificaciones, pensé que podría tratarse de un agente encubierto. ¿Sólo por eso? Era un hombre fuerte, con una maleta pequeña, ordenado, tenía un rostro común y nadie reparó en él, se registró como maquillista, no sé, me pareció que podría serlo. ¿Sería algún representante empresarial buscando socios? Puede ser, aunque su equipaje no era de negociador, no llevaba efectivo, portaba funda sobaquera sin arma y había un mapa del municipio de Culiacán abierto en el piso. ¿Alguna señal en el mapa? Ninguna, y está lleno de huellas, incluyendo las de él. ¿Algo más sobre el caso, comandante Briseño? Nada, nadie lo conoce, como dice Mendieta, nadie lo vio, un mesero que le sirvió unos tragos recuerda a un gringo cabizbajo pero no está seguro de que sea él; hicimos un par de llamadas y todos sus teléfonos resultaron falsos; en el consulado no lo tienen registrado. Caso cerrado entonces. Pues si ellos no se interesan por él, nosotros menos.

Les pasó el fax con la foto del acribillado en El Continente. Necesito su ayuda para identificar a este individuo. Mendieta y Briseño observaron la hoja sin expresión: qué hueva la PGR y sus solicitudes, reflexionó el Zurdo, apostaría a que sus computadoras no funcionan. Tal vez lo tengan en sus archivos, en los nuestros no está. ¿Dónde lo mataron? Muy cerca de aquí, en el campo de caza El Continente; un norteamericano vinculado con su presidente vino de cacería, nadie sabe cómo se supo, hubo una protesta de cuatro personas contra ese muro que quieren construir, los acribillaron, los otros resultaron gringos; sólo éste no ha sido identificado y nos están pidiendo colaboración. Hubo un silencio en el que Mendieta tuvo ganas de una cerveza, Briseño, de un bocadillo, y Montemayor de que ese par de idiotas se largara lo más pronto posible. Briseño tomó la copia. Veremos si está con nosotros. Les agradezco su cooperación, en la ciudad de México tienen urgencia.

Cuarenta minutos después se encontraban en la oficina de Briseño. Esos cabrones quieren que les hagamos el trabajo. Aquí usted es el que manda. Qué maldito el caso que me haces, ¿verdad? Ya me comentó el licenciado Meraz que lo tienes como sospechoso del asesinato de la teibolera; Zurdo, no le inviertas a eso, es población flotante, la policía no tiene por qué despilfarrar los pocos recursos con que cuenta en un caso como ese, ciérralo, entrega a Yolanda Estrada a su familia y el otro cuerpo entiérrenlo por ahí, y no anden molestando a Meraz, ya te dije que puede ser el próximo gobernador. Meraz dijo que contáramos con él para enviar el cuerpo de Mayra Cabral de Melo a Brasil. Es un hombre generoso, no sé si deba hacer ese gasto. Lo que yo no sé es si usted deba cuidarle tanto el dinero; según Camila Naranjo, una chica del Alexa, Meraz llevó a la occisa el día que murió, aunque diga que se encontraba en el DF. Pero eso no lo inculpa. Tampoco lo disculpa, ¿dónde estaba realmente? No caigamos en el garlito de querer destruir su carrera política, Zurdo; te ordeno que suspendas la investigación y que borres al licenciado Meraz de lo que sea. A mí me importan un comino sus pretensiones, comandante, si ha sido irregular tendrá que explicarlo. Olvídalo, no me conviene y espero que lo entiendas, ¿qué hay del español? Solicitamos informes a la Dirección General de Policía y Guardia Civil de Madrid, estamos esperando; le ordenamos que se quedara unos días para acabar con el ron de la ciudad. Ten cuidado con el Richie Bernal, Pineda dice que anda desquiciado y que algo trae contra ti, ya le pedí que lo controle, no te vaya a meter un tiro. El Zurdo movió la cabeza con fastidio. Jefe, usted que se roza con la crema y nata de la sociedad, ¿sabe quién es Anita Roy? Briseño endureció su gesto. Te dije que no te metieras ahí, ¿eres pendejo o qué? Dio un puñetazo en el escritorio que derribó un bote de lápices y plumas. El Zurdo se puso de pie. Le había llegado el caso de la chica sin tetas.

Veintiuno

Richie Bernal, en el volante, y dos de sus secuaces se hallaban estacionados cerca de la entrada del Cobaes 25 escuchando corridos a todo volumen y aguardando a una morrita que había visto esa mañana; quería declararle su amor, llevarla a dar una vuelta y, si le daba quebrada, dejársela caimán. Qué enamorado salió usted compa, no deja una pa'comadre. Está chula la plebe, ¿a poco no? De que está como quiere, está, pero a usted se le acaba de morir el amor de su vida. Los pistoleros eran algo mayores que él y le seguían la corriente cuanto podían. Un clavo saca otro clavo, mi Rafa, qué le vamos a hacer. Y sólo hay dos clases de mujeres: las que cogen y las muertas. Fumaban. En el bulevar Los Álamos, podían ver parte del parque La Campiña y algunos caminantes sudando la gota gorda. Otras camionetas y autos de lujo esperaban lo mismo. Las chicas salían con sus faldas cortas y haciendo bulla se iban con sus pretendientes. Chalán, ¿seguro que salía a las diez? Eso me dijo. Eres muy pendejo, a ver Rafa, ve si es cierto. Faltan cinco minutos jefe, ¿no quiere esperar? No quiero, anda y dile que mande a chingar a su madre a los profes, que yo le hago la tarea; es más, vayan los dos cabrones, a ver si con los dos se completa uno, y de una vez les digo, me siguen en la otra camioneta y no la vayan a regar, si la llevo a un hotel esperen afuera, no me va a pasar nada.

Los guardaespaldas bajaron por el lado del copiloto en el momento en que una Ford se les emparejó con tres sicarios que les descargaron sus AK-47. Rafa, en su danza macabra, cayó de bruces junto a la pesada portezuela que no alcanzó a cerrar. Chalán quedó con más de treinta orificios que rápido dejaron de eructar sangre. Tres estudiantes cayeron muertos y dos chicas malheridas. Los vecinos tragaron saliva. Súbitamente, el Richie recordó a su madre, al río de su rancho, que era muy joven para. Sin saber qué hacer, sintió que se orinaba, que nada estaba en su sitio, que tenía pésima puntería. Mientras, las balas astillaban los cristales de media pulgada de grosor y horadaban la cubierta del blindaje, encendió la camioneta, aceleró, la puerta se emparejó y se largó dejando gritos de terror, adolescentes chillando, parapetados en cualquier sitio y acelerones de los galanes que eligieron desaparecer. Los agresores rodearon el parque tranquilamente sin que nadie les pusiera atención. Los caminantes habían desaparecido.

Richie tomó rumbo a la Comercial Mexicana con su pistola entre las piernas. Vio que no lo seguían, se detuvo, cerró la puerta blindada y apagó el estéreo. Continuó. Marcó en su celular. Diablo, ¿dónde estás? En Colinas. Me acaban de tirotear, mataron a Rafa y al Chalán frente al Cobaes 25. ¿Quiénes? Ni idea, manda a unos compas para que recuperen los cadáveres y ven por mí. ¿Dónde estás? En el estacionamiento de la Comercial Mexicana, por el lado de Banamex, ¿la jefa está allí? No que yo sepa.

Se estacionó. Vio los cuernos de sus guaruras en el piso de la camioneta, la humedad en su bragueta y tuvo miedo, mucho miedo. Lloró.

Siempre es bueno saber que no eres tan cabrón como crees.

Veintidós

Gris se encontraba algo mustia. Rodo no accedió a desayunar pretextando reunión con su jefe. Que le crea su madre. Habían colocado la copia de *Muro no* en la pared y la analizaban. No les era familiar. No creo que sea mexicano. Pienso lo mismo. ¿A qué hora llega Ortega? Anda con los encobijados. Él tiene experiencia en ver fotos. Volviendo a Meraz, deberíamos ajustarlo, a mí tampoco me convence su simpatía. Esta noche le caemos. Pero voy con usted. ¿Segura?, ¿no sería mejor que antes te arreglaras con el tigre? No se confunda ni me confunda, jefe, mi trabajo es mi trabajo y es sagrado. Sonrió. Está bien, penetraremos sus dominios, a ver, ¿qué tenemos? Gris lo miró a la cara. Jefe, ¿sería mucho pedir que me contara?, hay muchos chismes que lo involucran con Mayra Cabral de Melo, ¿pongo oído a eso o me pone al tanto? El Zurdo experimentó esa desazón que lo minimizaba. Pensó que, después de todo, era su compañera, que merecía su confianza y le confió algunas cosas, las que creyó necesarias. Al final volvieron a la primera pregunta: ¿qué tenemos? Un cuerpo en descampado, un gerente sorprendido, aunque no tanto; un cuerpo en una sala, 9 milímetros en ambos casos. Según el velador es un hombre alto, robusto, que manejaba un auto grande y oscuro y que enfiló hacia afuera de la ciudad. Ah, que Terminator lleve a alguien para que busquen huellas de carros, que tomen fotos de todas. En el segundo caso los vecinos no oyeron ni vieron nada; me gustaría interrogar de nuevo a Elisa Calderón, y que usted estuviera, tengo la impresión de que hay algo que pudo decirme pero no supe preguntar. Podríamos traer a Miroslava y a Camila Naranjo, que anoche se reportó enferma. ¿De verdad? Eso me informaron en el Alexa. ¿Qué hay de Escamilla? Digamos que normal, Rivera dijo que había conversado con usted, ¿platicó con el Fantasma? Lo mismo que Escamilla, sólo agrega que es el celestino de Meraz. Ninguno es alto y grueso. Te conté lo de Cervantes que es más bien bajo, y de ese altercado con el Richie Bernal, ah y Kid Yoreme, ¿encontraste algo? Perdón jefe, se me pasó, ¿cómo va lo del gringo? Nadie quiere saber de él, así que nosotros tranquilos, les interesa más este, señaló la foto de *Muro* en la pared. Tampoco han reclamado al primer muerto, ¿verdad? No que yo sepa, y Ortega anda enloquecido con tanto encobijado. ¿Encontró alguna huella en la pistola de

Paty Olmedo que no fuera la de ella? No ha dicho. A ver, ¿por dónde empezamos? Por el principio, agente Toledo, porque realmente estamos perdidos. Silencio. Jefe, qué hermosa era Mayra. El Zurdo miró al techo. ¿Viste las fotos? No lo pude evitar, y ese tatuaje en el pubis me llamó la atención. *Simplemente para aumentar el placer.* Revisa las tarjetas personales, de pronto hay alguien que se nos ha escapado. Le pasó las dos que poseía. Ah, hazme cita con estos señores. ¿Mandarán su cuerpo a Brasil? Es lo más probable, su mamá está en São Paulo, cada que pienso en hablarle me bloqueo. ¿No está en Guadalajara? Vive seis meses allá y seis acá, a lo mejor la sepultan en Guadalajara. Pienso que debemos buscar un hombre. ¿Por qué? Una mujer no hubiera roto el cuadro de la selección de futbol. Gris, hay un brasileño con los Dorados, vamos por él. ¿No ha pensado en sus clientes mazatlecos? Elisa dice que iba con frecuencia. De pronto se sintieron reanimados. ¿Sabe qué se nos olvidó? La chichi, le cortaron un pezón. Mendieta guardó silencio. Creo que es un indicio importante. Angelita abrió la puerta. Jefe Mendieta, el jefe Briseño solicita su presencia en su oficina en este momento. Qué bárbara, Angelita, ¿y esos modales? Se ve que ustedes no ven telenovelas. Claro que las vemos, pero fingimos. ¿Y ésa, quién es? Mendieta y Gris se miraron con la boca abierta. Pasa Angelita, voy con el jefe. En efecto, los rasgos finos en la imagen de *Muro* se suavizaron y la luz tenue le daba un aire inconfundible de muchacha.

En la oficina del comandante se encontraba Othoniel Ramírez conversando animadamente con Briseño. Los presentaron. ¿Qué tenemos sobre el caso Alexa?, indagó el jefe, que se veía rozagante. El detective extrañado desarrolló su historia de nuevo. Muy bien, expresó Briseño, todo está muy oscuro, un tanto impreciso, veremos cómo avanza en los próximos días. Dirigiéndose a Ramírez. Cuide a sus teiboleras, licenciado, me han contado que algunas no merecen morir. Riesgos profesionales, comandante, qué le vamos a hacer, pero le prometo que no le daremos más lata, procuraremos dar curso a sus recomendaciones, entregaremos el cuerpo de Yolanda a sus familiares; a la brasileña le daremos cristiana sepultura y todo resuelto; y permítame insistir, vengan una noche, no se van a arrepentir, siempre tenemos sorpresas para los amigos. Mendieta comprendió que habían llegado a un arreglo. Ah, y tenga un poco de paciencia, ya le pondré los medios para que cocine ese platillo, es espectacular, pero como le digo, debe ser golfina, las otras tortugas lo devalúan. Claro, seguiré su receta al pie de la letra. Deme dos días para conseguirle una de buen tamaño y el chile habanero nos lo agenciamos en cualquier súper, se puso de pie. El Zurdo echó una mirada perforadora a su jefe que hizo caso omiso.

Ramírez se marchó oliendo a perfume barato.

No me interesa tu punto de vista, expresó Briseño antes de que el detective formulara algo. Y permite que insista, si no quieres la invitación del FBI para el curso en Los Ángeles, deberías aceptar la de la Policía Española, dicen que Madrid es lindo en este mes. Jamás estaría en una ciudad que es linda por un mes. Bueno, es un decir, debe ser linda siempre, es famosa por su bajo índice delictivo y su comida, si no tuviera tanto trabajo iría a comer tapas y jamón ibérico. Aquí matan a balazos, allá a bombazos, ¿se olvida del 11-M? Ese asunto del terrorismo es espinoso. Entre narcos y terroristas, ¿a quién prefiere? A ninguno. Mendieta hizo un gesto mordaz. Conocí a Mayra Cabral de Melo en Mazatlán y era una mujer agradable, soñadora, muy hermosa; ayer conversé con Miroslava, amiga de ella y de Yolanda Estrada. Eran un par de teiboleras, Zurdo, su muerte no afecta a nadie, no tenemos por qué invertir tiempo y recursos en eso, para ellas eran gajes del oficio, tenemos demasiados problemas con los encobijados, los narcojuniors, ¿no has pensado que le tenemos que atorar?, ¿cómo le vamos a entrar a eso? El presidente ha declarado la guerra al narco, no tardan en mandar instrucciones; Ramírez prometió hacerse cargo, ya lo oíste. ¿Y mi sopa de chícharos? Ah, eso. Es fácil, comandante, si las mataron es porque afectaban a alguien o porque su muerte beneficia a alguien; no fue muerte natural. Igual olvídalo. Briseño fijó su atención en unos papeles y el Zurdo se puso de pie. Antes de que cocine un platillo con una especie protegida, permítame avanzar en la investigación. Zurdo, ¿qué te crees?, ¿crees que puedes hacer lo que te dé tu chingada gana? No conmigo. Pues deme unos días sin escuchar su nombre en *Vigilantes Nocturnos* y padeceré amnesia. ¿Por qué? Eran seres humanos, un par de mujeres indefensas. ¿Y qué?, ¿de cuándo a acá somos hermanitas de la caridad? ¿Por esa razón tampoco investigamos el caso de Anita Roy? Briseño abrió la boca pero no emitió palabra. ¿Cómo ve?, cada quién tiene sus prioridades, y creo que las debemos respetar.

Invitó a Gris al Miró. Al salir, Robles le prestó una Walther P99 que le había conseguido. ¿Funciona? No tengo idea, pero dicen que han matado como a cien con ella. El Zurdo sacó el cargador, la abrió, revisó las estrías, accionó el mecanismo, colocó el cargador en su sitio, la vio perfecta en su mano, le puso seguro y se la guardó. Si no te la devuelvo en una semana es que valí madre.

Como siempre, estaba lleno de señoras planeando fiestas o disfrutando la vida al cien. Chanel, Blue Code, Burberry,

Blablá. El Zurdo pidió café; Gris, machaca con huevo, capuchino y jugo de naranja. En el camino la había puesto al tanto. Como ves, una teibolera y un sacerdote no valen lo mismo. Un taxista y un matemático tampoco, ¿y cuando están muertos, acaso no son iguales? Los cuatro son fiambre, los cuatro son socialmente inútiles. ¿Entonces? Silencio. Usted las conoció vivas. Sólo a Mayra, que no era más que una chica tratando de ser feliz. Recuerdo que usted volvió de Mazatlán muy contento ¿Qué comentario es ese, agente Toledo? ¿Qué tiene de malo? Callaron un momento. Briseño no podrá pararnos, y hay algo más, ¿te acuerdas de la chica sin tetas? Que no debemos hablar de ella. Se llamaba Anita Roy, era amiga de Mayra, a quien no permitieron entrar a su velorio. Gris pensó un momento. ¿Cree que sea parte del paquete? Cuando interroguemos a sus familiares podremos aventurar algo, y no pasaremos por alto que ambas fueron mutiladas.

De regreso, en medio de un intenso tráfico, Mendieta cambió el cedé: *Conga*, con Miami Sound Machine. Música relajante, Gris, para que te den ganas de bailar. Jefe, quisiera que me liberara del compromiso de la noche, llamó el Rodo y quedé de cenar con él; después podríamos continuar en un antro. Es un buen hombre. Si me caso voy a seguir trabajando. No veo por qué no. También cuando esté embarazada. ¿Has visto *Fargo*? No. Réntala, te va a gustar. Si el Rodo le pide algo no se deje convencer, lo mío es trabajar a las órdenes de usted. Lo haremos, no te preocupes. Es de la idea de que me pasen a las oficinas. Que ni lo piense, ¿qué se está creyendo? Aún no se casan y ya quiere mandar. Eso le dije.

Caballería. Observó el número: «privado», y lo dejó sonar.

Reflexionó. Eras tan dulce que no puedo creer que hayas muerto así, tan misteriosamente, y en manos de un tipo con tanto oficio que no dejó nada al azar: bueno, algo debe haber dejado, además de sus huellas, pero aún no lo encontramos. Tengo que hablar con Dayana.

Gris, antes de tu reunión con el Rodo, encuentra a Dayana, una chica que hace unos días hizo declaraciones en la prensa sobre los derechos de la mujer y que anda con Meraz. Le marcó a Angelita, quien le pasó los números telefónicos del fijo y el celular de Paty Olmedo, anotados en su mínimo expediente aún no desechado.

La citó para las siete de la noche en el café Marimba.

Dejó a Gris en la jefatura y se fue a casa. Estaba sola. Se recostó y se quedó dormido. Despertó treinta y dos minutos después. Se bañó, se hizo un Nescafé, puso música brasileña: *Onde anda você,* con Vinicius de Moraes y Toquinho y se quedó quieto, escuchando las voces de la calle.

¿Cómo sabe que la conocí? Lo soñé. Paty Olmedo lucía una blusa casi transparente color durazno y un pantalón beige a la rodilla. Bebía cerveza y tenía esa piel bronceada que siempre estará de moda. Mendieta se relajó. ¿Que ibas al velorio y que no te dejaron ver la cara a la señora? Sí me dejaron, era un velorio normal, incluso entré al cuarto de los deudos a ver a mi amigo, que es hijo de la señora; hasta nos fuimos a tomar un café. ¿Te dijo que la habían mutilado? Oiga, ¿usted cómo sabe eso, también lo soñó? No te alarmes, cosas de policía. Pero es mejor que los de la tele, qué bárbaro. ¿Podrías presentarme a tu amigo? Está en Canadá, de hecho sólo vino al velorio, ¿sabe que sus padres se divorciaron? ¿Desde cuándo? Desde que el señor descubrió que ella le era infiel. ¿Qué tanto hace de eso? Dos años tal vez; mi amigo Marcos se fue a Canadá y ellos, cada quién su vida; se dice que la señora era muy alegre y tenía muchos amigos y que la mutilaron por venganza; sabía cuidarse, iba al gimnasio y estudiaba danza. ¿Qué edad tenía? Cumplió 43, pero parecía de 20. La imagino buena para el baile regional. No creo, más bien bailaba jazz y parece que estudiaba moderno en una academia. La verdad no sé.

Le dijo adónde vivía el ex esposo.

Veintitrés

¿Cómo estás? Tirando, ¿y tú? Hecho un lío, tengo aquí a quien ya sabes, le he dicho que contaremos con tu presencia y está feliz. No seas hablador, pinche carcamal, ni me hace en el mundo. Oye, casi lo liquidan la otra noche. ¿Qué? Sí, lo recibieron a balazos cuatro tipos con playeras que decían *Muro no*, los despacharon a todos. ¿Quién? Había como treinta agentes diseminados por la propiedad tirando la hueva, y el helicóptero de la escolta; pero el viejo ni un rasguño y muy motivado para cazar esta tarde-noche, así que si quieres hacerte el aparecido, será un placer. No te provocaré ese inconveniente. ¿Estás crudo? ¿Qué vulgaridad es esa, Carrasco? Estoy vapuleado, que es diferente. Los años no pasan en balde, y aunque uno no quiera hace más estupideces de las que puede soportar. Es lo que digo a mis amigos, entre ellos a ti; te llamé temprano, ¿me estás regresando la llamada? Eso mismo, no lo hice antes porque he andado con mi huésped ametrallando patos, pero dime para qué soy bueno. Se trata de que no puedo esperarte más, el Inversionista va a utilizar su fondo y ese millón de dólares es importante. No tengo liquidez, Gandi, no ahora; lo invertí todo en el campo y no lo he recuperado, es cuestión de tiempo, con la presencia del señor B se inicia la temporada. No es problema mío, Adán, desde que te lo presté, hace dos meses y tres días, te expliqué muy claro que el capital podría ser requerido en cualquier momento, y ese momento llegó, no hay de otra, tenemos cinco días para regresarlo. ¿Es tu última palabra? No es mía, ¿cómo crees? Pero es la última. Okey, buenas tardes Gandi.

Algunos capos y jefes menores guardaban su dinero con el Gandi Olmedo. Era derecho, jamás hacía preguntas y siempre se conformaba con lo que le daban. Lo dejaban hacer pequeñas inversiones y siempre que necesitaban un vehículo se lo compraban a él.

Después de la comida con McGiver, Olmedo decidió que debía regular su vida y como hombre de acción procedió de inmediato. Lo primero era recuperar una serie de préstamos que andaban por ahí volando, y el primero de la lista era Adán Carrasco. Nadie se lo estaba requiriendo pero ése era un truco que no fallaba. Ya vería cómo, en cinco días, el dinero volvería a su dueño otra vez; los módicos intereses podrían esperar un poco.

Se hallaba en la sala de su casa con las luces encendidas, escuchaba música de películas, en ese momento se oía *Midnight cowboy* en instrumental. Contemplaba los trozos de guitarras. Se detuvo en el de Jeff Beck, colocado en un extremo, y recordó cómo falla el amplificador y Beck lo golpea con la guitarra, después castiga el piso hasta desacerla y lanza los pedazos al público. Era sin duda un montaje de Antonioni pero me encantó cuando vi la película;

¿y los ingleses? Valieron madre, ni siquiera llamaron. Luego sintió su cara dura, apelmazada: Paty en su memoria. Mira que querer matarme la hija de la chingada.

En ese momento, McGiver llegaba a un acuerdo con Dioni de la Vega sobre una tonelada de cocaína pura que esperaba en Huatulco, Oaxaca.

Mientras lo llevaba al hotel, Imelda, ataviada con una falda sexy, le contó que era dueña de bares, que estaba a punto de cerrar la compra de un table dance de mediana categoría que su jefe visitaba. Se tomaría un trago conmigo? Propuso el contrabandista. No resistiría tanto tiempo en silencio. Sonrieron. Realmente eres muy agradable. Te entiendo, pero esta noche no, después. Se despidieron con sonrisas y una mirada de esas.

Veinticuatro

A 205 kilómetros por hora, de regreso a la ciudad, Yoreme vio un camión de pasajeros, encendió la torreta e hizo sonar la sirena. El transporte se detuvo, el boxeador introdujo la patrulla en el maizal. Corrió al autobús y gritó: Abra. La puerta se desplegó emitiendo un ruido extraño y subió. Vamos, métale fierro, mi chofer, que me viene siguiendo el diablo, expresó sin dejar de llorar. Aléjeme de este lugar maldito lo más pronto posible. El camionero, un tipo delgado, de bigote, chaleco y moño, aceleró. ¿Qué le pasa, si usted no es federal por qué venía en esa patrulla? Me la robé, es que yo tenía una casita de palma y dejé entrar a la zorra. Uno de los pasajeros llamó la atención a los demás. ¿Escucharon? El señor se robó una patrulla, viaja con nosotros un auténtico truhán. Yoreme se volvió al interior del camión desde donde una docena de personas lo observaba con rostros cadavéricos y ojos muy abiertos. Hola, buenos noches, espero no molestar, sólo quiero un aventón a Culiacán. ¿Culiacán?, ¿dónde está eso? Inquirió el más cercano. Aquí, un poco adelante, pasamos este maizal, un cartamal, una tomatera, una docena de hoteles de paso y llegamos.

Yoreme notó que además de llorar sudaba, y lo invadió una sensación parecida al miedo. No veía sus pies. En lugar del piso flotaba en una nube cálida que le llegaba a las rodillas. Continuó viendo a los personajes mascullar pero sólo percibía murmullos. Se volvió al conductor pero el camión marchaba solo. ¿Y el chofer?, ¿alguien ha visto al chofer? La carretera tampoco existía. El camión se hallaba arrumbado y era chatarra maloliente. Salió. Se encontraba en un camino vecinal, entre breñas. Amanecía.

¿Llorar? El escalofrío le cortó el llanto. Luego empezó a llover.

Los federales lo boletinaron y esperaban que cayera en las próximas horas. En ese momento era buscado por los buenos y por los malos. Los agentes, que sospechaban que se había internado en la zona agrícola, solicitaron la intervención de los productores de cannabis. Después, el que más aportó fue el mesero, que le había servido en varias ocasiones pero que no tenía idea de su domicilio o lugar de trabajo. El bato llegaba, tomaba, admiraba a Roxana, suspiraba, le sonreía pero jamás compró un privado, es más, creo que nunca se dirigieron la palabra; la admiraba como si fuera una virgen, y bueno, uno nunca sabe demasiado de los clientes. Rivera movió la cabeza. Le recordó a Mendieta que se lo había advertido.

Yoreme recorrió un par de kilómetros por el monte. Escuchaba aplausos, recriminaciones, amenazas, consejos y según fuera, reaccionaba. Sonreía, alzaba los brazos en son de triunfo, hacía reverencias, convertía su cara en tótem, su mirada chispeaba o se quedaba quieto con ojos apacibles. Por ratos trotaba haciendo sombra y soltando ganchos al hígado y rectos. Vestía jeans y una playera azul mojada y sucia.

Una hora después consiguió un aventón con un ordeñador que llevaba leche a la ciudad. Yoreme, en la caja del vehículo vio los botes llenos y se le desató la sed. Destapó uno de 20 litros y se lo empinó. El chofer lo vio y se detuvo. Hey, compa, ¿qué pasó?, ¿por qué se toma la leche? Yo tenía una casita de palma, expresó sonriendo. No me haga eso, compita, debo entregarla completa. Dejé entrar a la zorra y una vez que estuvo dentro. ¿Sabe qué? Bájese, no lo puedo llevar, capaz y se toma los 400 litros. El conejito todo lloroso se retiró también. No entiendo su salivero, compita, y tampoco me interesa, o se baja o lo bajo a chingadazos. No lo haga, le pago la leche pero no me deje aquí. No me disgusta que me quiera pagar pero tampoco puedo dejar que se la tome, es una entrega comprometida; llueva, truene o relampaguee, y de ahí comemos mi familia y yo. Mire, sólo me tomé dos litros, le voy a pagar los 20 y antes de que la entregue le echamos agua para que usted no pierda. El ordeñador se relajó. Veo que ha sido lechero;

bueno, véngase adelante conmigo y cuénteme esa historia del conejo.

A las ocho y media de la mañana Yoreme se bajó en la iglesia de Las Quintas. Se detuvo ante la estatua del padre Cuco y le rogó que todo saliera bien, no sabía cómo pero se había metido en un berenjenal. Padre Cuco, yo lo conocí a usted, ¿se acuerda cuando me corrió porque me estaba robando la limosna? Lo perdono si hace que todo se resuelva como debe; ya sé que no es sencillo pero para eso está usted, ¿pensaba que ser santo era fácil? Pues no, tiene que echarnos la mano a nosotros, los que no tenemos en qué caernos muertos; pero nadie se ha muerto aquí, ya ve, ¿por qué me manda esa idea?, ¿adónde quiere llevarme? Dejé entrar a la zorra y el conejito todo lloroso se retiró también.

Poco a poco recordó los hechos de la noche anterior. Fui a ver a Roxana y me enteré de que se nos había adelantado, como dicen. No pude comportarme: lloré, perdí el control, luego fui con ese luchador, ¿cómo se llama? Cavernícola Galindo, en un carro que después le robé. Luego me persiguieron los placas. Después encontré al lechero que me trajo. Pinche lechero, olía dulce. El carro me lo quitó la poli; entonces no he cometido delito, ¿por qué huyo? Por pendejo; me voy a ir calmado hasta mi casa, haciendo sombra. He cumplido con Dios y con la sociedad. He ido a misa los domingos y ahora hablo con usted, que me aconsejó buscar trabajo y lo conseguí; que me pidió dejar las drogas y estoy en eso, pero es duro, muy duro, peor que enfrentar a Julio César Chávez.

En el puente Juárez, se topó con Ortega, quien hablaba por celular con Mendieta pero no lo conocía. Mendieta se lo describía como alguien taimado, ágil y pendenciero.

Ortega lo vio tirar rectos a la quijada y pensó que era un boxeador entrenando. Incluso respondió el adiós que el hombre le hizo.

Te llamo al rato, expresó el detective, que advertía que no podía hacer el retrato de su enemigo. Pinche Yoreme.

El boxeador se alejaba apaciblemente rumbo al Centro de Ciencias, por la acera del jardín botánico Carlos Murillo Depraect. Yo tenía una casita de palma. ¿De qué murió Roxana? Si alguien la mató lo acabo, ¿sería el de la mansión de puerta amarilla?

Llegó a su casa. Vivía en una residencia abandonada en la colonia Villa Universidad. Lo suyo no era escandalizar, poner música o molestar a los vecinos. Era una sombra. Por eso pasaba desapercibido y los que lo veían de vez en cuando, pensaban que era velador. Con ayuda de un cerrajero se hizo de una llave de la puerta de servicio. De manera que podía entrar o salir como el único habitante del inmueble, abandonado hacía tiempo por sus legítimos propietarios que salieron pitando con la Ministerial pisándole los talones.

Una vez dentro se recostó en su camastro y durmió. Soñó que era rey, y que su gran ministro le hizo traer quinientos pasteles nomás para él. Cuando despertó tenía muy claro lo que había ocurrido. El Cavernario debía andar buscándolo como perro rabioso, y un encuentro entre un luchador y un boxeador es algo extraño pero prometedor. Si iban a pelear, lo cual sin duda sucedería, deberían aprovecharlo, buscar un buen promotor y proponerle el match. Llenarían la arena Revolución o a lo mejor el estadio de los Dorados. Quién sabe si el Cavernario quiera; como ya lo había tumbado una vez, quizá tenga algo de miedo; además le robó el carro, el dinero y lanzó su celular a la siembra, tal vez su rencor sería más grande que su conveniencia. Pinche Cavernícola, qué dura tiene la quijada. Los federales. Ésos no me la van a perdonar. Los agandallé machín. Seguramente, cuando tenga noqueado al Cavernícola, se aparecerán con malas intenciones: Estás detenido Yoreme, eres el campeón del mundo pero con nosotros vas a chingar a tu madre. No hay placa que no sea vengativo; todavía no se me olvida cuando noqueé al Pelón Sopipas, pinche poli, siempre que me encontraba me la hacía cardiaca, y yo, como sedita. Yo tenía una casita de palma y dejé entrar a la zorra. Es que me traje la patrulla, pero no le pasó nada y, ¿quiénes eran aquellos pinches locos que me dieron raite? Traían viejas los batos, bastante traqueadas por cierto, se veían centenarios y el chofer, qué loco, se largó y nos dejó colgados de la brocha, pero, ¿era yo el que lloraba?, ¿por qué desperté en aquel camión destartalado? No tengo por qué soportar tanto pinche misterio, y el lechero buena onda, me trajo hasta Las Quintas. Los más peligrosos son los federales, el Cavernícola qué, se me aparece y lo vuelvo a noquear al puto. ¿Quieres más?, ¿te gustó ver pajaritos? Pues órale, va, pero esos güeyes no, están pesados y luego luego sacan sus fierros. Lo bueno es que están muy lejos, tan lejos como se fue ella, la reina más reina.

Dejó escapar un par de lágrimas, se sonó la nariz, sacó una caguama del pequeño refrigerador que ocupaba una esquina y se tomó la mitad. Debería haber sido lechero, esos sí saben vivir la vida.

Veinticinco

Para ser de los míos te voy a poner dos condiciones, Leo McGiver, una grande y una chica. Lo que usted diga, señor De la Vega, qué bueno que en este encuentro definamos todo. Bebían whisky con agua en un bar solitario. La grande: el día que yo o mi gente sepamos, sospechemos o nos digan que te viste con otros, chupaste faros cabrón, o sea, eres hombre muerto; la gente de Dioni de la Vega es gente de Dioni de la Vega, no se te olvide; es que te ves medio cabrón y, bueno, están los Valdés, con quienes tienes tratos comerciales que vas a finiquitar ahora mismo. Les debo un cargamento de armas. Pues te olvidas, la gente de Dioni de la Vega es gente de Dioni de la Vega y de nadie más; bueno, puedes morir por ahí y eso no tiene remedio, con la Huesuda nadie discute, y si te lleva, ¿qué podemos hacer? Debo regresar el dinero a los Valdés. Tienes dos opciones: lo absorbes como pérdida o les prometes pagarlo más adelante, en módicas mensualidades, que es lo que te aconsejo. Sonrió. McGiver miró la mesa goteada y se alegró también, eran los únicos que bebían alcohol; a unos metros, tres guardaespaldas tomaban Coca-Cola con mucho hielo. El cantinero llenaba un refrigerador de cerveza. Música a bajo volumen. Hey, pidió De la Vega, pon algo acá, que me llegue. Cambió el cedé. A ver qué le parece este que acaba de traer la señorita Imelda. Le subió un poco a Los Broncos de Reinosa: *Ausencia eterna*. El contrabandista bebió. La canción le llegaba de seis maneras. Ahora la chica, pinche McGiver, ¿por qué mataste a Sergio? Era un morro que prometía, debiste comprenderlo. Mis disculpas, señor De la Vega. Sólo había que verlo para saber el potencial que ese plebe llevaba encima; ya me contó Imelda: te pasaste, pinche McGiver, te pasaste machín; dispararle a un morro así es difícil de perdonar. Dispénseme por favor, como lo vi tan animado con su pistola pensé que no la contaba. Que no vuelva a suceder, abre los pinches ojos y ve lo que tienes enfrente, ¿de acuerdo? Lo que usted diga. Busca a sus padres, viven en Guasave, entrégales el cuerpo y una lana para que le den cristiana sepultura. Lo tiene la policía. Es problema tuyo, ¿okey? Lo haré, no se preocupe. Pero que sea ahora, es lo menos que puedes hacer. Bebieron hasta el fondo. En otra onda, hace unos minutos hicieron la transferencia a tus cuentas para que muevas a tu gente; dos de los encobijados de hoy eran de los míos, entenderás que así está cabrón, tenemos que defendernos. Quedaron de verse después.

McGiver se encaminó a la puerta. Se detuvo para no chocar con el Richie Bernal que llegaba exhibiendo su rifle terciado y su cara de perplejidad. Cuatro pistoleros se acomodaron con los otros. Eh, Dioni, qué onda, carnal, ¿cómo anda la mecha? Al tiro, mi Richie, qué pedo, supe que andas muy alebrestado, qué onda. Nada, me mataron a una morra pero ya se me está pasando. Órale, amores que matan no son amores, cabrón, abusado. Agarré la loquera pero ya estuvo, carnal, hay veces que uno pierde y otras que deja de ganar. Así me gusta, que no se raje. Oye, ¿podrías hacerme un favor? Pa'qué chingados son los amigos si no. Hay un placa, un tal Mendieta, le dicen el Zurdo. No lo acompleto. Me hizo una el bato y no le puedo dar pa'bajo, la jefa lo protege. Entiendo, cuenta con eso, pero siéntate que hace siglos que no nos vemos. Como ochenta años. ¿Alguna novedad? Todo tranquilo, bueno, ayer me carraquearon. Ah, cabrón, ¿fue ese placa? Con razón le quieres dar piso. Quien haya sido no se la va a acabar. ¿Y dices que la jefa lo protege? McGiver salió. Era una camioneta con tres compas disparando como demonios, mataron a dos de mi gente. Pero escapaste, pinche Richie, estás cabrón, brindemos por eso. Salud.

Veintiséis

Llegó temprano al fraccionamiento Los Álamos, uno de los más exclusivos de la ciudad. José Antonio Lagarde, el que había sido esposo de Anita Roy, lo recibió a las ocho. La noche anterior durmió poco, pasó por el Alexa, habló con Escamilla, quien le contó sobre la relación de Yoreme con Roxana: La admiraba como si fuera una virgen. Le pidió que le llamara si aparecían tanto él como Miguel de Cervantes. Lo mismo solicitó a Rivera. El Apache lo indujo a buscar en otras partes: La ciudad es pequeña, Zurdo Mendieta, en algún lugar debe estar.

Lagarde era propietario de una empresa de exportaciones y estaba limpio. No le ofreció ni agua, lo que significaba que quería una reunión expedita. Qué rara su investigación, detective, nunca la hubiera imaginado. Mendieta decidió ir a fondo. Y si no la imaginó, ¿por qué prohibió a las autoridades que la hicieran? Pálido, hizo una mueca rara. Incluso, y usted debe saberlo, se persigue de oficio. Por mi hijo, no quería que supiera lo que hicieron con su madre y también como un derecho ciudadano, por eso no entiendo su interés. El que mutiló a su ex esposa creo que lo entiende perfectamente; Mayra Cabral de Melo fue asesinada y mutilada de la misma parte. El mismo gesto con ligero temblor en los labios. Y usted debe saber que se conocían. Nunca aprobé esa amistad, bueno, y ni muchas otras, aunque ya no tenía nada con ella. ¿Por qué impidió a Mayra ver a su amiga en la funeraria? Jamás permitiría su presencia, entienda, había familiares y amistades y ella llegó vestida como si fuera a bailar. Silencio. ¿Por qué cree que la aniquilaron? Rostro rojo, tuvo el impulso de ponerse de pie, labios vibrantes. Estábamos divorciados y la mataron porque se deschavetó, se metía con cualquiera, ¿lo quiere más claro? Era una puta. Silencio que el Zurdo respetó. Y esa bailarina también. Se levantó. Era alto y grueso, zapatos italianos. Si acabaron con ellas, bien merecido se lo tenían; Ana era una perdida, se metía con mis amigos, con los maridos de sus amigas, no tiene idea de cuántos matrimonios puso en crisis. Mendieta continuó sentado. No tengo más qué decir. El asesinato de Anita Roy no se investigó, ¿sabe usted qué arma utilizaron? ¿Cómo voy a saberlo? La encontraron en un departamento del centro, con un balazo en la cabeza y los pechos cercenados. Dígame el domicilio. No lo sé, era la casa de esa piruja brasileña que terminó de echarla a perder. Mendieta se quedó quieto, no era adepto a los rompecabezas y no era otra cosa lo que tenía enfrente, donde dos piezas, tal vez tres, acababan de embonar perfectamente. Lagarde terminó por sentarse, rostro descompuesto, miraba al piso. ¿Usted colecciona armas? Nunca he usado una. Igual que Meraz y Cervantes, recordó. ¿Y alguna de las personas con las que Anita Roy se involucró? Pensó un momento. No sé. Quiero una lista de esas personas. ¿Cómo se atreve? Entró a la casa y regresó a los 30 segundos. Vienen los guardias por usted y no vuelva a molestarme, nada que tenga que ver con esa mujer me interesa, ¿está claro? Nada. El Zurdo se puso de pie. De todas maneras lo sabré, y que le quede muy claro: el principal sospechoso de las muertes de Anita Roy y Mayra Cabral de Melo es usted. Se aceleró el gesto de nerviosismo. No me haga reír, ¿cómo lo va a demostrar? Con caricias, ¿no le han dicho sus numerosos amigos en el poder cómo trabaja la policía? El Zurdo fue al Jetta al tiempo que llegaban los vigilantes en un Jeep. Lagarde les hizo una seña de que no había problemas.

Mendieta encendió el carro y luego el estéreo. Se escuchó una rolita de Lobo que estuvo a punto de quitar: *I'd love you want me*. Casi al final le cambió al radio. Estación de baladas dulces, otra de corridos, anuncios, y en la siguiente, Quiroz a todo lo que daba: Nada se ha sabido de los asesinatos de mujeres en nuestra ciudad, ¿pasará como en Juárez donde misteriosos criminales sacrifican a hermosas jovencitas? Esperemos que no. El comandante Omar Briseño declaró ayer por la tarde que no puede adelantar información para no entorpecer las pesquisas; por otra parte, desde que el señor presidente declaró la guerra al narco han aumentado la cantidad de encobijados y anoche, por el malecón Niños Héroes frente al parque Constitución, se registró una balacera que duró alrededor de doce minutos sin que se tenga información sobre víctimas. Para *Vigilantes Nocturnos*, Daniel Quiroz, reportero. Enseguida un comercial de la Secretaría de Gobernación que parloteaba acerca del combate a la delincuencia organizada. Lo apagó, esperó unos momentos y encendió de nuevo el estéreo: *Mi corazón es un gitano*, con Nicola di Bari. Le marcó a Patricia Olmedo pero no respondió. Ha de estar dormida la cabrona.

Dayana Ortiz lo recibió en una oficina espaciosa. Era publicista. Lo que le quiero preguntar es delicado. Se presentó sin avisar tratando de evitar que se comunicara con Meraz. Me dijo Luis Ángel que usted vendría, que era tenaz, y que si lo consideraba ejerciera mi derecho a guardar silencio. Sonrió. Vestía de blanco, elegante y sexy. Andamos investigando la muerte de una chica que tenía relaciones con el licenciado Meraz; nos dijeron que lo vieron con ella el domingo en la noche. Imposible, estaba conmigo en la ciudad de México. ¿Cuánto tiene su relación? Bueno, nos conocimos hace años, pero hace un mes nos hicimos socios en esta agencia y hace dos semanas que nos vemos a diario. ¿Será la primera dama? Hágamela buena. Ojos aceitunados. ¿De qué marca es el auto de Meraz? Tiene dos BMW y una camioneta que adora. ¿A usted le gusta más? El BMW blanco, que aunque no es el más nuevo, es el más cómodo. ¿Alguna otra razón? No me gustan los carros oscuros. A mí tampoco me gusta el negro. Éste no es negro pero igual es horrible. Ambiente tenso. Sé que a Meraz le gustan los traseros lindos, perdón por la pregunta, ¿tiene alguna obsesión por los pechos? Mire detective, no sé adónde quiere llegar; no sufra: Luis Ángel es un experto en zonas erógenas y muy instintivo; entonces le interesa todo. Sonríe. Prefirió largarse.

Posee un BMW oscuro que no es negro; el pezón, ¿por qué le cortó el pezón?, ¿por qué uno?, ¿por qué la llevó a ese lugar? Amenazó a la chica para que me dijera lo que le conviene. ¿Y Estrada?, ¿quién mató a Yolanda Estrada?

Por la tarde el gerente del Alexa se encontró con Gris en la sala de interrogatorios. Esperaron suficiente al licenciado Ramírez pero no llegó y su celular mandaba a buzón. ¿Son buen negocio los tables, señor Carvajal? Más o menos; gracias a que la gente prefiere divertirse a comer bien o educarse, nos sostenemos; pero, con todo respeto, no me gustaría que fuéramos más allá sin la presencia del licenciado Ramírez. Aquí hay dos cadáveres y un testimonio de que se permite el ingreso de armas de fuego; desde donde lo vea son razones poderosas para que nos importe un carajo si está o no el licenciado Ramírez. El caso fue cerrado, señorita, Ramírez habló con su jefe. No me venga con esa mierda, Carvajal, nosotros le notificaremos cuando se cierre, y eso si nos da la gana. Pues no pienso decir una palabra más sin la presencia de Ramírez, que a lo mejor no está en la ciudad, estoy en mi derecho. ¿De veras?, no me diga. Se puso de pie. Abrió la puerta: Camello, dile al Gori que venga. No puede atropellarme como su compañero el otro día. Claro que no, Hortigosa tiene otro estilo; además, usted trabajó en la procu el sexenio pasado, por tanto sabe que somos una policía decente, respetuosa de los derechos ciudadanos, aunque los ciudadanos oculten evidencias y antes de pensar en la justicia piensen en hacer arreglos. Callaron. Entró el Gori vestido de negro con una picana a la vista. Fue directo al gerente. Lo inmovilizó y se la aplicó en los genitales, sobre el pantalón, la reacción fue inmediata. Está bien, está bien, pregunte lo que quiera. Gori, lo siento, con esta gente tu especialidad está en peligro de extinción. No me eche la mala sal, mi Gris, qué pasó, con todo lo que he tenido que aprender. Salió sonriendo. Es muy convincente, expresó el gerente sudoroso. No tiene idea de cuánto, ¿cómo es que los dueños del Alexa están en política? En el sexenio anterior los funcionarios invirtieron en dos rubros: gasolineras y antros, éste es de un grupo que representa Othoniel Ramírez, y como les dije la vez pasada, están Bernardo Almada, Luis Ángel Meraz y Rodrigo Cabrera, que no necesita presentación. El ex procurador. El que bajó a la mitad el índice de delitos, usted debe saberlo. Y usted no olvidarlo, aunque sólo hayan sido declaraciones de prensa; según informes, usted fue su director de adquisiciones y José Rivera su guardaespaldas, ¿cómo se le ocurrió a Meraz mandar a Mayra Cabral de Melo a Mazatlán? Carvajal transpiraba, alzó los ojos y se perdió en el techo. Por invitación de un amigo; Joaquín Lizárraga, el presidente municipal fue el enlace; Roxana era muy discreta, lo único que decía es que le pagaban bien y que le permitiéramos seguir acudiendo. ¿Cada qué tanto iba Yolanda Estrada? Nunca fue y, si le soy sincero, no entiendo por qué fue asesinada, era una chica normal, no se metía con nadie y estaba a punto de regresar a su casa. Cada cuánto tiempo solicitaban chicas los socios. Calló de nuevo. Esa pregunta ya la respondí. Otra vez. Me van a hacer pedazos, señorita. ¿Quién era el más ávido? El lic Meraz, tres o cuatro por semana. ¿Qué le hace pensar que siempre eran para él? Bueno, él tiene un gran gusto por las mujeres, si las compartía realmente no lo sé. Yolanda Estrada entre ellas. Nunca la solicitó, Roxana era su favorita, y también Camila, que baila como Doris Day y que, por cierto, tuvo una crisis nerviosa y sigue sin presentarse. ¿Y los otros? En los catorce meses que llevo en el cargo, Cabrera lo ha hecho seis o siete veces y Almada ninguna, vive en el otro lado. ¿Y usted? Yo simplemente me llevo bien con ellas. ¿Y Miroslava? Bueno, un par de veces, nada más. ¿Nunca con Mayra o Yolanda?

No, no es buena idea estropear la mercancía. ¿Por qué su mujer va tanto al Alexa? Carvajal se tardó en responder, traspiraba. Es celosa. Gris lo miró a los ojos. Creemos que hay otros clientes de Roxana. Mire, no quiero afectar la investigación, pero nada sé de esos clientes, sólo de los que les comenté; si me corren, dígale a su jefe que me coloque aquí. ¿Cree que estamos en un table? De ninguna manera, señorita. Le apuesto a que el que más saca chicas es Othoniel Ramírez. De pie se acercó a Gris y susurró: Es verdad, y la mayoría de las veces ni me entero. ¿Camila está mal? No creo que pueda trabajar en varios días. Ahora váyase, y dígale a Ramírez que queremos preguntarle un par de cosas.

En la oficina, Angelita le entregó un fax de la Comisión de Box con el historial de Kid Yoreme. Tumbó a Julio César, ¿lo puedes creer? También al jefe Mendieta. ¿Qué? Como lo oyes. Oiga, ese hombre es cosa seria. Bastante seria. En la pared continuaba la foto de *Muro no*. Angelita, me voy; si llega el jefe, dígale que fui al lugar de los hechos. Te ves muy traqueada, Gris, como que te falta dormir. Tal vez, bueno, nos vemos mañana.

En las oficinas de Esteban Aguirrebere, el dueño de Agrícola San Esteban repartía javas de hortalizas a las muchachas, el detective escuchaba. Era un mujerón, ¿no la conoció? Increíble, para perder el juicio; te la querías comer; las mujeres sinaloenses son muy sexies, ni quién lo dude, pero esta movía todos los pisos; la verdad nunca se me hizo, qué lástima su muerte; me di cuenta de que nada podía hacer allí y me alejé, le gustaban los peces muy gordos. El domingo en la noche, él y su familia habían dormido en el hotel Meliá de Cabo San Lucas, su secretaria trajo la factura y quedó claro. Qué pena, detective, de veras. Caballería, Mendieta vio el número y cortó sin responder, se puso de pie. Gracias, señor Aguirrebere. Llévese estos tomates, son de primerísima calidad. Le pasó una caja de dimensiones similares a las de la huella que encontró en casa de Mayra. ¿De la misma medida? Lo veremos. Ahora que la cosecha de legumbres en Florida colapsó estamos a punto de surtir a la misma Casa Blanca. Me haré una salsa mexicana. Como los coma le van a encantar, no olvide que fritos son efectivísimos contra el cáncer de próstata.

Nada. Lo mismo que con Canela, que se puso nervioso y solicitó que no se enterara su esposa, con quien pasó el fin de semana en casa. Al llegar al Jetta sonó de nuevo el celular, era el mismo número. Mendieta. Habla Rodo, detective. Hey, Rodo, qué onda, ¿qué pasó? Pues aquí con una molestia, no sé si sepa que Gris y yo estamos peleados. ¿Pero cómo? Una pareja tan monolítica. Una tontería, me está reclamando que no le he dado el anillo de compromiso. ¿Se van a casar? El año que entra, pero pues, se me hace que falta mucho para eso, más bien estoy arreglando lo de una casita. Felicidades Rodo, es una gran mujer. Pero está enojada, anoche estuve con ella hasta tarde y no paró de reclamar el maldito anillo, la otra noche le llevé serenata y no salió, ayer me invitó a desayunar ya que yo nunca lo hacía y se volvió a armar el pedo, de plano ya no sé qué hacer. Amar es dar los sueños, mi Rodo, cáele en la jefatura con un ramo de flores y ni modo, llévale el anillo, eso no tiene remedio y, haremos una trampilla, estamos en un caso con conexión en Mazatlán, voy a mandarla desde el viernes; pide permiso y, si algo hay que arreglar, es el mejor lugar; ahí, frente al Pacífico, no creo que se resista. ¿De veras, mi Zurdo? Chingue a su madre el que se raje. Órale.

En el Jetta escuchó el adelanto de Quiroz: Y sigue la violencia. El día de hoy se registraron dos tremendas balaceras, una en Tierra Blanca, por la avenida Universitarios, y otra por la Obregón, cerca de la Lomita. El saldo es tres muertos en el primero y dos en el segundo; además de los cuatro encobijados encontrados por el jefe Pineda en un canal de las afueras de Costa Rica. Esta noche, escuche usted los detalles en *Vigilantes Nocturnos*, el programa de Raúl Mercado.

Esta vez Paty respondió. Después de los saludos: Paty, tengo una duda, ¿te puedo pedir un favor? Claro, señor Mendieta, dígame. Llama a tu amigo Marcos y pregúntale si su papá tiene armas. ¿Armas, don José Antonio? No creo. Yo tampoco, es un hombre tan decente. Y muy religioso, mi amigo siempre se quejaba de que debía ir a misa y confesarse, ¿es sospechoso de algo? Cómo crees, lo que pasa es que estamos recolectando armas para un museo, ¿sabes una cosa, Paty?, tienes razón, no es buena idea, cuando llames a Marcos dile que tiene un padre ejemplar, que en nada se parece al tuyo, ¿has visto al amigo que te regaló la pistola? No, y creo que si lo vuelvo a ver no lo reconocería. Bueno, disculpa la molestia. Nada, señor Mendieta, llame cuando guste, o cuando sospeche de alguno de mis amigos. Lo haré, hay días que soy una máquina de sospechar; ¿supiste si alguna vez tu papá fue a un table dance? ¿Mi papá? No creo, es muy desabrido. Tal vez fue con Lagarde. Imposible, jamás han sido amigos. Coméntalo con Marcos, no vaya a ser que él sepa más que tú.

Entró al Quijote en busca de sí mismo. Aunque usted no lo crea, a veces uno se queda en las cantinas y jamás evita exhibir su perfil más doloroso. En su rincón favorito, divisó a Gris conversando con la Cococha que se mostraba compungido. Esperó. Minutos después la Cococha lo descubrió y lo llamó con una seña. Toledo no había tocado la comida pero sumaba siete medias de cerveza Pacífico. Órale, ¿qué celebramos, agente Toledo? El fin del mundo, jefe, el fin de todo. ¿Recibimos denuncia? Yo la mandé y yo la recibí, hizo una mueca. Esa barbacoa se ve exquisita, ¿por qué no la has probado? En voz baja. Para hacer rabiar a la Cococha, dice que no hay otra igual. El mesero llegó con una cerveza. Cococha, tráeme una orden de barbacoa, a ver si es cierto que es la mejor del mundo. Pero a Gris no le gustó. ¿No te gustó, agente Toledo? Gris la probó. Está riquísima, Cococha, de veras, es lo más delicioso que he probado en mi vida. ¿Ya ves? Trae una orden para mí y otra cerveza, el Zurdo se bebió la que tenía de golpe. El lugar atestado de parroquianos felices.

Agente Toledo, alístate, mañana solicita viáticos porque te vas a Mazatlán, quiero que interrogues a Joaquín Lizárraga porque aquí, todos son unas blancas palomas. ¿Lo convenció Meraz? No, pero Briseño insiste en que es un suicidio y ahora que se enteró de que el ex procurador es su socio menos va a querer que escarbemos por ahí; así que échate la del estribo y te vas a descansar. ¿Y la caminera?

Ésa me la echo yo. Caballería. Jefe, ¿ha visto a Gris? Te la paso. Angelita, ¿qué pasó? Vino el Rodo con un ramo de rosas. Si está allí, dile que se las meta por donde le quepan. Ay, Gris, ya se fue, se miraba tan triste. No no no no, qué triste ni que la chingada, es un cabrón bien hecho, voluble igual que todos los hombres. Estaban muy bonitas y olorosas. Si no le caben dile que se las lleve a su pinche madre. ¡Ay, Gris!, tan linda pareja que son, dice que te ha marcado pero que tu celular lo manda a buzón. Dile que lo perdí, que no esté chingando y que ojalá se pudra. Qué bárbara Gris, qué feo se oye. Nos vemos mañana, Angelita, y que ningún cabrón como ese te apantalle, todos los hombres son unos infames. Regresó el celular a Mendieta y se puso a llorar. La Cococha le trajo servilletas para que secara las lágrimas. Jefe, perdón, lo quiero más que a mi vida al desgraciado. Sí, mija, aclaró el mesero.

Pero son hombres, siempre tiran pal monte y nosotras debemos aguantar.

Esa noche, el Zurdo no pudo dormir. ¿Quién mató a Anita Roy en casa de Mayra?, ¿sabía Mayra quién era el asesino? Ni el perro ladró, sólo él dio vueltas y más vueltas en la cama. Quizá la que sabía era Yolanda. A las dos de la mañana estaba harto. Espero que Mick Jagger esté peor, pinche loco, ¿cómo es que se convirtió en lo que es?, ¿sólo con sus canciones? Por eso se la echaron; si supiéramos con qué arma quebraron a Anita podríamos llegar a una conclusión. Tomó el libro de Ribeiro: «Es evidente que lo importante, lo más importante, es el propietario de la polla. En estos casos, si la polla es pequeña, las mujeres tampoco le hacen ascos, pero entonces las prefieren alargaditas; es más satisfactorio por una o varias razones». Cerró el volumen con violencia y recordó. *Es parte de tu cuerpo, siéntete orgulloso. Cuando está al máximo habla de lo vigoroso que eres y cuando te vi orinar supe que eras zurdo, maravilloso, ¿no?* Te detengo o te detengo, pervertido, no hay de otra; si aún tiene el pezón, ¿qué haremos con él? Pinche Yoreme, a ver qué me dicen tus padres.

Veintisiete

La mansión de los Valdés se alzaba imponente: el alto muro, las cúpulas de azulejos violáceos y amarillos ligeramente iluminadas, un par de ficus y el jardín lleno de flores.

Eran las cuatro de la mañana y nadie se movía.

Los guardias vigilaban sin mirar sus relojes. Sabían que cualquier descuido les podía costar la vida a ellos primero que a Marcelo Valdés, que descansaba en la paz de la casa, en alguna habitación. Nadie podía asegurar en cuál porque ninguno ha cruzado la puerta. ¿Dormía en un cuarto oxigenado? Es lo que se rumoraba desde hacía años, pero nadie lo vio jamás aunque muchos lo contaban.

Eran las cuatro doce y un grito desgarrador escapó de las gruesas paredes.

El capo Valdés, que cenó un rico filete de res asado con guacamole, salsa mexicana, cebollas cambray y una media de cerveza, había muerto, en paz, en su cama.

En el departamento de Mariana Kelly, en el bulevar Valadés, sonó el celular de Samantha, la heredera natural de Marcelo. Treinta segundos después se encendieron las luces. Breve llanto. Movimiento. Desazón. Luigi, el perro de Mariana, observó a las mujeres y no movió la cola: percibía que algo grave sucedía.

Veinticinco minutos después, dos camionetas negras estacionadas fuera del edificio activaban sus motores. Del estacionamiento, en el Cadillac XT conducido por el Guacho, surgieron las dos mujeres. Lentes oscuros, ropa formal, maquillaje leve. El niño de Samantha, justo la mañana anterior voló a Vancouver donde estudiaba inglés desde el verano anterior.

Una camioneta adelante y otra atrás del Cadillac.

Samantha repasaba la manera en que había decidido manejar la situación. Permitiría un velorio austero, sin prensa ni escándalo. Por la tarde lo llevarían a la cripta familiar con música, como le propuso él hace años, cuando pensaba que jamás moriría, aunque últimamente nunca lo mencionó. Al regreso del cementerio habría reunión aprovechando que todos los jefes estarían presentes. Mantendría la división acordada, cuando menos mientras tanteaba el terreno. Ese asunto de la guerra podría modificar la conformación de los territorios y convenía aprovechar. Había una banda norteamericana que debía desaparecer, lo tenía claro; la que había eliminado a su esposo.

No es que extrañe al imbécil, se trata de un principio de autoridad. Su compañera afirmó. Le asustaba un poco la jerarquía de Samantha pero no lo iba a mencionar.

Encontró a su madre deshecha. Se abrazaron llorando. Mariana estrechó a ambas. Y ahora ¿qué vamos a hacer, mija?, se nos fue el horcón del medio.

En la sala se reunió con Max Garcés, jefe de los guardias y con Eloy Quintana, el chaca más poderoso de Sonora, que logró mantenerse de bajo perfil en favor de la productividad y era de los más respetados. Garcés tendría alrededor de 40 años y Quintana, 70. Samantha les confió su plan, pidió a Eloy que avisara a la gente y a Garcés que montara un operativo de seguridad para sacar adelante todo sin contratiempos.

Los de la funeraria cargaron el cadáver. Minerva dio a su hija una caja de joyas que debían acompañar al cuerpo.

Se sumaron cuatro camionetas negras al cortejo.

Los embalsamadores recibieron el cuerpo encendiendo cigarros y secreteándose se la tomaron a la ligera. Con él no van a hacer eso, hijos de la chingada, los enfrentó Samantha, ¿saben quién es? Los tipos se transformaron y negaron con la cabeza. Tienen en sus manos a Marcelo Valdés, pendejos, y quiero que lo traten como lo que es: un gran hombre; sólo a Dios lo tratarían mejor. Sacó un puñado de dólares y los puso en sus manos. Luego les mostró la caja. Sus joyas, ay de ustedes si le falta una, la abrió. Aquí tienen. Escapó un resplandor mineral: rosario de esmeraldas, anillos y brazaletes atiborrados de piedras preciosas. Los hombres apagaron sus cigarros. Disculpe señorita, no se preocupe, don Marcelo es lo más grande que ha dado esta tierra y sabremos cumplir. Más les vale, cabrones. Abandonó la sala. Al primero que topó fue a un dócil Richie Bernal, lo miró taladrante. Quítate de mi vista, imbécil, después de esto aclararé un par de cosas contigo. El narquillo bajó la cabeza y se hizo a un lado. Ella siguió con paso firme. Max Garcés, transferido del mismo Badiraguato, era su sombra.

En el mismo momento del amanecer, un auto oscuro transitaba despacio frente al almacén de semillas. No se detuvo. Tampoco vio la brasa de un cigarrillo que en la edificación contigua duraba más de la cuenta.

Veintiocho

Al menos tres fragancias le conocí a Roxana. Meditaba en el estacionamiento de la morgue, no se decidía a encontrarse con el cadáver de la joven. ¿Qué me pasa, soy pendejo o qué?, ¿para qué verla?, ¿quiero o no descubrir a su asesino?, ¿el mismo de Anita Roy? De nada sirvió el susto que le di a Lagarde. Verla, ¿qué me podría aclarar? Tal vez Rivera sepa algo. Gris tiene razón, sólo un varón pudo destruir la foto de la selección brasileña, un cabrón que la visitaba, que se quedaba a dormir con ella en ese mar de ella misma y que se llevó una caja de 40 por 40 que dejó su marca en la alfombra. Además le cortó el pezón. Marcó a la jefatura. Angelita, ¿anda Gris por ahí? No ha llegado. Pero cómo, son las once. Llamó muy temprano, parece que se le pasaron las cucharadas, me dijo lo de sus viáticos para Mazatlán. Que vayan el Terminator y el Camello a mi casa por una caja, Ger se las dará.

¿Le prestaba su cama a Anita Roy? Es posible, ¿y si el dueño de la caja era amigo de Anita?, ¿y si es el mismo?, ¿Aguirrebere o Canela, conocían a Anita? Paty Olmedo me llevó una foto, realmente una belleza; hizo bien en separarse de Lagarde, un tipo tan sin chiste; si llevaba una vida normal, ¿por qué le llegó la calentura? Tal vez siempre fue así; debió conocer a Yhajaira, claro, que cumplió años y el Chiquilín la festejó; necesito hablar con él, debe saber más de lo que dejó ver, ¿qué dejó ver? Nada. ¿Yolanda me daría alguna pista?

A su lado estaba una carroza de la San Chelín y dos carros placosos. Leo McGiver salió de la morgue seguido de una pareja de campesinos de mediana edad con sus caras mustias. Eran los padres del Muerto y el contrabandista cumplía su promesa de entregar los restos. Mendieta se distrajo, observó que los de la funeraria sacaban el cuerpo y, temiendo lo peor, se bajó a preguntar. A ver morros, ¿a quién llevan? Sin esperar respuesta levantó la sábana y recordó, ellos le mostraron un certificado de defunción y la autorización para sacarlo. Los padres se acercaron. ¿Se le ofrece algo, señor? Edgar Mendieta de la Policía Ministerial del Estado, ¿son los padres de Sergio Carrillo? Sí, señor. ¿A qué se dedicaba su hijo? Los señores se miraron y se volvieron a McGiver que esperaba al lado de un BMW gris. Me lo mataron, expresó la señora sin dramatizar, y era tan buen hijo. McGiver se aproximó. ¿Algún problema? Estoy preguntando en qué trabajaba el joven. El señor es policía, farfulló el padre. Ah, mucho gusto, Leo McGiver, el joven era empleado. ¿De quién? El contrabandista advirtió que no la tendría fácil. Me permite unas palabras en privado señor. Detective Mendieta. Los señores están muy dolidos y me gustaría que estuvieran tranquilos. Se apartaron. Vale decir que el Zurdo se indispuso de inmediato. ¿Por qué le interesa el chico, detective Mendieta? Lo encontré muerto en una habitación del hotel San Luis. McGiver lo observó y supo que le convenía ir al grano. Era gente de Dioni de la Vega, me pidió que hiciera los trámites para que el cadáver fuera entregado a sus padres; al parecer no hay denuncia y los señores sólo desean darle cristiana sepultura. ¿Usted es abogado? Algo parecido. Entonces sabe que se persigue de oficio. McGiver hizo una mueca de que había cosas sin remedio. ¿Sabe qué hacía el chico en el hotel? No me lo dijeron ni lo pregunté. ¿Dónde viven los padres? En Guasave y lo quieren enterrar allá. ¿Le decían el Guasave? Espere un momento. Consultó con la pareja y regresó. El Zurdo intuía algo pero no podía definir. No saben, pero ya ve cómo es la gente. ¿Tiene una tarjeta? Claro, ¿de casualidad es usted de la Col Pop? El Zurdo echó un vistazo a la sonrisa de Leo y no le agradó. Tomó la tarjeta con cuidado. No, ¿usted sí? Digamos que tenía un amigo que se apellidaba igual que usted. No me diga. Y otro de mis amigos lo conoce a usted. ¿Quién? Fabián Olmedo. Ah. Entró una llamada de Gris. Pueden llevárselo, autorizó el Zurdo a McGiver que de inmediato procedió. Olía a cloroformo. Gracias detective, a propósito, abra bien los ojos que le esperan días aciagos.

Jefe, tengo a Marcelino Freire con nosotros. ¿No que estabas de muerte? Qué cree, apenas hablé con Angelita llegó el Rodo con su ramo de flores y me llevó a los mariscos: un aguachile y una campechana y quedé como huesito. ¿Adónde fueron? Con el Puye, ¿lo conoce? A un lado de la Canasta, creo. Exacto, una pregunta, ¿puede ir el Rodo conmigo a Mazatlán? ¿Qué pasó agente Toledo?, vas a trabajar no de vacaciones. No sea malo, anda muy ilusionado; le prometo cumplir con mi misión al pie de la letra; ¿tengo que conectar con Noriega? Es lo más seguro, y no me parece prudente que lleves a tu novio, ¿no están enojados? Bueno, nos estamos contentando y sería oportuno que fuésemos juntos. Gris, te lo voy a permitir pero no debe trascender, se nos puede convertir en un problema, ¿y qué tal Freire? Muy simpático, ¿lo espero? Voy para allá, pensó: ¿qué caso tiene ver el cadáver?

Le marcó a Noriega. ¿Qué milagro, pinche Zurdo? Es que te has portado bien. ¿Cómo está mi novia? Hecha un cuero, sonrosada y deseosa. Mándala cabrón, esa mujer necesita ser feliz; vida sólo hay una, nuestro oficio es muy duro y si no nos relajamos, seguro terminamos con los pinches loqueros. Para eso te hablo, tenemos el caso de dos bailarinas asesinadas, una de ellas tenía clientes en Mazatlán, el que la contrataba se llama Joaquín Lizárraga y tiene su despacho cerca de la librería La Casa del Caracol. Ah, ya sé, la dueña se llama Laura y está dos tres. Bueno, el caso es saber para quién actuaba Mayra Cabral de Melo; Gris Toledo va mañana, imagino que si consigues los nombres e interrogas a los sujetos tendrán más tiempo. Me encanta la idea, oye, esto de la guerra está cabrón, ¿no? Hoy amanecieron siete cadáveres por el rumbo del aeropuerto. Sí, como que levantaron la veda.

El futbolista no sabía de la muerte de Mayra, pero sabía su historia: era mexicana, su padre es un brasileño que se lió con una chica de Guadalajara cuando vino al Mundial del 86; pero la muchacha creció en São Paulo, donde su madre tiene un boteco y vende comida mexicana y cerveza; qué lamentable. El joven estaba en ropa deportiva y se veía insignificante. ¿Desde cuándo la conocías? Cuarenta días, tal vez. Antes o después de que fallaste el penalti. Freire los miró. Antes. ¿Ibas todas las noches al Alexa? No, sólo cuando teníamos qué celebrar, pero ya ven, el equipo no levanta. Claro, intervino el Zurdo, porque te recibía en su casa. Nunca ocurrió, siempre la conecté en el club y con la supervisión de una señora. ¿En qué situación romperías

161

una foto de la selección de tu país? ¿Yo? Ni pensarlo, los seleccionados son sagrados, sería un sacrilegio. Conversaron 18 minutos sin que denotara culpabilidad, le hicieron las mismas recomendaciones aunque tuvieron que autorizarlo para jugar en León, Guanajuato.

Antes de que se vaya vea la ficha de Kid Yoreme. Mendieta buscaría penetrar el mundo de Meraz pero tenía curiosidad por el boxeador. Necesitamos interrogar a Othoniel Ramírez, el tipo se está escabullendo. Manda una patrulla por él antes de que Briseño nos lo prohíba. Tenemos las fotos de las huellas del carro, ¿qué hacemos con la caja que trajeron de su casa? Que la lleven a casa de Mayra y revisen cerca de la ventana, hay una huella en la alfombra que podría tener sus dimensiones.

Abrió el fólder que contenía el currículum de Yoreme.
Nombre: José Ángel Camacho Arenas
Origen: Culiacán, Sinaloa.
Pelea a tres rounds en el Revo. Éramos unos chamacos. Yo llevaba 20 ganadas en el primero con óper a la mandíbula, mi especialidad. Julio había ganado las mismas con esos bombazos que él sabía dar e íbamos invictos. El morro se acercó y me la cantó derecha: Yoreme, no creo que te pueda ganar carnal, pegas como patada de mula y yo anoche me la pasé con una güerita de pa'qué te cuento, no dormí y la verdad me siento más pa'allá que pa'acá. Luego se hincó y se dejó caer como si lo hubiera noqueado. Se paró medio atarantado y siguió. Tú sabes que quiero ser campeón del mundo, tengo la casta y tengo la ambición, esta noche estoy en tus manos. Me besó las vendas. Chale, no le pude decir nada al güey, apenas había soltado el llanto cuando entró su mánager. ¿Qué haces aquí? Ya te dije que este plebe no sirve para nada. Vete al camerino. Vas a caer morro, se di-

rigió a mí, nadie, ni tú ni el Azabache Martínez detendrán a Julio, así que olvídate y no estorbes. Órale. Al principio me arrepentía y lloraba. Después reconocí que el bato era un verdadero campeón, si bien yo tenía la casta, como él decía, no tenía ambición; lo seguí en sus peleas y declaraciones, hasta fui a ver la película de Diego Luna. Ahí salgo, nomás que no me veo.

Una vez boxeé en Los Mochis pero me fue muy mal y no quise volver a salir. En el Revo brillé y en el Revo me apagué como un cohetón antes de llegar al piso.

Sus padres vivían en la colonia Libertad y allá fue el Zurdo.

Un anciano correoso, moreno oscuro, tomaba café en una mecedora en el porche de una casa azul. Buenas noches, eso huele rico. Es para dormir sin pesadillas, usted no es vecino, ¿verdad? ¿Y usted es don Miguel Camacho? Para servirle. Vieja, trae café para el señor. Pase, siéntese. Le indicó una mecedora de metal. Una señora con el mismo semblante salió con una taza, sonrió levemente y se metió. Mendieta lo probó. Discretamente vigilaba al hombre que no perdía detalle de sus movimientos. Me sorprende que me esté esperando, manifestó con una sonrisa, el viejo era de mirada acerada. Uno los engendra y ellos se agencian sus demonios, aunque no es el caso, a veces la vida no da para más. ¿Sabe dónde está? No, y se lo dije el otro día al licenciado, hace como tres meses. ¡Vieja!, gritó. La señora salió de nuevo. ¿Cuánto hace que no vemos a José Ángel? Tres meses y siete días. Está bien. La mujer desapareció. Las madres siempre llevan la cuenta, también le dije que no sabíamos si vivía o moría, él dijo que estaba vivo y coleando, le dije que no sabíamos que estuviera aquí, yo creía que andaba pal norte, en fin, ¿qué hizo? Ni cuando boxeaba lo buscaban tanto. El Zurdo tomó otro trago mientras pensaba. Este café es una maravilla. Es un gusto ofrecérselo, y si me contesta se lo agradeceré, el licenciado dijo que nada, entonces no me explico por qué lo buscan. Quiero preguntarle en qué pelea derribó a Julio César Chávez. ¿Cómo cree usted que mi hijo va a derribar al campeón?, si nunca sirvió pa'nada; fue peleador, cierto, pero en peleas de barrio, sin importancia, no me explico quién inventó eso. ¿El licenciado le dijo por qué lo buscaba? Quería darle trabajo, ya una vez le hizo unas reparaciones de albañilería en su negocio, uno de esos en que bailan muchachas encueradas. ¿El negocio del licenciado se llama Alexa? No sé, él se llama Othoniel Ramírez, lo recuerdo bien, porque un compadre mío se llama igual. ¿Cuándo vino? La semana pasada, el viernes. Gracias, señor Camacho, soy de la PME, pero no se asuste, no tenemos nada contra su hijo, simplemente quiero preguntarle otras dos cosas.

Fíjese que no estaría mal que lo metieran preso, así de perdida sabemos dónde está. Esperamos no llegar a tanto, le voy a dejar mi número de celular; si aparece, dígale que me llame. Muy bien, ¿de verdad le gustó el café? Me encantó, ojalá su hijo me hable pronto para que me invite otra taza. Cuando quiera venga a tomar, será un placer recibirlo. Se acordó de su madre. Hay gente que no merece tener los padres que le tocaron.

Eran las nueve cuando arribó al club Sinaloa. En el estacionamiento aledaño sobresalían los autos oscuros. Nunca había traspasado esa puerta ni visto esos jardines tan profusamente iluminados. Se extasió en las diversas fragancias de las flores y en el sonido de las fuentes. De súbito recordó: McGiver, olía raro, a cloroformo con, Hugo Boss tal vez; así olía la habitación del Muerto; ¿ese perfume lo usa cualquiera? En la puerta, un hombre de traje lo detuvo. Se identificó. El licenciado Luis Ángel Meraz ha solicitado nuestra presencia, nos pide que nos mantengamos cerca de él. Un momento. Llamó por un teléfono interno. Puede pasar, los muchachos esperan a sus jefes en el salón de al lado; sólo se permite café y refrescos.

Por una puerta entreabierta atisbó a los guaruras inquietos; sufriendo el martirio de no fumar. El salón siguiente. Abrió un poco la puerta, estaba lleno de personalidades fumando, bebiendo, comiendo y conversando. En una mesa cercana a la entrada departían Meraz, el ex procurador Cabrera, Fabián Olmedo, Adán Carrasco y el diputado federal Vinicio de la Vega, hermano de Dioni. El Zurdo no conocía a Carrasco.

Reparó en que andaba tan atarantado que no traía ni pistola ni esposas y de pronto se sintió extraño: ¿Quién era él para entrar y escandalizar a los hombres más poderosos del estado? No soy más que un pinche poli pendejo y ni siquiera estoy seguro de que lo soy realmente; yo, un pobre infeliz, ¿tengo derecho a interrumpir una reunión tan chingona donde todos ríen y disfrutan? Soy un fracasado, un idiota que está robando oxígeno, ¿qué he hecho en mi vida? Nada, chuparme el dedo y ladrarle a la luna. Un cabrón que no vota, que no pide aumento, que no escribe cartas, que no tiene dirección de internet, que no ha viajado, que no cree en Dios ni en la Iglesia, vamos, ni siquiera en los pinches ovnis que ponen roja a la luna. Un cabrón permanentemente abandonado que no fue capaz de identificar a su único hermano en el velorio de su madre, un pendejo que no tiene vieja y que seguramente está perdiendo la capacidad de coger como Dios manda. ¿Tengo derecho a entrar allí y decirle a Meraz: Vas a chingar a tu madre, pinche puto, asesino de mierda, y romperle los huevos? Creo que no. Junto a estas personas soy un cero a la izquierda y jamás podré reír como ellos o ver el mundo como ellos, una voz lo regresó: Detective, ¿qué hace en la puerta? Ah, señor Aguirrebere, quería darle las gracias por los tomates, realmente deliciosos. ¿Quiere pasar? Gracias, estoy saliendo; una pregunta, ¿conoció a Anita Roy? El empresario con picardía se le acercó al oído: Era un misil, luego abrió la puerta y entró. A Meraz se le borró la sonrisa al ver al Zurdo; se puso de pie y fue a la puerta. Buenas noches, licenciado. No me diga que me anda buscando. El día que vaya a buscarlo no se va a dar cuenta, señor. No sea pendenciero, detective; y tampoco tonto, ¿cómo cree que iba a asesinar a Roxana cuando la pasábamos tan bien? ¿Por qué cree que ando investigando? ¿Pues a quién más? No creo que alguno de ellos haya sido cliente asiduo de Roxana. Si el asesino está aquí, lo ando rastreando, pero si no, simplemente entré por equivocación. Ya me contó Dayana de su encuentro, ¿quiere tomarse un trago conmigo? Se lo agradezco, debo irme. No olvide mi oferta para que Roxana quede donde debe, incluso los compañeros mazatlecos han enviado su parte. Qué generosos, expresó mientras pensaba: Me quiere enredar el güey pero se la va a pellizcar. No obstante, desconcertado, se alejó rumbo a la entrada.

Pasó a saludar al Apache. Mi Zurdo, no le entiendo al cristal, trae una pinche revolución que creo que se va a hacer añicos. Si no sirve, que se quiebre; pedimos que pongan uno mejor y más claro en sus mensajes. Ya hasta pareces el jefe del Alexa, Zurdo Mendieta; y hablando del domingo, observó su brazo izquierdo, platiqué con la Doris y me contó que vio al mencionado venir con ella, pero no creo, la camioneta era del mismo color, blanca, la misma marca pero diferente y sus placas no eran de Sinaloa. Se bajó ella, ¿verdad? Pero él no, y Roxana se volvió a subir y se fueron. ¿Cómo a qué hora? Lo tenía anotado en el brazo. A las once más o menos. ¿Por qué no me lo dijiste antes? Tengo lagunas, mi Zurdo, me acordé y lo anoté aquí. Mendieta constató la escritura en el brazo. ¿Cuántas veces vinieron por ella en esa camioneta? A saber... lo que sé es que el que la trajo se arrepintió. ¿Cómo vestía Roxana? Muy sexy, una blusita acá y una mini; mi Zurdo, déjame solo. El Apache puso toda su atención en el cristal, cerró la boca con fuerza y empequeñeció los ojos. Ahí está esa pinche perra, puta de mierda, no te puedo olvidar. El Zurdo no notó el cambio y se retiró.

Aparentemente vestía las mismas prendas cuando la mataron, ¿en qué momento cambió de carro?, ¿sustituyó al hombre también? Si no era Meraz, ¿quién vino con ella?, ¿quién es el del carro?, ¿en qué se mueve Miguel de Cervantes? Escamilla le informó que el español no había vuelto, que Kid Yoreme había entrado preguntando por él pero que se había retirado después de dos cervezas. Raro que me busque. ¿Y el Chiquilín? No ha llegado, le marqué hace rato a su casa y su mujer dice que salió desde la mañana. Tengo la impresión de que no anda bien, ¿de dónde saca para sus perfumes caros? El mesero se encogió de hombros. Ya le dije: No oigo, no veo, no miro. Órale, agradece que no estoy en Narcóticos, ¿recuerdas la dirección del gachupín? Es muy fácil. Le dio la calle y el número. Es una casa blanca con ventanas pequeñas al frente. ¿Cómo lo sabes tan bien? Un día llevé a Roxana. ¿Te la dio Elisa o Mayra? Roxana, ya ni llorar es bueno pero no le vaya a comentar a Elisa, es muy vengativa; fue a la salida, un día que no quiso acompañar ni a Meraz ni a Richie. ¿Se le juntaron los dos? ¿Lo puede creer? Y quiso irse con el que no estaba, pinches mujeres, son tan raras.

Casa a oscuras. Oprimió el timbre. Nada. Probó la manija y lo mismo. Cochera vacía. Recordó lo de la terracita donde vio el partido de futbol y al jardinero. Dio la vuelta y encontró el sitio, íntimo, con dos cómodos sillones de cuero frente a un televisor gigante. El control, una botella de brandy vacía y un vaso descansaban en una pequeña mesita entre los sillones. Husmeó el vaso pero no olía. Más allá había una ciclopista por la que en ese momento rugía una cuatrimoto con tres chicas encima; luego un canal con poca agua. Probó una puerta vidriera: cerrada. Buscó en su cartera la tarjeta de Cervantes, marcó pero no escuchó ningún sonido. Tal vez aquí tampoco pueda entrar, tal vez esta terapia ocupacional no resuelva nada, tal vez sólo le estoy haciendo al desarrapado; pues sí, como a los antepasados, me dieron espejitos; pero ellos eran buena onda y yo soy pendejo, y Parra perdido.

Vio al jardinero que conectaba una manguera a un aspersor y lo ponía a regar. ¿Fuma? Lo dejé hace años. Oiga, ando buscando al compa que vive aquí, ¿lo ha visto? Lo vi el lunes en la noche, estaba viendo el futbol. ¿Lo volvió a ver? El jardinero se le quedó viendo. No se asuste, ayer llegué de Madrid y le traigo un recado de su mujer. Es que como están las cosas uno no sabe; ¿es usted español? Mexicano. Después de eso no. ¿Y antes? ¿De veras no es poli? No me ofenda, odio a los polis. Yo también, hace años detuvieron a mi hijo y jamás lo volví a ver. Un buen morro, sin duda. Era líder estudiantil, nunca entendí qué hizo mal, lo único que hacía era soñar. Mi hermano mayor tuvo que salir huyendo y es hora que no puede regresar. ¿También era líder? Guerrillero. Si tiene muchas ganas de un cigarro mi compañero fuma, nomás que tenemos que ir a buscarlo a San Agustín, el barrio que está a la entrada. No se moleste, el señor que buscaba no está, usted lo vio por última vez el lunes, voy a mandarle un mensaje a su mujer. El domingo también lo vi; le gustaba mucho el futbol y no se perdía un partido; cantaba en una lengua muy rara. A lo mejor es un partido que yo vi, a las diez y media. Ándele, como a esa hora tenía la tele prendida. Ese juego terminó muy tarde, porque hubo una bronca en el estadio y tuvieron que esperar a que la gente se calmara, más o menos hasta la una de la mañana. No lo volví a ver; también soy vigilante y como a esa hora paso por aquí. A lo mejor por la bronca se fue a dormir. Quién sabe, dormía poco, luego se paseaba por la ciclopista, a veces hablaba por celular. Aparte de dejarle un recado me gustaría ver su carro, creo que lo vende. Es bonito. Algo oscuro, ¿no? Así se ve de noche, pero de día es de un verde claro.

El Zurdo agradeció al hombre y se largó. Bien que te acordabas de sus pezones, cabrón, y bien que se lo rebanaste; pero te voy a chingar, más tarde o más temprano.

Veintinueve

Win Harrison llamó a LH desde un celular ordinario que estaba intervenido pero que hacía tanto ruido que los técnicos terminaron por bajarle volumen y ni siquiera lo reportaron. Era medianoche y la vigilancia a los agentes era rutinaria y sin excesivos sobresaltos. Qué sorpresa. ¿Estás bien? Mejor que nunca. Oye, me enamoré de Edgar Mendieta pero no quiere venir a Los Ángeles. ¿Qué dices?, ¿por qué de ese imbécil estando yo tan guapo, disponible y cercano? Son los inescrutables caminos de Dios. ¿Ya ves por qué luego uno piensa mal de las mujeres? Jamás aprenden a enamorarse. Los hombres tampoco y Edgar es temeroso, le asusta la idea de reunirse conmigo, ¿le avisas que voy? No puedo llamar a un idiota al que odio, ¿cómo te atreves a pedírmelo? Colgó. Win sonrió, se puso ropa holgada, conectó una contestadora de múltiples reacciones de voz a sus teléfonos fijo y celular, que colocó juntos; revisó que en su lap top estuviera la foto de los implicados en el atentado que no saldría en los medios, preparó un sándwich de jamón, queso, mayonesa y pepinillos; tomó dinero suficiente y un juego de tarjetas a nombre de Jean Pynchon y salió por la escalera de incendios. Esperaba saber un poco más de por qué Donald Simak odiaba tanto a México si era un país tan lindo y misterioso. Cuando menos a ella, que se había perdido dos veces en el desierto de Sonora y una en la ciudad de México, así le parecía; pero Simak era implacable: No lo soporto, está lleno de gente corrupta, perezosa, mentirosa, pretenciosa y arribista. ¿Dónde no hay gente así? Si ellos lo habían matado no se los perdonaría, pero lo dudaba; no iba a México por el asesino, iba por la punta de la madeja que no encontraría en el sistema del FBI, que había borrado toda evidencia de relación con el agente, ¿por qué? Eso ocurriría, pero no tan deprisa y no le parecía que fuera cosa de Barrymore. Caminando con su mochila al hombro, reconoció que lo suyo era personal y experimentó un escalofrío. Tomó un taxi hasta la terminal de autobuses. Tenía tiempo, a la mañana siguiente, en Tijuana, tomaría un avión a Culiacán. No conocía al Zurdo, pero, además de ser amigo de LH, su expediente indicaba que tal vez podría confiar en él.

Treinta

A las siete de la mañana le llamó a Gris que salía a Mazatlán. Ayer no habían respondido. Pinches gachupines, deben estar viendo el futbol. Sobre mi escritorio está la dirección a la que envié la solicitud. Voy a mandarla de nuevo; buen viaje y cuídense. Gracias jefe, el Rodo está llegando. Terminó su Nescafé y se largó a la jefatura. Expidió de nuevo la foto al Ministerio del Interior, Dirección General de la Policía Española requiriendo información sobre Miguel de Cervantes, tal vez asesino de dos mujeres. Urgente. En ese momento se le ocurrió agradecer la invitación al curso que ofrecían y pidió que ampliaran la información. Estoy muy interesado.

Pinche Enano, ¿te estás portando bien? ¿Quién habla? Mendieta, cabrón. Ah, Zurdo, ¿cómo andas? Como caricatura. Qué onda, me contó el Diablo que te echaste una buena. Ya sabes, uno que defiende a los ciudadanos de los malandrines. Qué duro está esto de la guerra, ¿no? Esos del gobierno no tienen idea del pinche alacranero que se están echando encima. ¿Qué pasó, mi Chapo?, no hable mal del señor presidente. ¿De ese?, ¿no lo has escuchado? Se la pasa tirando bronca, se ve que no le rompieron el hocico de chiquito. Señor Abitia, continúa usted ofendiendo a la máxima autoridad de este país y me lo llevo a la Grande. Tienes razón, más vale que me calle, pinche salivero, ¿no? Oye, Chapo, necesito un favor, ¿te acuerdas de Kid Yoreme? Cómo no, dio algunas buenas peleas en el Revo, pero cayó en las drogas. Necesito saber dónde vive y dónde trabaja. Creo que es albañil; oye, mi Zurdo, pero ya no sé de esas cosas. ¿Qué, ya no vendes orines en la carretera? Se acabó eso, mi Zurdo, y justo a tiempo, ya me estaba yo poniendo mal; el Diablo y la Begoña me sacaron de esa vida y por si me buscas, ya no vivimos en la Lombardo, nos cambiamos a Las Quintas: tenemos un caserón. Pinche Chapo, valiendo madre. Uno mejora, mi Zurdo, es la ley de la vida, ¿no? Pero tranquilo, a ese bato yo te lo encuentro, todavía tengo mis conectes.

Entonces me llamas.

Le marcó a Noriega. ¿Qué onda? Conversé con Joaquín Lizárraga, dijo que Roxana era una belleza y que la fiesta en un club de empresarios fue un éxito. Uno de ellos, Juan Osuna Roth, se clavó machín, pero según me contó, hace un mes que dejó de verla, la razón es que es de los míos: le gusta mamar chichi y ella jamás se lo permitió, confesó que siempre eludía eso. Faltaba que lo terminaran de criar al güey. Es un cabrón ese Osuna, tiene una agencia de modelos, ya sabrás. Mayra siguió viajando a Mazatlán, al parecer esta semana tenía trabajo. Lizárraga piensa que después de esa primera vez, ella se manejaba sola, oye, ¿a qué hora llega mi morra? Va en camino, te va a llamar. ¿Alguna vez te comentó qué clase de condones prefiere? No le gustan, dice que el sexo con condón es como chupar un caramelo con envoltura. No me digas, ¿y las enfermedades, incluyendo la de nueve meses? Se hizo la salpingo para evitar problemas. Qué moderna. Te la vas a pasar chingón, pinche Noriega, según comentan tiene perrito y es de orgasmos múltiples. ¿Seremos hermanos de leche, cabrón? Nunca ha querido conmigo, dice que no soy su tipo. Ya quiero que llegue. Oye, averigua quiénes son los amigos de Luis Ángel Meraz. ¿Es nuestro hombre? En La Habana.

Me encanta Mazatlán, es la segunda vez que vengo en quince días y. Esa tarde sólo era ella con sus ojos risueños bromeando con que la bicoloridad nada tenía que ver con la bipolaridad, ¿o sí? Revivió sus besos abarcadores, prolongados, dulces, sin saliva. *Me encanta que no metas la lengua,* él quería decir que todas las mujeres afirmaban lo mismo y que lo que quería meter era otra cosa pero sólo sonreía, como el hombre que está saliendo de una tremenda fijación por una mujer y aún no sabe cómo comportarse.

Marcó al Foreman Castelo; su mujer se lo pasó. ¿Qué quieres?, pinche enfadoso. ¿Qué onda?, mi Foreman, cómo anda el negocio. Cada día mejor, oye hijo de la chingada, de qué religión eres que te gusta estar chingando tan temprano. Ya sabes que mi único amigo importante eres tú. Pues maldito el pinche día en que te conocí, cabrón, y ahora, ¿qué quieres? Leo McGiver, dice que es gente de Dioni de la Vega. ¿Es gringo? No creo, es blanco pero habla sin acento. No me suena. Eso lo esperaba, eres tan pendejo que te estás quedando sordo, pero tienes compas. Vas a chingar a tu madre, no voy a molestar a mis amigos por ti. Pues igual te lo dejo de tarea. Colgó.

En cuanto encendió el celular sonó, era LH. Estoy en el Apostolis, ante un filete con salsa de la casa y espárragos asados, he consumido un carpacho de anguila, pan negro con aceite de oliva y balsámico, y tengo un Pasión de San Rafael a la mitad. Pues yo le estoy entrando directo a un filete miñón a las finas hierbas con tortillas de harina y ya me trajeron la segunda botella de Vino de piedra, cosecha del 96. Órale, cuál crisis, ¿no? Las crisis las sufren los ricos, compita, nosotros seguiremos igual por secula seculorum. En lo que sí estamos a punto de ganarles es en la cantidad de muertos. No sería un mal dato, pero lo dudo, aquí está corriendo la sangre a chorros. ¿Crees que acá no? Parece que esperaban la señal de arranque. Escucharon tu celular, ¿todavía suena como hipódromo? Es el sonido más acá, evocador. Oye, va una gringa del FBI para allá, es compa y me gustaría que le echaras la mano. ¿En dónde? En donde te deje. Sonrieron. Ya sabes, cabrón, tus amigas son mis amigas. Pero no te extralimites, ¿eh? Deja que primero la vea, ¿cuándo llega? Esta tarde, te va a llamar. Órale, salud.

Abrió de nuevo el fólder que contenía el currículum de Kid Yoreme.

Nombre: José Ángel Camacho Arenas
Origen: Culiacán, Sinaloa.

Esposado con las manos detrás. La conocí cuando fui a arreglar los privados. Me deslumbró. Te ves muy mal llorando, Yoreme, pareces puto. No me interrumpas, pinche Cavernario, yo tenía una casita de palma y. Soy Mendieta, cabrón, es la última vez que te lo digo. ¿Entonces por qué me dijiste que eras el Cavernario Galindo? Es algo que no te importa. Pues deja que te diga Cavernario, yo te conocí como Cavernario y Cavernario te diré, aunque no te guste, y dejé entrar a la zorra; estuve pensando que una pelea entre nosotros podría ser un buen espectáculo: un luchador contra un boxeador, ¿a poco no te late? Y el conejito todo lloroso se retiró también. Cállate el hocico Yoreme, basta, soy placa cabrón, entiende, y antes de que me toques te rompo la madre, pinche puto, ¿conociste a Mayra Cabral de Melo, alias Roxana, un día que fuiste a arreglar los privados del Alexa o cuando fuiste a echarte una cerveza?

Yoreme soltó el llanto. Yo tenía una casita de palma y dejé entrar a la zorra. Mendieta lo tomó del cuello y apretó. Vas a estar calmado y sin llorar cabrón, no me obligues a cobrarme el madrazo que me diste.

Encontró a Ortega muy atareado. Quihubo, maricón, ¿te alivianaste? Dos tres, traigo una erección que no se me quiere bajar, ¿tienes algo? Era una chica ordenada, ropa colgada en su clóset, limpia, maquillaje en su sitio, encontramos varios frascos de crema Estée Lauder sin abrir, sus estados de cuenta en orden, con una cantidad exorbitante para su oficio y edad; 49 cartas enviadas por Elena Palencia Cabral de Melo, de São Paulo; leímos algunas y todo parece indicar que es su madre, la aconseja muy bien, que no se enrede, que maneje a sus clientes con prudencia, que no les permita enamorarse; fuera de eso no tenemos nada. Sentado ante su escritorio lleno de papeles y objetos encendió un cigarro. ¿Da nombres? Ninguno. ¿Dactilografía? Jack el Destripador por todas partes; en relación con la otra chica, su habitación se hallaba en desorden natural, incluyendo el clóset, encontramos un recibo de luz y uno de Telcel pero no el celular, como ves, no hay gran cosa. Lo que es no servir para nada. ¿Qué quieres?, ¿qué te resuelva el caso? Te la vas a pelar conmigo, papá. ¿Es cierto que pondrás una tienda de cobertores? Oye, ya viste qué cabrón se puso, al paso que van terminaremos por llenar una bodega, como que se la tenían jurada ¿no?, en algunos cadáveres están dejando mensajes. Abrió una carpeta. Mira los que tengo: «Ban a marchar plebes la traision se paga», ¿y tu acople? En Mazatlán, la Cabral tenía clientes y fue por algunas respuestas; ayer entregamos el cuerpo del morro del San Luis a este tipo, me gustaría que vieras si tiene antecedentes. Le pasó la tarjeta. Los teléfonos no existen. ¿Ahora? Mendieta no lo iba a pedir pero se montó en la idea. Tengo una corazonada. Oye cabrón, no abuses, estamos a cien de trabajo, ¿crees que es juego tanto pinche fiambre? A los polis les vale madre, llegan como reses y destruyen evidencias, entre más destruyen mejor; estoy muy encabronado con esos pendejos; además en el San Luis sólo encontramos las huellas de Jack, quizás en el teléfono. Abrió una carpeta y le mostró. Hay unas definidas, pero no están registradas, tampoco las del Muerto. Compáralo con la tarjeta, ¿qué pierdes?, por cierto, hace mucho que no nos echamos unas frías, ¿qué tal si seguimos nuestros instintos? Estoy frito, cabrón, no puedo, espero que no me vaya a dar un pinche infarto. Métete un gramo. Ayer me chingué dos rayas. Pero es algo que tampoco me gusta, me costó dejarla y no quiero caer otra vez. Cállate el hocico y revisa esa madre, pinche Ortega, ya hubieras terminado. ¿De Leo McGiver? Trece minutos después regresó. Está limpio. No mames, ¿cómo lo averiguaste tan rápido? No lo vas a creer, las huellas de la tarjeta coinciden con las del teléfono de la habitación del San Luis donde mataron al morro. Ah, cabrón, o sea que. Pero no lo tenemos registrado. Oye, cuando tengas tiempo ve a nuestra cueva, tenemos la foto de una morra que te va a encantar. ¿Está desnuda? Como Dios la trajo al mundo.

Fue a su oficina. A ver, el bato estaba con el morro, lo entregó a sus padres, y también estuvo en el lugar del crimen, ¿lo mató él?, ¿por qué no? Pero, ¿y los motivos? El compa se ve duro y trabaja para Dioni de la Vega, la tarjeta no trae domicilio: Estamos jodidos. Caballería. Era Noriega. Zurdo, vas a chingar a tu madre, pinche puto. Qué onda, cabrón, ¿qué te pasa? No me dijiste que la morra traía arete. ¿Qué? Lo que oyes, trae a su novio, un gordito cara de mis huevos. No me digas, pinche vieja, eso va contra el reglamento. Y lo peor es que tengo que llevarlos a comer, el compa quiere un levantamuertos. Ah, ya se hicieron amigos. Qué amigos vamos a ser, ¿tú qué harías?, ni modo de meterlo preso al güey. Está cabrón, oye y ¿quiénes son los compas de Meraz? Todos, ese tipo es amigo de todo el puerto. ¿De todo lo que vuela, nada, repta, camina y salta? Y nadie piensa que es mala persona. Noriega reconoció que Gris estaba más hermosa que nunca y continuó sus lamentos por unos minutos. ¿Qué hago con los condones? Te dije que no le gustaban. Igual compré varios. Pues regálaselos al compa, más vale que se usen a que se pierdan. Pinche Zurdo, qué gacho se me engüeró. Colgó.

Me preguntó si era de la Col Pop, que tuvo un amigo Mendieta allí, ¿será Enrique?, ¿hay otros Mendieta en la Col Pop? Pinches Mendieta, hasta en Estados Unidos están. Le marcó a su hermano pero no respondió.

Angelita abrió la puerta. Tiene visita. ¿Qué?

Win Harrison traspuso la puerta. Hola. Se presentó, dedicó unos segundos a la foto de *Muro* y se sentó sobre el escritorio de Gris. Angelita le entregó un fax. Jefe, de España. Al menos dos docenas de hojas. Entró Briseño, se dirigió a Win: ¿Nos permite un momento, por favor? Con gusto. Salió con la secretaria.

Edgar, claramente te prohibí que investigaras el caso de Anita Roy, ¿en qué idioma querías que te lo dijera? Pinche bato chismoso, pensó el Zurdo. ¿Por qué le dijiste a José Antonio Lagarde que era sospechoso? Por joder. ¿Por qué culpas de esa manera a un ciudadano decente? Ya le dije, me colmó la paciencia y estaba muy inquieto. Pues buena la has hecho, el hombre se largó a Canadá. Recordó que allá estudiaba su hijo pero no lo mencionó. Si no es culpable, ¿por qué huyó? Lo asustaste. Pues qué poco aguanta. El caso es que es culpable. Briseño vio con rapidez a *Muro* y continuó: En un arranque de celos mató a su ex esposa; no había logrado librarse de su recuerdo y la conducta de ella lo afectaba demasiado. Mendieta observó a Briseño con ojos muy abiertos. Vino aquí y me contó todo, estaba hecho polvo. El Zurdo encendió un cigarro. ¿Por qué le cortó las tetas? Briseño hizo un ademán para no responder pero lo hizo. Las tenía muy sensibles, me confió que apenas se las tocaba y se volvía loca; pensar que otras manos la acariciaran lo hizo perder el control. Mendieta echó una fumarola. ¿Es su amigo? Desde hace 22 años, me ha ayudado a mí y a mi familia más de lo que te imaginas; y a propósito, si hubiera tenido algo que ver con la muerte de tu amiga me lo hubiera confesado; me contó que también lo culpas de eso. Mendieta, Mayra ya no era teibolera, percibió el ablandamiento de su jefe. ¿Le dijo cómo y dónde la mató? De un balazo en la cabeza en la casa donde lo visitaste. ¿Qué arma utilizó? Carece de importancia Zurdo, métele en saco roto. Dígame si fue una 9 milímetros. Claro que no. Se miraron unos segundos. Entonces está de acuerdo en que continúe. Hasta las últimas consecuencias; oye, ¿quién es la güerita? La quiero invitar al cine. Te felicito, se ve justo de tu rodada; bueno, mantenme al tanto. Se encaminó a la puerta. Jefe, ¿por qué me lo reveló? Por ayudar al caso. Abrió y se marchó. El Zurdo sabía que mentía, ¿era por conservar sin mácula a Meraz? Hubiera sido más fácil culpando a Lagarde de todo.

Win entró de nuevo. Me mandó LH con usted, ¿puedo tutearlo? ¿Por qué no? El Zurdo puso atención a esa mujer delgada, de pelo corto y claro, de rostro duro y supo que tenía una daga atravesada. ¿Éste es el temible FBI? Qué hueva, vestía una blusa azul y jeans tradicionales. Sé que usted estaba en el equipo que encontró el cadáver de Peter Connolly y me gustaría charlar del asunto. Ah, mi jefe llamó al consulado norteamericano y nos dijeron que no lo conocían, que no les interesaba, que llamáramos a sus familiares, lo hicimos pero todos sus teléfonos eran falsos; tal vez ya enviaron el cuerpo a la fosa común. ¿Tan pronto? En este momento hay más cadáveres de los que podemos almacenar, llamaremos a la morgue para estar seguros. ¿Tiene algún sospechoso? Fue suicidio. ¿De un tiro en la frente? ¿Por qué no? Hemos tenido de dos tiros en la nuca. Sonrieron. Eres mejor que en los informes. En cambio tú, apenas me avisaron que venías, ¿me dejas ver este fax? Adelante. Así que Lagarde mató a su mujer: ¿De verdad el comandante no preguntó por el arma? Raro, ¿no?

El interés de Mendieta por el fax se diluyó en un minuto. Estos pendejos. Rompió las hojas y las tiró a la basura. Se volvió a Win. Tenemos un sospechoso español que se llama Miguel de Cervantes, pido información a Madrid y me mandan todo eso sobre el autor de Don Quijote, ¿sabes quién es Don Quijote? Un contemporáneo de Hamlet, ¿sólo les mandaste el nombre? Y una foto de celular. Tal vez no llegó y si llegó con pésima calidad, por ejemplo la imagen de este hombre, fue tomada con celular y no se aprecia bien, ambos miraron a *Muro*. ¿Lo tienen registrado? No, pero no es hombre, es mujer. Win se puso de pie y se acercó a la copia. Qué interesante, mis respetos, Mendieta. Serán para Angelita, ella la descubrió. Angelita es tu compañera, sé que tienes una. No, es nuestra secretaria, que ya conoces. Oh Dios, esa mujer tiene instinto; hagamos una prueba, préstame tu celular con la foto. El Zurdo se lo pasó. Win envió la foto a su iPod. Mira, perfecta, esperemos que no haya llegado así allá, remítela de nuevo y telefonea para que te manden lo que necesitas; nadie suelta información si no están seguros del uso que se hará de ella; los colegas españoles son cautos, es normal. Tienes razón, ¿por qué me darían lo que pido? Marcó un número pero no respondieron.

Treinta y uno

La casa de los Valdés se hallaba en silencio. Pocos sospechaban que allí se velaba a uno de los capos más poderosos del tráfico de drogas. Después del mediodía había llegado el último jefe, el de Ciudad Juárez. Lo hizo en un carro blindado porque Samantha ordenó que nada de helicópteros en el jardín o cerca de la residencia. Evitemos que la gente se alarme o se interese.

Uno de los suspicaces era Daniel Quiroz que circuló frente a la mansión en varias ocasiones sin acercarse al portón de entrada. Su instinto le impedía alejarse a pesar de las advertencias de sus compañeros de otros medios, incluida la tele de la ciudad de México que merodeó un par de horas. Cuando vio entrar la Hummer del chihuahuense se decidió. Quiroz, de *Vigilantes Nocturnos*, expresó atropelladamente al sicario que le abrió. Deje de estar pasando por la calle, amigo, si lo vuelvo a ver lo rafagueo. Cerró. Al periodista lo invadió la impotencia, después el miedo y se retiró. Le marcó a Mendieta pero no contestó. Pinches amiguitos que tengo.

Dentro, las cosas marchaban suavemente. Samantha Valdés y Minerva recibían las condolencias. El ataúd abierto se exhibía en el centro de la sala. Había sillas y sofás adicionales donde los invitados conversaban en voz baja, bebían y comían bocadillos. Es de plata la caja, la mandó hacer especial en Taxco, lleva como cinco millones de dólares en joyas, ese traje yo se lo vi una vez que vino a Ojinaga, es dura Samantha, ¿eh?, ¿debería ser de otra manera? A la una de la tarde sirvieron menudo y pozole en mesas distribuidas en el jardín. El whisky, la cerveza y el agua embotellada no faltaron.

Con un maquillaje perfecto y sus ricas joyas, Marcelo Valdés se despedía del mundo con dignidad. A las cuatro, un anciano cura de Badiraguato ofreció una misa de cuerpo de presente utilizando un altar portátil que los Valdés conservaban y, a las cinco, salió el cortejo para Jardines del Humaya. Chorro de autos y camionetas de lujo con los vidrios ahumados. Mendieta, que salía del hotel San Luis adonde acompañó a Win, experimentó un retortijón ante el despliegue de poder.

El reportero había desaparecido.

A las cinco treinta y ocho entraron al panteón. Entre los asistentes, además de los jefes del Cártel del Pacífico, se encontraban dos generales diplomados de Estado Mayor, un oficial de Marina y un representante del procurador. Todos de civil dieron el pésame con la máxima discreción. Samantha vio esto con buenos ojos y pensó que si a alguien se le ocurría lanzarles una bomba acabaría con el cártel completo. Advirtió una sensación en el vientre. Se escuchaba la banda regional.

La bóveda de los Valdés era de ocho por ocho, pintada de azul claro, con puerta de cristal con la efigie de Jesucristo en bajorrelieve, columnas de mármol y una cúpula de azulejo dorado. Era, con mucho, la más alta y espaciosa. Un par de helicópteros sobrevolaba el lugar.

Abrieron el féretro para la despedida. Samantha abrazó a su madre que temblaba mientras las lágrimas llenaban su cara. Lo bajaron a su nicho y lo cubrieron de rosas. Los numerosos arreglos de flores fueron depositados en las paredes uno sobre otro.

Tarde sepia. Húmeda.

Después volvieron a la casa. La reunión sería en una hora para que todos se dispersaran como mejor pudieran lo más pronto posible. La nueva jefa sabía dónde debía apretar y lo haría rápido.

El Cártel del Pacífico se apoyaba en seis jefes mexicanos, un colombiano y cuatro norteamericanos. Se hallaban en la sala del jardín escuchando a Samantha Valdés, la nueva cabeza del grupo. Bebían café y whisky derecho. Al día siguiente, cuando salieran del estado, cuatro de ellos perderían la vida, pero eso sólo lo sabían Max Garcés y la jefa, como ya le llamaba. Los demás le eran fieles.

Mantendremos la división dispuesta por mi padre y el respeto a los territorios de cada quién; las agresiones las responderemos entre todos; debemos cuidar nuestras relaciones con el Estado, sobre todo ahora que el presidente ha declarado la guerra y nos ha llamado minorías ridículas. Con él trataremos nosotros y tal vez aumentemos la nómina, lo mismo que con los poderes que están en la ciudad de México. De la DEA te encargas tú. Señaló a uno de los gringos. Cada quién debe mantener el control en sus estados y respetar los pactos. Evitemos que la gente sea afectada, de seguro se vendrá una ola de asaltos, secuestros y muertes inocentes, tratemos de que no ocurran en el territorio donde tenemos control. Sabemos lo difícil que es, por ejemplo en Ciudad Juárez, pero debemos intentarlo. Vamos a armar un grupo especial, para esto ya hemos encargado armas suficientes que nos llegarán la próxima semana. Agradezco a todos su presencia; a Gaviria que hizo el viaje desde Miami y a Eloy Quintana, por su estupendo trabajo en el desierto.

Se puso de pie y todos la imitaron. La abrazaron, le dijeron que estaban con ella, que iban a crecer, y se fueron retirando contentos, incluso los que iban a ser escabechados.

Treinta y dos

Fueron al Farallón en una Cheyenne negra del año. Pidieron filete culichi y camarones frescos con cerveza. Win quería visitar el lugar de los hechos. ¿Quieres saber a quién busco? Dime sólo lo que creas conveniente; tenemos una doble identificación, así que, si te parece, podrías empezar por el nombre, siempre es mejor buscar a alguien real. ¿Como a Miguel de Cervantes? Bebió. Quiero decir que nunca hubiera buscado a Don Quijote, y bueno, ni a Hamlet. Win pensó: Si Donald no existe en su país, bien puedo revelar su nombre a un extraño, aunque vaya contra las reglas. Donald Simak, y era agente de avanzada al servicio de la presidencia. ¿Qué hace un agente de avanzada del gobierno de Estados Unidos en Culiacán? Estos días el padre del presidente ha estado cazando patos cerca de aquí, él fue uno de los encargados de evaluar la situación e informar. ¿Cazando aquí, el padre del presidente de los Estados Unidos? Fue lo que dije. Harrison, ojos negros intensos, piel blanquísima, se llevó un camarón a la boca. Entonces no hay misterio, pudo haberlo matado cualquiera. Pero no fue cualquiera. Ah, ya sé, los terroristas. Win lo miró a los ojos. No permitiré tu sátira, Mendieta, no estoy jugando; como seguro no lo sabes, te lo hago saber: el padre del presidente sufrió un atentado al arribar al rancho donde acostumbra cazar; está ileso, y sus agresores muertos, entre ellos la mujer que tienes en tu oficina; necesitamos esclarecer la conexión entre los dos eventos y para eso estoy aquí; y entérate, no eres de las simpatías del

FBI. Pues qué lástima, porque me muero por caerles bien y colaborar con ustedes. Se escrutaron duro. Sé lo que piensas de nosotros y en lo particular me importa un bledo; quiero saber de dónde vino la orden de matar a Simak, lo demás no tiene remedio. Oye, eres compa de uno de mis mejores amigos y haré lo que me pidas, así que no te pongas felona.

Gracias, si todo va bien, en 24 horas cada quién volverá a lo suyo.

Tomaron pay de guayaba de postre y café.

En la habitación del San Luis, Mendieta supo que ella venía en busca de otra cosa, tal vez un referente para cumplir un último deseo, ¿del amor de su vida?, ¿por qué no?, ¿hay alguien en este mundo que no tenga un amor de su vida? Sólo él y ya no estaba muy seguro. Aprovechó para ver de nuevo el espacio. Ella temblaba y sus ojos adquirieron el brillo tal vez de la venganza. Me interesa su equipaje, su ropa y su pistola. Mendieta llamó a Ortega que primero dijo que eran pruebas y después que se las enviaría en una caja. No había pistola, encontramos un mapa abierto del municipio de Culiacán sin marcas, ¿tienes idea de qué buscaba? Esperaba el atentado. Pero no le hicieron caso: típico. Okey, vamos a la morgue. Al salir toparon con la caravana que acompañaba a Marcelo Valdés. ¿Qué es esto? No sé, por los carros debe ser alguien con amigos poderosos. La camioneta negra, nueva, que cerraba la marcha, era la del Richie Bernal, pero el Zurdo ni siquiera sabía que lo habían balaceado en el Cobaes. ¿Iremos al rancho de caza? Irás tú, necesito un par de cosas de ti y una de ellas es ésa. Órale. En la morgue fue rápido: vio el cuerpo, leyó los informes del forense y de balística y dijo que estaba bien. Mendieta tenía varias preguntas pero no las hizo: no deseaba involucrarse. Tampoco se atrevió a ver a Mayra.

En el GPS de la Cheyenne, Win ubicó El Continente. Mendieta recordó que debía buscar a Yoreme pero se resignó, ya lo haría a la vuelta, además el Chapo Abitia no había llamado, ¿quién era McGiver?, ¿qué hacía en la habitación del Muerto?, ¿conocía a Enrique?, ¿qué le había querido decir con: Abra bien los ojos que le esperan días aciagos?, ¿qué tan alto y qué tan fortachón es el asesino?, ¿es mazatleco? Tendría que llamar al Foreman. Con razón Lagarde se puso nervioso, ¿por qué diría que mataron a Anita en casa de Mayra? Pinche Yoreme.

Nombre: José Ángel Camacho Arenas.
Origen: Culiacán, Sinaloa.
Ni pude trabajar, pinche Cavernícola, me quedé paralizado, dejé entrar a la zorra; no sé ni cómo terminé la chamba; y desde esa vez no faltaba un día al Alexa; a veces no salía pero yo estaba ahí, atento, cazando el momento en que ella sonreía como si le fuera a conectar un óper; me embrujó, Cavernícola, yo tenía una casita de palma, me hizo suyo sin tocarme, ¿a poco no es chingón? No fue mucho, la vi como un minuto, es que era muy tarde para mí y muy temprano para ella. Ando mal de dinero mi Cáver, y aunque no lo digas debes andar igual, se te ve en la cara, los perdedores nunca tenemos lo esencial, conservamos esa marca en los ojos que no se quita con la muerte, lo pendejo se disimula y la haces, pero lo perdedor no, nos pagan cualquier cosa para que no muramos de hambre; así que vamos haciendo la pelea, si quieres ponte máscara y la ha-

cemos máscara contra caballera, sacamos una lana y nos sentamos a recordar a la reina; ¿qué dices? Lástima que no la conociste.

¿Qué te pasa Zurdo?, ¿acaso no eres un cabrón bien hecho?, ¿acaso no te las comes ardiendo? Qué mariconcito me saliste. *No creo que seas poli, eres demasiado tierno, correcto, culto; sabes quién es Vinicius de Moraes, quieres ir a Río a ver a las chicas de Ipanema; los policías no piensan eso, ¿eres corrupto? No es cierto, ¿por qué?* Recordaba su voz almibarada. ¿Quieres llorar? No seas ridículo. Un bato que ha llorado por tanto no puede llorar por esto. ¿Por qué no puedo? Porque no, el amor es veneno que fortalece, no uses esa fuerza para llorar. Lo bueno es que Ger está lejos. Paisaje. Así que al señor B le gusta cazar acá, ¿quién será el dueño del rancho? Lo interrumpió Gris Toledo. Jefe, llamo para informarle. ¿Dónde se hospedaron? En Las Flores, suite 602, frente a tres islas, una maravilla; ahora estamos yendo a comer con Noriega, viera qué buenas migas ha hecho con el Rodo, casi no lo creo. Cuidado porque Dios los hace y ellos se juntan. Lo tendré en cuenta; fíjese que interrogué a Lizárraga y según, después del primer contacto con Mayra, no supo más. Un tipo, Juan Osuna Roth, aceptó haber tenido relaciones con ella pero desde hace un mes no la ve. Lo ajusté, y nos sugirió hablar con Fermín De Lima.

El edificio blanco reflejaba la luz. En el primer piso, siguiendo un pasillo de rosales, llegaron a las oficinas del magnate. Te esperamos aquí, anticipó Noriega y jaló a Rodo en pos de una rubia con bikini negro que caminaba rumbo a la piscina. Toledo entendía que su anfitrión no deseaba involucrarse directamente y aunque no estaba de acuerdo, prefirió guardar silencio.

Quiero hablar con el señor De Lima. ¿De parte de quién? Gris Toledo, Policía Ministerial del Estado. ¿Usted? ¿Yo qué?, se sulfuró Gris. Hace unos momentos hablamos con su jefe. No me comentó el jefe Mendieta. Mendieta, ¿no es Miranda? Ah, no, Miranda es el delegado en Mazatlán, vengo de Culiacán. Permítame, tome asiento por favor. La vio comunicarse, sonreír y hacerle una seña de que se acercara. En cinco minutos la recibe, ¿gusta café? ¿Tiene Coca-Cola de dieta? Se puso de pie. Gris simplemente pensó al verla caminar: Los hombres poderosos no pueden serlo con secretarias feas o mal vestidas.

En cinco minutos pasó. Con esto de Slim, que si se agacha a recoger un billete de cien dólares pierde dinero, todo mundo anda enfebrecido, así que al grano, señorita. Usted envió un donativo para el traslado del cadáver de Mayra Cabral de Melo. Ah, poca cosa para lo que merecía esa mujer, mire, lo he hecho en nombre de varios amigos ante los que ella actuó, ¿algo más? ¿A quién le entusiasmaba más su baile? A todos, algunos gritaban más que otros, pero en cuanto a entusiasmo, creo que estábamos parejos. ¿Quién la traía de Culiacán? No estoy seguro, pero creo que un tipo robusto, sí, la trajo algunas veces, pero las más llegaba con el licenciado Ramírez. La mataron de un tiro en la cabeza y le cortaron un pezón, el empresario permaneció en suspenso unos segundos. ¿Piensa que hay alguien de aquí que está moviendo la cuna? ¿Quién se la presentó? Un día llamó el presidente municipal, me invitaba a un show privado con una bailarina brasileña, pero no supe cómo hicieron el contacto; pensé que era de alguna agencia, es lo usual cuando se trata de artistas, y no se moleste pero ha pasado su tiempo. Buscamos a un hombre alto y grueso. Entonces no soy yo. Pero viste de claro. De Lima hizo un gesto de que no entendía.

Jefe, se comprometió a ampliar su charla esta noche. Me llamas mañana.

Tus labios de rubí, de rojo carmesí. Atentamente Sandro de América.

Mendieta fue detenido en la entrada del rancho.

¿Está bien el señor B? El agente encargado de parlamentar lo miró desconfiado. No es asunto suyo, identifíquese. Mostró su placa. No puede pasar, no tiene jurisdicción. ¿No? Tal vez el que no tiene jurisdicción eres tú, a ver, quiero saber quién trata de obstaculizar el trabajo de un ministerial del estado. Retírese o lo detenemos, el agente subió la voz. Espere, se acercó Adán Carrasco que acompañaba al señor B. El detective lo recordó. En ese momento se preparaban para ir a las lagunas. ¿Se le ofrece algo? Soy Edgar Mendieta, de la Ministerial del Estado, nos llamaron por un atentado. Atrás de Carrasco se veía el estacionamiento lleno de jeeps y autos de lujo. ¿Quién les llamó? Sólo quiero saber lo que pasó. ¿Contra quién les dijeron que era el atentado? Contra el padre del presidente de los Estados Unidos. Falso, el señor está calmado y cazando como Dios manda. ¿Venía con usted y los demás? Para que vea, no le miento, el caballero goza de perfecta salud. ¿Qué ocurrió esa noche? Nada, si es necesario llamo ahora mismo al Procurador, es mi amigo y cada fin de semana viene de cacería. Mendieta se notaba incómodo. Se encontraba rodeado de agentes norteamericanos con armas a la vista y se sentía fuera de lugar. Puede irse tranquilo, agente

Mendieta, no hay delito que perseguir, cuando guste venir a cazar, le garantizo que la pasará súper. Mendieta iba a responder pero se lanzó al piso, igual que todos, sacudidos por la explosión de la Cheyenne, que ardía desintegrada.

Treinta y tres

Me cayó una pelea, don Silvio, y quisiera que me entrenara. El hombre, 80 años, de gran pasado en el boxeo en la ciudad, escuchó a Yoreme sin inmutarse; no era la primera vez que se lo proponía pero el Kid había perdido piso y nada tenía que hacer en los encordados. Recordó cuando llegó a los 14 años, lo subió al ring y le ordenó moverse; le gustó, como decía el Cuyo Hernández: Si tienen piernas pueden servir; y el chico las tenía, además de un óper bestial, que bien trabajado podría sacarlo de pobre. Pero perdió. A él no lo vencieron los rivales sino la cocaína, esa mugre que yo no sé cómo llegó a la ciudad. ¿Con quién vas a pelear, Kid Yoreme? Contra un luchador, es para sacar un poco de dinero, ya ve cómo está la crisis, hablaré con los del Revo y les propondré que vayamos a medias, dejé entrar a la zorra. Otra vez esa zorra, pensó Silvio García, un día llegó con esa monserga y no la ha podido abandonar. ¿Quién es? Le decimos Cavernícola, estuvo a punto de ganarle al Santo, el enmascarado de plata. Otro de los mismos, pensó, advirtió que Yoreme esperaba con ansiedad y aunque no lo entrenaría, decidió hacerle un favor. Está bien Kid, pero no me vas a dejar plantado, ¿eh? Su rostro se iluminó. No señor, ¿cómo cree? Yo tenía una casita de palma, necesito sus consejos y su sabiduría en mi esquina; ¿se acuerda, don Silvio? Vamos Kid, mete el óper, el óper es lo tuyo. Y caían redonditos, dejé entrar a la zorra. Bueno, hay que estudiar bien al rival. Ya lo tumbé una vez. Yoreme estaba en el paroxismo. Pero antes, hay que hacer condición, un boxeador necesita estar muy fuerte y en su peso; así que, desde mañana, vas a correr tres kilómetros. He estado haciendo sombra y trotando un poco por el malecón. Tres kilómetros mañana, cuatro pasado, luego cinco, y cuando hayas corrido una semana cinco, te vienes, ¿cuándo es la pelea? Tenemos tiempo. Muy bien, a trotar, no tomes cerveza ni te metas porquerías. Lo estoy dejando todo, don Silvio, el conejito todo lloroso se retiró también, por ella, que está en el cielo. El viejo no quiso enterarse de a quién se refería. A correr Kid Yoreme, que los rivales están que nomás tientan.

Treinta y cuatro

Dos soldados levantaron a Mendieta de las botas de Carrasco y otros dos le apuntaron a la cabeza. El Zurdo, aturdido, maldecía la hora en que lo habían metido en ese brete, ¿quién era Win Harrison? Maldita vieja terrorista, bien que lo transó; pinche LH, jamás le perdonaría ese descuido. Vio gente incorporándose, entre ellos Carrasco que recogía su sombrero. ¿Quién es usted? Se dirigió al Zurdo con ojos asesinos. Mendieta, algo repuesto, decidió ejercer su odio a tantas cosas. Soy Edgar Mendieta de la PME, ¿y usted, quién es usted que sufre dos atentados en unos cuantos días? ¿Qué sucede, Carrasco? Vieron venir al señor B con su escopeta, despreocupado, como si estuviera en su habitación, de inmediato lo rodearon. Para ese momento el rancho se hallaba en pie de guerra. El capataz se presentó corriendo. Una camioneta que explotó, señor B, nada serio. A un lado, ordenó el viejo. Llegó hasta donde se encontraban todos. ¿Y usted? Se dirigió al Zurdo, que se hallaba esposado. Yo era el chofer y me salvé de milagro. Carrasco, vayamos a lo nuestro, dejemos esto a los expertos. Señor, William Ellroy llegó deprisa, ¿se encuentra bien? ¿Qué no ve? El agente que primero había conversado con el Zurdo tomó la palabra. Coronel Ellroy, este hombre es el conductor de la camioneta que explotó. El señor B lo observó sereno. Hagan su trabajo que nosotros haremos el nuestro. Tomó a Carrasco de un brazo y se encaminaron al vehículo que los llevaría a los patos.

Mendieta fue conducido a una pequeña habitación detrás de la casa que servía como oficina al coronel.

Hace unas horas, un vecino que no quiso identificarse llamó denunciando una balacera ocurrida hace varias noches y me comisionaron para investigar el hecho, ¿algún problema? Porque acabo de ver al señor B de lo más tranquilo y según era contra él. Si hubiera problemas, a la última policía del mundo que recurriríamos sería a la mexicana. Ellroy se aproximó y le estrelló su puño en la boca al Zurdo, que cayó aparatosamente. Responde con corrección, estúpido. ¿Quién te ordenó matar al señor B? Mendieta escupió. Chinga a tu madre, enfatizó, pinche cancerbero de mierda, ve y pégale a tu puta madre, soy un agente de la policía mexicana, no un indocumentado, y estoy en mi país. Escupió de nuevo. El salivazo rojo cayó en el zapato de Ellroy. Quítame las esposas a ver si eres tan cabrón, pinche puto. Ellroy limpió el salivazo en el pantalón de Mendieta y le asestó una patada que el Zurdo intentó devolver. No me sobajará, pensaba, aunque me mate, no me humillará, no es más que un agente acomplejado, un pendejo con autoridad que me teme, que cree que me apantalla con sus desplantes y sus golpes. Hay gringos con una calidad que él no tiene. La que no se la va a acabar es Win Harrison, pinche vieja gacha, en la que me metió, y también el imbécil de LH, ¿cómo pudo confiar en ella? Ellroy se instaló en su lugar, los agentes sentaron a Mendieta que sangraba pero cuya mirada era de homicida: no me hará nada este pendejo. Se animaba. Me la pela el puto. ¿Quién te dijo del otro atentado? Me habló por teléfono tu puta madre. Los ojos de Ellroy se tornaron dos brasas. La camioneta, ¿es tuya? Claro, ¿qué no ves? Me la trajo Santa Clos. Porque no tiene matrícula, ni placas, ni nada. El primer atentado lo hicieron cuatro sujetos, estamos identificando a uno de ellos, la foto es pésima; no sé por qué me da la idea de que tú la tomaste. ¿Quién eres? Quería saber si el rancho es como sale en las fotos. Veo que te gusta encarar a los especialistas, qué bien, disfrutarán arrancándote las pelotas. Tú y tus especialistas me la pelan, tengo uno que te puede dar clases. Hizo una seña a uno de los agentes que abrió la puerta para buscar a los expertos. Harrison lo empujó. Mostró su carnet a Ellroy. Este hombre me pertenece. Tomó a Mendieta del brazo y lo puso de pie. Los agentes los encañonaron. No se lo puede llevar, acaba de perpetrar un atentado contra el padre del presidente, explotó la camioneta en que llegó y nos tiene que explicar. Nos explicará a nosotros, y cuando tome fotos de los implicados use una maldita cámara, el terrorista que no hemos identificado resultó ser mujer, y el que lo descubrió fue este hombre que usted ha maltratado, y si la camioneta explotó es evidente que existe alguien que quiere pararnos, y no se atreva a obstruir una investigación del FBI, coronel William Ellroy. Hizo a un lado a los guardias con violencia y salieron. Treparon en un Jeep y se alejaron. Varios agentes inspeccionaban los = humeantes de la Cheyenne.

¿Quieres aclararme qué es esto? Y quítame estas pinches esposas antes de que te rompa la madre. ¿Le pegarías a una mujer? El Zurdo estaba rabioso. Se detuvieron. Harrison con un rayo láser lo liberó. ¿Me quieres matar? Apenas nos conocemos. Pretenden desquiciarnos, y no es la gente del atentado del martes, que están muertos; son otros, tendremos que dar algunos pasos para saber quién está detrás de todo. Esa explosión iba contra ti. Puede ser, tú eres un buen poli y sabes que no lo podemos asegurar sin investigar. ¿Y quién va a investigar? Nosotros. Respiró, la carretera lo tranquilizó un poco. ¿Dónde conseguiste la camioneta? Desde Tijuana me la rentaron, ya he informado de lo sucedido y estamos esperando; en la administración me entregaron la llave pero no recuerdan quién la dejó. ¿Revisaste los papeles? No es usual. Silencio. ¿Y este Jeep? Me lo prestaron. El Zurdo abrió la guantera. Esperaba encontrar la tarjeta de circulación a nombre de Fabián Olmedo pero no, era de una arrendadora. Si no era un caso imposible al menos se le parecía y alguien tenía que pagarle los platos rotos. De paso divisó el almacén de granos donde todo se veía normal.

Te veo en dos horas en el café Miró, según mis informes es tu favorito. Dijiste que te ayudaría en un par de cosas: falta una, y quedan más o menos 20 horas, advirtió mientras se bajaba del Jeep, en la jefatura.

Dios mío, Zurdo, ¿qué le pasó?, ¿lo agarraron por la espalda? Estaba hinchado, con los labios rotos. Es la dura lucha contra el crimen, Ger. Lo voy a curar, me iba a ir temprano, qué bueno que no lo hice, ¿está vacunado contra el tétano? Porque parece que lo pateó una mula. Lo limpió con alcohol. Dicen que el jabón neutro es mejor pero yo le tengo más fe al alcohol; no haga gestos, Zurdo, ya no es niño. Ay. ¿Se tiene que ir? Porque debería estar unos minutos con hielo, su boca está muy hinchada, también está abierta la encía; le voy a preparar Isodine para que se enjuague, si prefiere puede hacer gárgaras de limón con sal, son más efectivas. Mejor las hago de tachuelas. Ésas son para otra cosa, a ver. Ay. No sea cobarde, ¿qué, no es poli? Mire nomás cómo lo dejaron, le voy a sacar ropa limpia para que se ponga guapo; ¿quién cree que acaba de llamar? Ya te dije que le dijeras que ando de viaje. Ay, Zurdo, ojalá no lo castigue Dios, pobre chico, ¿él qué culpa tiene? Guardaron silencio. Pero no fue él, llamó Gris, que en cuanto pueda se comunique con ella o que encienda su celular. Se le apagó con el trajín del rancho y no lo notó.

Se vistió y le marcó.

Dígame, agente Toledo: El señor Fermín de Lima relató que fue a una fiesta privada donde bailó Mayra Cabral de Melo, invitado por usted. No le crea, aparte de rico, De Lima es un mentiroso, es otro de sus prestigios. Amplia sonrisa. ¿Quiénes estaban en la fiesta, además de Fermín de Lima?, ¿Estoy ante una dura? No me diga, señorita, con esa cara lo dudo. Señor presidente municipal, le ruego responda mis preguntas. ¿No le importa mi fuero? Claro que me importa, por eso le hago la rogatoria. La sonrisa del político pasó de divertida a tensa. No me da la gana responder y hágale cómo quiera; demasiado tarde, Noriega intentó detener a Gris que le lanzó el vaso de agua que le habían ofrecido, mojándole cara y camisa. Usted jamás logrará contribuir a la justicia, señorita, expresó el presidente rojo de ira, poniéndose de pie. Ni usted podrá gobernar mientras los poderosos lo tengan del cogote, porque no creo que tenga huevos; usted ha dicho que De Lima es un mentiroso, tal vez, pero en esto no se equivocó, muy claro señaló que usted se resistiría. Usted debe tener un jefe. Y usted también, así que vaya diciéndome quiénes estuvieron en esa pinche fiesta y qué pasó que se pusieron tan felices; Mayra, ahora está muerta, bien merece una aclaración. Noriega trabado. Se va a arrepentir, agente Toledo, ningún policía viene a ponerme en ridículo y menos en mi despacho. ¿Quién trajo a la muchacha de Culiacán? El Chiquilín Rivera. Sabemos eso, y que usted fue el contacto con el licenciado Luis Ángel Meraz para que viniera. Era un regalo para la gente de dinero que siempre nos apoya desinteresadamente, no sé si conoce los planes de Meraz. No tanto, pero sé de sus ambiciones; Meraz nos contó que usted había elegido el lugar de la fiesta y a los invitados, que se había hecho cargo de todo: tragos, bocadillos y un sitio agradable donde los poderosos del puerto pasaran una noche a sus anchas. Pero eso fue hace tres meses y a la teibolera la acaban de matar; apenas había tomado posesión. Quiero ver si su lista de invitados coincide con la de De Lima, el hombre hurgó en un cajón, sacó una carpeta de la que le pasó una hoja, al final, con pluma, venía el nombre de De Lima, Toledo se la guardó.

Una cosa más, señor presidente municipal, Mayra Cabral de Melo siguió viniendo al puerto, ¿quién la traía? ¿No lo sabe, señorita? No es tan dura como pensé. Creí que no se daría cuenta. Perdóneme, pero es usted una cabrona.

Y usted un cabrón. Sonrieron. Si el licenciado Meraz no llega a la gubernatura ustedes lo van a pagar.

¿Cómo la ve? Meraz de nuevo, creo que tenemos la punta de la madeja y ahora solázate que bien lo mereces. No haga nada hasta que yo llegue. ¿Y eso, agente Toledo, pretendes insubordinarte? Pásala bien y no le busques tres pies al gato. Colgó.

Jefe, tengo aquí a Patricia Olmedo, dijo Angelita, quiere hablar con usted. ¿Sobre qué? Dice que sólo se lo dirá a usted. Pásamela. Antes déjeme decirle que el comandante ha preguntado dos veces por usted; también llamó Quiroz, quiere saber en qué anda, que ya le dijeron que es algo gordo. Luego le marco, pásame a Olmedo. Hola, coronel. No soy coronel, ¿qué se te ofrece? Quiero platicar con usted sobre mi padre, ayer me habló muy dulce y estoy muy desconcertada. ¿Y eso qué tiene que ver con nosotros? Temo que intente algo, que trate de vengarse. Trataste de matarlo, ¿cómo quieres que se lo tome? Es que él no es así, es un hombre duro, un perro que hace negocios con gente de todo el mundo. ¿También con gringos? Son los principales, ah, hablé con Marcos, que su papá está allá y que jamás vio un arma en su casa. Pensó un poco, para una persona sola es bueno, de vez en cuando, aproximarse a un cuerpo perfecto, aunque sea vestido. Nos vemos a las nueve en el Marimba, si a las nueve y quince no llego, mañana a las ocho en el Miró. ¿Tengo que llegar temprano? Colgó.

Reflexionó. Ger canturreaba en la cocina: *Say you, say me,* de Lionel Ritchie, con buena voz.

Mendieta esperó cinco minutos en la mesa contigua a la máquina de moler café, que era su favorita. Rudy no se encontraba, así que se hizo servir agua de guayaba y un expreso doble. A pesar de la noche joven, debían estar a 42 grados. Harrison se había cambiado la blusa, se sentó sin hacer un gesto. Las voces del café eran una parvada animosa. Pidió Coca-Cola y una baguette selva negra. Los gringos cenamos temprano, expresó. Mendieta bebió café. He revisado las cosas de Simak y no hay nada, ¿las viste? No, ¿qué era él exactamente? Un agente especial que podía trabajar en casi todo. Lo liquidaron temprano y estaba vestido; eso no me lo explico, era desconfiado en extremo. ¿Usaba celular? Lo más sofisticado. Pues no encontramos ninguno, incluso su cartera no tenía efectivo. Imposible, era muy cuidadoso y sabía que no siempre se paga con tarjetas, seguro lo robaron. Si era lo que dices, no fueron a robarlo, fueron a ultimarlo, ¿por qué? Lo mismo me pregunto; hace tres meses fue comisionado para crear una estrategia de combate al narcotráfico con la Presidencia de México, según mis informes, ahora mismo se encontraba en esa comisión. No me digas, el presidente acaba de declarar la guerra al narco. No sé si sea parte de un plan rector, lo que sí, él tenía responsabilidades muy claras y una de ellas era abastecer de armas al ejército mexicano. ¿Contrabando? Sólo el necesario para el suministro expedito. El Zurdo sonrió levemente. Trajeron la comida. Reflexionó: ¿quién mataría a un gringo, que es agente especial, que está diseñando una campaña contra el narco en México, que es traficante de armas? Los narcos, ¿sabían ellos esto?, ¿por qué no?, si tienen espías en dondequiera ¿por qué no tendrían en ese proyecto?, ¿otros traficantes? Es probable. La otra cosa que quiero es que me consigas una entrevista con Marcelo Valdés. Mendieta se fastidió y no le preocupó que se le notara. ¿Estás loca? Harrison lo contempló alborozada. No tengo la mínima relación con ese sujeto, ni siquiera lo conozco. Sin embargo, sabemos que es al único policía que respeta, a los otros los tiene comprados. El Zurdo se sintió halagado, nada hay como el respeto de tu enemigo. ¿Quieres meterme en otra bronca?, ¿no te basta con la de la Cheyenne? Tú no tuviste problema, detective; estarías muerto. Sus ojos volvieron a ser duros. ¿Quién colocó los explosivos en la Cheyenne? ¿Quién te gusta?: los narcos, los contrabandistas de armas, el ejército, los militantes contra la construcción del muro, otro. ¿Por qué no le dejas eso a la DEA? Imposible, es asunto nuestro. ¿Qué significa «nuestro»? Te lo explico luego, debo hablar con Valdés antes de que sea demasiado tarde. ¿Quieres que vaya y le pregunte por qué mató a Simak? Se escudriñaron intensamente. Esta vez iré yo, sólo consigue que me reciba. Uno no puede vivir en una ciudad en la que, cuando no eres víctima de su gente, lo eres de los visitantes, meditó el Zurdo. No tengo idea de por qué quieres ver a ese señor, sin embargo, por lo que sea, que Dios te bendiga. Es bueno este sándwich, está hecho con mucho sabor. Las cocinas mexicanas las manejan santas o brujas, el resultado es el mismo. Fueron a casa de Mariana Kelly. No está, el guarura que los recibió no soltó prenda. ¿Sabes a qué hora regresan? No. ¿Hace mucho que cambiaron al Diablo Urquídez de aquí? Sí. El tipo era alto, de mirada gélida, y el Zurdo decidió buscar en otra parte.

Treinta y cinco

McGiver y un representante de las Fuerzas Armadas desayunaban tranquilamente en un rincón del Mezzosole del hotel Lucerna. El lugar se hallaba saturado pero nadie los conocía. El contrabandista había conseguido un nuevo cliente. El hombre delgado, pálido, de mirada febril, consumía un plato de frutas dulces y pan tostado. Qué bueno que no depositó el adelanto, señor Andrade. Me hubiera fregado; afortunadamente el diputado Vinicio de la Vega sabía lo ocurrido con el otro proveedor, lo conocía a usted y pudo recomendarlo; además me llamó a tiempo. En nosotros puede confiar. Aquél era un hombre muy raro, fuimos a comer y ni siquiera vio la carta. De todo hay en la viña del señor, saboreó un trozo de guanábana. Señor McGiver, si todo sale bien, usted será el encargado de abastecer todos los frentes. Es mi negocio, señor Andrade, y no olvide que usted de una manera muy sencilla, será mi único socio. Gracias, siempre que vengo a Sinaloa lo que más me gusta comer es fruta, es muy fresca y sabrosa. El contrabandista, que desayunaba machaca con cebolla y chile verde con tortillas de maíz, consintió con una sonrisa y recordó que pocas veces la había probado en su vida. Como decía mi abuelo: ni que estuviera enfermo.

Media hora después, en su habitación, llamaba a Danilo Twain y le pasaba las cantidades que acababa de negociar. Eso de la publicidad me preocupa, Flecha verde, a Flecha blanca no le parece adecuado. Es que la chica es guapa y si no se promociona para ella no es negocio. Espero que no te equivoques, ¿y lo demás? Es verano y los meteorólogos anuncian ciclón, debemos esperar. Nosotros listos y en alerta. Clic.

Marcó a Dulce Arredondo. ¿Alguna novedad? No quieren, dicen que no es sencillo, y que mientras no haya dinero, ellos no se mueven. ¿Qué tienen esos cabrones?, ¿por qué se hacen del rogar? Son los mejores, ¿por qué le urge tanto? Es un regalo para una señora que acaba de descubrir a Frida Khalo. ¿Tiene que ser ése? Es el que le gusta, me lo dijo claramente. Veré si los convenzo, ¿si no? Ni hablar, págales; a propósito, mañana tendrás tu parte por conseguir a Andrade. Bastante tétrico, ¿no? No vende a su madre porque no tiene. ¿Ya desayunó? Luego te llamo. Por la ventana de su habitación con vista al río, se apreciaba un espectáculo que le alborotó ese gen juvenil por las peleas a puñetazos que creía dormido.

Yoreme trotaba por la ribera del Tamazula haciendo sombra. Escuchaba a Sony Alarcón narrando su pelea. Gancho de izquierda de Yoreme, derecha, se mueve con elegancia, finta, recto a la cara, golpea la zona hepática, el Cavernario Galindo absorbe el castigo, lanza un par de patadas voladoras sin tocar al ídolo de Culiacán, el Kid en corto, andanada de ganchos al Cavernario que ya no siente lo duro sino lo tupido, respira por la boca, Yoreme va por él, prepara su arma letal: el óper, al lado del ring sus seguidores lo animan, distinguimos al gran Efrén «Alacrán» Torres, al Huitlacoche José Medel, al Púas Olivares, a Mantequilla Nápoles, a Julio César Chávez, al Finito López, a la Chiquita González, a Salvador Sánchez, al Terrible Morales, a Julio Cortázar. Yoreme se detiene, hace una reverencia de agradecimiento; pero, ¿quién está allí? Señoras y señores, Roxana, la hermosa bailarina portando la corona de campeón que colocará en la testa de Kid Yoreme, el ídolo que tenía una casita de palma y dejó entrar a la zorra.

Yoreme, frente al hotel Lucerna, quedó paralizado. Advirtió que había muchos caminantes y personas trotando al lado de la ciclopista del parque Las Riberas. Vio venir a Dayana y a Luis Ángel sonrientes. Como un sismo recordó la noche que siguió a Meraz y a Roxana cerca del Alexa, a esa casa grande donde entraron y él salió por su celular, recordó la infinidad de veces que se la llevó mientras él sólo podía mirarla. Recordó.

¡Tú la mataste cabrón, yo te vi! Meraz frenó sobresaltado; estaba acostumbrado a lo peor pero el gesto amenazante de Yoreme era impresionante. Se detuvo frente al boxeador. Joven, ¿de qué habla? Mataste a Roxana, pendejo. Se le fue encima. La mataste en la casa de la puerta amarilla. Doble gancho al abdomen y óper a la quijada. Meraz cayó fulminado ante la petrificación de los demás, los gritos de Dayana y la rabia del púgil que cargó el cuerpo desmayado, y sin que nadie lo evitara, lo zambulló en el río donde lo mantuvo bajo el agua hasta que dejó de moverse.

Dos policías que andaban cerca corrieron para sacar a los dos.

Treinta y seis

Mi Zurdo, ya no carburo, dijo el Chapo Abitia, ya sabes cómo es este negocio, dejas un poco la chamba y los contactos se desvanecen. De la gente que vi nadie sabe de Kid Yoreme; oye, tú que andas en el ajo, ¿es cierto que mataron al licenciado Luis Ángel Meraz? ¿Quién te dijo? Begoña, dice que lo oyó en el radio, el que no la contó fue Marcelo Valdez, ¿no? El Diablo anda en eso y es hora que no se reporta. Mendieta no quiso pecar de ignorancia. Ya estaba grande. Eso sí, pero cómo hizo cosas el viejo, ¿no? Mató un chingo de gente. Bueno, pero también ayudó a pueblos enteros y ya ves lo que dicen, que si él no le mete lana a esta ciudad, fuera un corral de vacas. Qué enterado estás, pinche Chapo. Vivo al día, mi Zurdo, ya sabe. Ya nos veremos. No te olvides de la boda de mi hija. A esa boda voy aunque sea lo último que haga. Colgó, encendió el radio y ahí estaba Quiroz: Esta mañana, cuando trotaba en el parque Las Riberas, según testigos presenciales, el acaudalado político, ex diputado federal, Luis Ángel Meraz, fue atacado por un caminante enloquecido, luego arrastrado hasta la corriente del Tamazula, donde fue arteramente ahogado sin que nadie pudiera auxiliarlo. Dos policías que hacían su ronda atraparon al culpable que desde esta mañana presta declaración en los separos de la Policía Ministerial del Estado; Meraz, se rumoraba, aspiraba a un importante puesto de elección popular, por lo que en el mundillo de la política se mira su muerte con bastante suspicacia. Daniel Quiroz, reportero.

Marcó a Ortega. No contestó. Con estos amigos para qué quiero enemigos. Eh, Montaño, qué onda, ¿estás en lo tuyo? Y de lo más feliz, después de tanto trajín en la mañana me lo tengo merecido, por cierto no te vimos, Briseño preguntó varias veces por ti. ¿Me hablas de Meraz? Sí, lo ahogaron, ya debe ser escándalo nacional. Bueno, te dejo en la gloria. Colgó.

Se encontraba próximo a la jefatura pero se estacionó. Encendió un cigarro. El vacío le estaba llegando fuerte y nada podía hacer. Parra llegaría el martes y él se había quedado sin sospechoso, ¿tan importante era el sospechoso que de momento se sentía perdido? Luis Ángel Meraz, murmuró, cómo me hubiera gustado que pasaras la prueba del ácido, como lo mencionaste, esa que deben enfrentar los humanos para demostrar que son lo que dicen ser, sí, tenías la coartada perfecta; y si no fuiste tú, ¿quién mató a Mayra Cabral de Melo? Terminó el cigarrillo. ¿Y a Yolanda?

Angelita lo recibió muy excitada. Jefe, ¿dónde estaba?, acá todo mundo anda muy alborotado. ¿Por lo de Meraz? También dicen que murió Marcelo Valdés ¿Quiénes?

Aquí, los polis. Pineda debe estar llorando. ¿Usted cree? No sólo por su muerte sino porque se le vendrá una bronca encima, cuando hay relevos siempre pasa algo; pero no nos preocupemos, tal vez le irá mejor, recibirá comisiones adicionales por callarse el hocico.

Lo anda buscando el Chapo Abitia. Ya hablé con él. El jefe Briseño pide que no se mueva hasta que regrese. ¿De dónde? Está interrogando al asesino del licenciado Meraz junto con otros. ¿Está el Gori con ellos? Creo que sí, según escuché, vino gente de la procu. Veré qué onda.

Yo tenía una casita de palma, dejé entrar a la zorra y una vez que estuvo dentro me dijo: esta casa es muy pequeña, aquí no cabemos los dos y me echó fuera. Un gallo, que se compadeció de mí, me dijo: no te preocupes conejito, en un momento echo a ese maldito animal de tu casa. Entonces fueron a su casa y el gallo, quiquiriquí, cantó con todas sus fuerzas varias veces, pero la zorra no se dio por enterada; el gallo supo que nada podía hacer: lo siento conejito, no puedo más, esa bestia es temible, y se fue, el conejito todo lloroso se retiró también.

La voz de Yoreme salía un tanto distorsionada pero, quizá por el tema, el Zurdo la reconoció y se quedó quieto. Pinche Yoreme, no cabe duda, eres más cabrón que bonito. Terminator, que veía por la pared vidriera, se volvió a Mendieta. Este güey está más loco que una pinche cabra, desde hace dos horas no dice otra cosa. Vio a Briseño, a dos agentes de la PGR y al Gori Hortigosa que se notaba ofuscado. Yoreme se encontraba en una silla, con la mirada perdida, repitiendo su cuento.

Los polis se pusieron de pie y salieron. Briseño lo miró con desaprensión. ¿En qué andas, detective Mendieta? En lo que usted sabe. Detuvimos al asesino de Meraz, no tenemos registros de él y ni siquiera ha querido decirnos su nombre, es más, no ha dicho otra cosa que un insoportable salivero sobre un conejo y una zorra; los señores son de la PGR, quieren saber si tiene alguna conexión política, hicieron gesto de saludo, pero el idiota ni siquiera recuerda cómo se llama y ni el Gori ha podido sacarle algo; vamos a comer, ¿gustas? Si no dispone otra cosa, prefiero quedarme. Cuando los jerarcas se alejaron un poco, los demás sintieron hambre. Bueno mi Zurdo, también voy a echarme un taco, y este compa, a su suite. Déjalo, mi Termi, a ver si se suelta conmigo. Y qué, ¿no le saca a que le quiera dar un sopapo? Nada, ve tranquilo. ¿Quieres que me quede? Descansa, Gori, ve a comer por si te necesitan.

Pinche Yoreme, ahora sí la hiciste buena, cabrón. Mi Cáver, qué onda, carnal. Se incorporó, pero luego se sentó y bajó la cabeza. ¿Me guardas rencor por lo que te hice? Conocí a un lechero que me llevó con el padre Cuco, yo tenía una casita, luego vi a un chofer que, oye, dejé entrar a la zorra, tu carro se lo quedaron los federales, tengo la idea de una pelea en el Revo, estoy entrenando. Yoreme, cállate el hocico cabrón, ¿por qué mataste a Meraz? ¿Qué Meraz? El político. Yo tenía una casita de palma. Lo agarró de los pelos. Cállate, no me vengas a mí con esas mamadas. No te vuelvo a golpear, mi Cáver, te lo prometo. Okey cabrón, ahora dime por qué ahogaste a Meraz. Cáver, ¿qué hacemos aquí?, ¿qué no me ibas a llevar con Roxana? Te llevo, Yoreme, te llevo, pero dime por qué le diste matarili al compa que se llevaba a la reina. Soltó el llanto. La mató, mi Cáver, la mató. ¿Lo viste? Yoreme lloraba más fuerte. ¿Dónde la mató? No sé, pero la mató, sólo la quería para él, se burlaba de todos cuando se la llevaba. Mendieta comprendió, dio un par de palmadas al boxeador, que llorando un poco menos le recordó: Entonces qué, ¿se hace la machaca? Máscara contra cabellera, algo nunca visto en Culiacán. El Zurdo abandonó el lugar sin responder. Afuera lo abordó el Gori Hortigosa. Mis respetos mi Zurdo. Mi Gori, cuando venga el comandante, dile que le dejé el expediente de este bato en su escritorio.

Se sentía mal. Llamó a Angelita para que pasara el expediente a Briseño, se echó dos ansiolíticos y abandonó la jefatura. Si hay un lugar para mí en este mundo, creo que no tendré tiempo de encontrarlo.

Caballería. Jefe, ¿dónde está? Donde merezco. Supe lo de Meraz y estoy pensando. Ni se te ocurra regresar, si te veo en Culiacán antes del lunes te meto presa. Pues apúrese porque estoy entrando a la jefatura. ¿Y el Rodo? Muy bien, anoche me dio un anillo divino y creo que voy a ser muy feliz con él. Me alegra, y cuida tu temperamento, agente Toledo, ¿qué actitud fue esa? Jefe, nunca me había pasado, es cierto, andaba menstruando, pero no sé, me sentí ninguneada al no tener mi anillo. Oye, vente al Quijote.

A ver jefe, tenemos a Meraz muerto pero no estamos seguros de que haya sido el asesino de Mayra, los mazatlecos de plano no dan el perfil; tampoco es Kid Yoreme, ni Aguirrebere, ni Canela. El gerente no me parece y Ramírez se escabulle. Camila Naranjo se enfermó con el interrogatorio, Elisa Calderón es dura pero nomás, Yolanda Estrada es como una sombra, como si no hubiera fallecido, ¿cómo vio a Miroslava? Normal, ¿sabes qué pienso? Que hay una sección que hemos dejado fuera; tú crees que te faltaron preguntas con Calderón y el Apache dice que se iba con poderosos que no eran narcos ni clientes habituales del Alexa; bailaba en el Club Sinaloa, tenemos que reanudar por allí. ¿Recuerda las huellas? ¿Qué huellas? Las que había en el lugar de los hechos, eran de zapatos rudos, tipo militar, de explorador. De esas podría usar Olmedo, ¿verdad? Y otros, ¿pasó algo con la chica sin tetas? Caso cerrado, el asesino es el ex marido y es muy amigo del comandante, y antes de que me lo preguntes, confesó su crimen y que nada tenía que ver en lo de Mayra; esta mañana desayuné con Paty Olmedo, me confió que su papá la buscó, lloraron, se reconciliaron y le pidió que se preparara porque iba a ser su heredera universal, ella un tanto asustada le propuso que se lo tomara con calma, que no pensara en retirarse, incluso, ¿papá, por qué no buscas mujer, una de tu edad o una joven? Estás en la flor de la edad, no es para que lo consideres pero mis amigas dicen que todavía la haces. Olvídalo hija, las jóvenes son un desastre; tuve una amiga, una belleza, anoche me enteré de que la mataron. Ay papá, qué mala suerte. Sí. ¿Puedo saber quién era? La maestra de baile de Anita Roy, varias veces comimos juntos. ¿Era muy hermosa? Un ojo verde y otro miel, bronceada, brasileña. Qué pena, papá, qué pena.

Guardaron silencio.

Mandaré por Elisa Calderón y por Ramírez, ¿le parece?

Mendieta le contó de Win y que esperaba una llamada del Diablo Urquídez que en ese momento le conseguía una nueva cita con Samantha Valdés, porque la anterior, debido a una emergencia, se tuvo que posponer.

Voy con Olmedo. Cuando los tengas me llamas.

Lo recibió en la sala de las guitarras, calzado con unos zapatones mugrientos. Música francesa: *La mer*, con Charles Trenet.

Señor Olmedo, tengo varias preguntas, espero que me las responda sin necesidad de aludir a los crímenes en que lo han mencionado y el lavado de dinero sucio. Olmedo escuchó sin gran atención, hizo un gesto débil de que nada importaba. Sé que era amigo de Mayra Cabral de Melo, Roxana, que fue asesinada la noche del domingo pasado, ¿cuándo la vio por última vez? Justo ese día, la llevé a su casa a eso de las doce de la noche. Silencio. ¿La acompañó a la puerta? La dejé en la calle, jamás consintió que me acercara a su casa; me enteré ayer, fui a buscarla y el Fantasma me contó. ¿Es su contacto? Afirmó. ¿Cómo fue?, usted la dejó cerca de la entrada y, se detuvo en los zapatos. Sí, la dejé en la esquina con Carrasco, ella caminó hasta el edificio y yo seguí hasta el malecón. ¿Vio algo en la calle?, ¿personas?, ¿carros? Un carro grande y oscuro; incluso vi que un compa se bajó y la saludó, fue lo único. El Zurdo sacó las fotos de las llantas. Señor Olmedo, tenemos las señas de un auto como el que describe, ¿notó algo especial?, ¿algo que nos pueda ayudar en la investigación? Tenía muchos clientes, no era la primera vez que la dejaba y la estaban esperando. Creemos que estas llantas son las del carro del asesino, se hunden más porque está blindado. Olmedo estudió las fotos. Son Goodyear de última generación, aún no llegan a México, y sí, son para carros grandes, para ciudad y resisten muy bien los caminos rurales. ¿Alguien le ha comprado un carro así, que pudiera tener estas llantas? Voy a revisar pero no abrigue demasiadas esperanzas; llame en dos horas. Le devolvió las fotos. ¿Dónde y a qué hora la recogió? Cerca de su casa, a eso de las cuatro, íbamos a comer a Altata pero se arrepintió, la acompañé a pagar la luz y el teléfono, compramos un par de sándwiches, fruta, agua y nos sentamos a la orilla del río; no le gustaba beber, miró a Mendieta que lo escuchaba apacible. Por cierto, le picaron algunas hormigas en los brazos; a las diez me pidió que la llevara al Alexa, dijo que se había tomado dos días de descanso; cuando la dejé discutimos un poco, le señalé que me daba miedo nuestra relación, se subió y nos fuimos a conversar hasta que la deposité en su casa. Usted manejaba una camioneta blanca, último modelo con placas de Sonora. Olmedo sonrió: Veo que no lo son tanto, expresó. ¿Qué quiere decir? Siempre he pensado que los policías son unos tarugos. Entiendo; una cosa más, conocí a un hombre que me contó que era su amigo; es alto, grueso, blanco. Leo McGiver. ¿Dónde vive? No sé, pero no en Culiacán. Me insinuó que era abogado pero no creo. El Gandi miró la guitarra de Jeff Beck. Él me consiguió esa pieza. El Zurdo se volvió a la pared y luego a Olmedo. Pero su fuerte son las armas, agregó mientras escuchaban *Borsalino* con Claude Boilling. Insinuó que trabajaba con Dioni de la Vega. Eso no sé, hace poco dijo que conocía a un hermano tuyo, no recuerdo el nombre. Es asombroso. ¿Qué? Nada, pensaba en voz alta. ¿Usted era amigo de Luis Ángel Meraz? Tenía buena relación con él, qué pena su muerte. También era amigo de Mayra. Él me la presentó en el Club Sinaloa. ¿Quién más del club era su cliente? Más bien, quién no. Pero, el más clavado era yo, la buscaba dos o tres veces por semana. Supongo que la mayoría usa autos grandes. Y los han comprado en mis negocios, ya verá usted la lista. Encontramos huellas en el lugar del crimen parecidas a la de sus botas. Todos usamos de estos zapatos pero si los quiere analizar, lléveselos. No será necesario, su hija me ha hecho pensar en usted de otra manera. Caballería. Mendieta, respondió el Zurdo pensando que era Gris pero no, era el Diablo Urquídez. Mi Zurdo, en tres horas nos vemos en el Apostolis.

Los hombres se observaron. ¿Usted la conoció? Más o menos. ¿Usted se relacionó con Yolanda Estrada? No, pero Roxana hablaba de ella con mucho cariño. ¿Le dijo algo, alguna amenaza o de algún cliente difícil? Jamás los mencionaba. Silencio. ¿Conoce una casa de Meraz, con puerta amarilla, próxima al Alexa? No, mi relación con él era más bien en el Club; encuentre al culpable, detective, es más, si lo consigue, le cambio su carro viejo por uno nuevo, el que guste. El Zurdo sonrió. Es un trato, exclamó el Gandi y se dieron la mano.

Treinta y siete

La camioneta negra, nueva, del Richie Bernal se hallaba incrustada en la barda del Tecnológico de Culiacán escurriendo líquidos. Humeaba. Dentro, el cadáver del joven albergaba más de cincuenta proyectiles, lo mismo que sus cuatro guardaespaldas que allí acabaron sus carreras. Se escuchaba *El hijo desobediente* con Los Tigres del Norte, a todo volumen. Los curiosos, observaban de lejos, era tanta la saña que por primera vez no se atrevieron a aproximarse. Dos patrullas de tránsito arribaron con pocas ganas de hacerse cargo.

Los esperaban cerca de la mansión y los alcanzaron en la avenida Obregón, frente a Galerías San Miguel. Sabían que el Richie era inquieto, osado, y que de inmediato reanudaría su vida callejera. Ideal para enviar un mensaje a Samantha. Llegaron al entronque frente al Tecnológico y se les vinieron encima. Dos camionetas con cinco sicarios cada una los tomaron a dos fuegos de AK-47. La gente de Bernal respondió pero fue inútil. La camioneta era nueva, y con la prisa del velorio y demás, no había sido blindada.

El Richie deambulaba triste por la casa. Era sobrino segundo de la jefa, pero eso no lo salvaría de la reprimenda. Se había pasado, lo sabía y ella jamás le perdonaría la muerte de Rafa y el Chalán. Así que propuso a sus hombres ir a comer hamburguesas antes de que lo amonestaran y tal vez lo regresaran a su rancho en la sierra de Badiraguato. Después de la junta de jefes que ayudó a resguardar, se quedó en la residencia por si lo llamaban; pero no, la cabecilla estaba demasiado ocupada. Jefe, ¿no sería mejor unos tacos? Conozco unos riquísimos por la Patria. Quiero hamburguesas y eso comeremos, ¿está claro? Cerca de la Lomita hay unas que dicen que están dos tres. Vamos allí, le subió volumen al estéreo mientras avanzaba veloz.

Treinta y ocho

Atendiendo la recomendación de Gris, el Zurdo fue con el Puye a comer una docena de almejas con limón y chile, y media de ostiones en su concha.

Tal vez seas una persona de pocos amigos a los que ves a lo mucho por tu trabajo, quizá viven en lejanos lugares. Una noche encuentras uno casi de milagro y lo vuelves a ver varias veces en los días siguientes aunque no lo busques: es mundial, y ahí estás viendo llegar a ese cabrón de playera negra y vista cansada, que es placa y hermano de uno de tus mejores amigos. Qué bueno que llegaste, pinche Zurdito. Mendieta descubrió la sonrisa grande de Teo y se sentó con él. Te toca pagar la cuenta. ¿Sólo la tuya? Lo que dije, igual de presumido que tu hermano. Le sirvieron y engulló la primera almeja con limón y chile molido. Qué onda, ¿de regreso? ¿Y eso, por qué tanto afrodisiaco? Por si se ofrece. Si se te ofrece, mi morra tiene una hermana que está mejor que ella y es más joven. Paso. Bebían cerveza. Qué onda con tu amigo, ¿lo atrapaste? Está tras las rejas el güey. Le metiste 20 años por ofender a la autoridad. 25. No lo dudo, son más abusones los polis. Bromearon. ¿Y qué onda con la Susy, vino con el hijo que le hiciste? Todavía no. Quién iba a pensar que tú, el pinche mocoso, le hiciera la travesura. Pa'que veas, donde pongo el ojo pongo la bala. Lo que tienes que ponerte son las pilas, según tu carnal, el morro ya va a ir a la universidad y la Susy no va a poder sola. Qué diga cuánto, conmigo sólo tiene que pedir. ¿Vas a descompletar el chalet en Altata? Por mi hijo soy capaz de cualquier cosa. Esos son hombres, no chingaderas. Oye, Teo, ¿recuerdas un compa blanco, alto, ahora está algo fornido, de la Col Pop, que se llama o se hace llamar Leo McGiver? Teo lo observó. ¿Qué con él? Es sospechoso de asesinato y veo que lo conoces. ¿Fue el que se escabechó a tu vieja? El Zurdo meditó un instante. Puede ser, de lo que estoy seguro es de que le dio piso a un morro en el hotel San Luis. Encendieron cigarrillos. Lo conozco, más bien lo conocí, era un cabrón bien hecho; recuerdo que contrabandeaba pantalones Levi's y jabones de Estados Unidos. Soltó el humo. Así que Leo está vivo, ¿lo vas a torcer? En cuanto se me ponga a modo. El mesero trajo un cenicero, un par de cervezas y recogió los platos. Enrique también lo conoció, y muy bien. El Zurdo marcó a su hermano. ¿Qué onda, carnal? Qué milagro, siempre llamo yo, espero que no te estés muriendo. No es esa la sorpresa que te tengo. No te cases, carnal, así estás bien. No soy tan valiente. Ni tan pendejo, ¿y cuál es la sorpresa? cedió el teléfono a su acompañante. ¿Qué onda, comandante? Teo puso cara de niño. Que te cuente él, ya le he dicho varias veces que es igual de enfadoso que tú. Escuchó por unos momentos. Salió muy buena, todavía duermo calientito, oye cabrón, Leo McGiver está aquí, mató a un morro y tu carnal está a punto de echarle el guante, ¿cómo la ves? Escuchó un momento. Órale. Regresó el celular al Zurdo. ¿Qué onda? ¿Vas a chingarte a Leo? Mató a un morro. ¿El morro era buena onda? No creo, trabajaba para uno de los narcos más poderosos. O sea que no se perdió a un científico. No me parece. Le debo un favor a Leo, Teo te lo va a explicar; oye, Susana y Jason están por ir a Culiacán, ojalá y puedas dedicarle tiempo al morro. A ti no te puedo engañar, estoy ansioso por verlo. Eso me gusta, y espero que no me estés caculeando, cabrón. ¿Cómo crees? Bueno, un abrazo fuerte.

Teo bebió y encendió otro cigarro. El Zurdo esperó. Desde morros Leo fue especial, arrojado, loco, acostumbrado a todo; no creo que lo hayas conocido porque ellos se fueron de la Col Pop cuando eras chico pero siempre fue nuestro compa; cuando anduvimos alzados, él nos vendió las armas. Sé que ahora es un contrabandista muy pesado. Tu carnal me pide que te hable del favor que le debe; antes de decírtelo, te adelanto, el bato quiere que te lo cuente para que no lo enchiqueres. Si no asumes ese compromiso, mejor lo dejamos como está. ¿Enrique, con tantos años fuera, debía un favor a McGiver? Eso no lo resiste nadie y menos el Zurdo Mendieta. Está libre el güey y nadie de mi gente lo tocará. Así me gusta, que sea hombre, fumó: Enrique mató a un compa; fui con él, me confió que tenía una cuenta pendiente y que había llegado el momento de cobrar; llegamos a una casa y como el bato no quiso que lo acompañara pensé que se trataba de dinero. Nada. Vi que tocó, un hombre que yo conocía abrió y le metió un tiro en la frente.

Ahí nomás cayó. Tu carnal volvió trotando. ¿Qué onda, pinche Quique?, ¿qué pasó, güey? Me la debía. Pero era cura, cabrón, un sacerdote. Pero era pederasta el puto y chingó a su madre. Al Zurdo se le cayó el cigarro. Teo estaba tan impactado por el recuerdo que no advirtió ni la palidez ni la respiración alterada de su interlocutor. Todo se complicó; como estaba muy nervioso casi me estrello con una pinche patrulla que nos detuvo; nos bajaron, nos pasaron báscula y nos madrearon. Estábamos muy excitados, aquel cabrón no había matado a cualquier cristiano, se había escabechado un cura y nos sentíamos bien friqueados, así que casi ni sentimos los madrazos.

Entonces apareció McGiver. Era compa de los placas, les untó la mano y nos soltaron; les regaló las fuscas y también el carro que era una expropiación.

Estábamos en su casa cuando llegó a buscarlo un alto mando de la procu. Debía entregar a Enrique o se le arrancaba. El bato apechugó. Esa noche fue la primera vez que tu carnal se disfrazó de mujer, lo mismo yo. Salimos a Los Mochis en minifalda, allí esperamos tres días en casa de un tal Poncho, hasta que McGiver nos llevó a San Luis Río Colorado en una avioneta que después llenó de pistolas y escopetas; luego pasó a tu carnal al otro lado con un pasaporte falso y lo puso en lugar seguro. Silencio. ¿Te comentó Enrique por qué le debía el cura eso? Nunca, y tampoco se lo pregunté. Apagó el cigarro. Te toca pagar, pinche Zurdito. Se levantó. Ahí nos wachamos. Y abandonó el lugar.

En el Jetta lloró.

No se detuvo a pensar que hacía mucho que no lloraba y esas mierdas. Simplemente lloró como un pendejo. Cuando se calmó llamó a su hermano. Dime. Gracias, carnal. Silencio. Bueno, a chambear que es buen entretenimiento. Sí, y sin tentaciones va mejor. Se le quebró la voz. Nada, cabrón, nada; después hablamos. Clic.

¿Hay algo mejor que un hermano? No mamen, putos, claro que no.

Bueno, tal vez una hermana.

Se encontró con Win Harrison que mostraba el mismo aspecto del día anterior. Preguntó a qué hora buscarían a Marcelo Valdés. Creo que te vas a quedar con las ganas, ¿recuerdas la cantidad de carros que vimos ayer al salir del hotel San Luis? Pues lo llevaban a enterrar. Entonces que sea a su hija. ¿A Samantha?, ¿no te estás extralimitando? No, lo único que te puedo decir es que está en mi ruta para descubrir al asesino de Simak. Es que está en chino, tengo una intensa relación de odio con ella. Bueno, un poco de amor no les vendrá mal. Algo que no verás en tu vida, es una mujer difícil. ¿Qué hay de otras? El Zurdo sonrió. Además tenemos como 25 horas trabajando, se acabó tu tiempo. Hablaba de tiempo efectivo, Win conocía a los mexicanos, su extraño y a veces ingenuo sentido del humor. Y pasando a otro punto, pedí a un colega de confianza que viera lo que tenemos en nuestros archivos de Miguel de Cervantes, aparte de novelista encontramos lo siguiente:

Nombre: Ander Aramendi, 34 años. Uno de los más peligrosos miembros de ETA. No se sabe dónde nació pero sí que creció en Biarritz y Valencia. Tiene al menos 15 años en la organización y se sospecha que desde hace tres actúa por su cuenta. Se le ha visto en España, Francia, México, Venezuela y Estados Unidos, donde es probable que haya realizado trabajos de terrorismo y sicariato. Sus alias son de escritores y artistas de los siglos XVI y XVII: Miguel de Cervantes, Francisco de Quevedo, Pedro Calderón y Diego Velázquez.

¿Cómo ves?, tuviste en tus manos a un prófugo internacional. ¿Es posible que alguien así viva en México? Bueno, tú lo viste, conversaste con él y le tomaste la foto. Mendieta guardó silencio, luego expresó: Claro, fácilmente pudo haber matado a la chica. A la chica, a ti y a todos los que estaban en ese bar. ¿A Simak? Es una posibilidad pero no la más viable, ¿sabes algo de un contrabandista de armas llamado Leo McGiver? Cuéntame. Simak también contrabandeaba y tuvo que encontrarse con McGiver, que es el que tiene una especie de exclusividad para este país; antes de aparecer muerto hizo un convenio con el ejército mexicano que se invalidó y serán McGiver y su grupo los que obtengan los beneficios; sé que ahora está con los Valdés, por eso me urge ver a Samantha, que por lo que me han informado se ha convertido en la cabeza del cártel. Precisamente tenemos cita con ella en treinta minutos. Ah, la foto que tienes en tu oficina puedes destruirla, la dama ha sido identificada. ¿Quién es? No estoy autorizada para revelarlo. Qué mamones.

Le bajó el volumen al estéreo que tocaba *Reach out, I'll be there*, con The Four Tops. Hazme un favor. ¿Grande? Un amigo de mi comandante mató a su mujer y está en Canadá, de la guantera sacó una servilleta, esta es la dirección de su hijo en Toronto, quiero saber qué arma utilizó y si también mató a Mayra Cabral de Melo. Pensó que esa noche entrarían a su casa en Los Álamos pero que algo podrían adelantar. Win lo miró. ¿Quieres al Buró trabajando para ti? Le subió a la canción. Hit de 1966. Win se volvió al Tamazula que cruzaban en ese momento, sacó su celular y marcó.

Treinta y nueve

Cuando entraron al restaurante algunas de las mesas se hallaban ocupadas por guardaespaldas bebiendo refrescos. Los recibió el Diablo Urquídez. Qué onda, mi Zurdo, ¿todo bien? Al tiro, mi Diablo, ¿y tú?, ¿cómo andas? Bien, pero qué le hace; ¿sabe que mataron a Richie? ¿Qué le pasaba al Zurdo? Últimamente no se enteraba de nada. ¿Crees que deba darle el pésame? Sería hipócrita pero puede que le agrade, de aquí nos vamos a que entregue el cadáver a sus familiares; no tarda, espérenla en el privado, les abrió la puerta de un cuarto donde había una mesa con tres sillas de respaldo alto y bocadillos bajos en calorías.

No estaré en la conversación, y como he cumplido mi parte, disculpa si me siento liberado; del favor que te pedí ya me informarás; ¿cómo quedó lo de El Continente? Adán Carrasco, el dueño, fue de los nuestros pero no extraña, vive a la norteamericana: desayuna huevos con jamón al lado de sus hot cakes con tocino, come steaks con papas fritas, su auto es grande y apuesta por los Vaqueros; lo visité esta mañana y todo está normal. ¿El señor B sigue de cacería? No estoy autorizada para dar informes sobre la familia presidencial. El Zurdo sonrió con frialdad. Entró Samantha Valdés: de negro, labios rojos, decidida. Siéntate, Zurdo Mendieta que no como gente. Prefiero retirarme, se dieron la mano. Nada, debes quedarte, si decidí perder mi tiempo no es por ella, es por ti, necesito hablar contigo. Te mandaré a Pineda. No me interesa, contigo quiero tratar. Oye, lástima lo de Richie; y prefiero que hablemos después, te la debo. No seas zonzo, Mendieta, no te empeñes en vegetar como idiota cuando puedes vivir como potentado. Te escucharé, pero no ahora. Salió buscando a Urquídez, las mujeres se sentaron. Mi Diablo, necesito saber dónde está un hombre que tiene negocios con la señora, Leo McGiver. Está de suerte mi Zurdo, la espera en la Hummer. Manda a un compa que me abra, necesito dos palabras con él. Debo consultarlo con el jefe, espere, fue con Max Garcés, que estaba atento a la conversación. Afirmó. El mismo Diablo lo acompañó y lo encerró en el vehículo de vidrios oscuros.

McGiver sonrió. Un gusto encontrarlo detective, ¿cómo van sus pesquisas? ¿Qué me quiso decir con que tendría días aciagos? La mirada de Leo era un puñal. Está sentenciado, Mendieta. ¿Por quién? McGiver lo siguió escrutando, como era su costumbre. Afuera, el Diablo y el Guacho vigilaban. ¿No eres de la Col Pop? Quiero saber quién quiere matarme. El contrabandista hizo una mueca. Richie Bernal en mi presencia le pidió a Dioni de la Vega que te sacrificara, te lo dije porque algo me dice que eres de la Col Pop, un barrio que llevo en el corazón; ahora Richie está muerto y Dioni cada vez más fuerte y atrevido, ¿qué harás? Mendieta no encendió un cigarro. Ahí dentro, una agente del FBI está pidiendo tu cabeza a Samantha Valdés. McGiver se puso serio. ¿Sabes por qué? Mataste a Sergio Carrillo en el hotel San Luis, tus huellas están en el teléfono, eso me concierne; después te escabechaste a Peter Connolly, agente del FBI, por un contrato de armas. El rostro de McGiver se endureció. ¿Todo eso se sabe? El Zurdo afirmó. Con los atentos saludos de Enrique Mendieta. McGiver lo escudriñó antes de sonreír. Quién lo diría, ¿no? Hizo un gesto de agradecimiento, ¿y está bien? Parece que sí, y también Teo. Reflexionó un instante. Par de locos. Oye, sé que contrabandeas cualquier cosa, ¿has traído un carro blindado con estas llantas? Echó un vistazo a las fotos. Hace años que no vendo carros y cuando lo hacía eran antiguos; consulta con Fabián Olmedo, tiene todos los contactos, y bueno, gracias, salúdame a tu hermano. De tu parte.

Sabemos que Mayra Cabral de Melo tenía otros clientes, no los usuales, los que mencionaste; hombres poderosos que llegaban por ella o que la conectaban en su casa. Era una cabrona, ya le dije, y no sé con quién tenía tratos, por eso no acepto que hagan lo que quieran, no entienden que es una profesión de alto riesgo; no tengo nombres pero sé que había agricultores y políticos, muchos los conoció en el Club Sinaloa, de eso sólo sabe el licenciado Ramírez. ¿Algún militar? Ni idea, ¿pero usted cree que no? Conversaron durante 30 minutos, hasta que Gris intuyó que sólo eso sabía. Puedes irte. Gracias y felicidades por el anillo, ahora sí la cosa va en serio. Gris sonrió levemente, no estaba tan segura pero jamás volvería a mostrar a testigos ese aspecto de su personalidad.

Cuando encaraba a Ramírez, apareció el Zurdo. Detective, qué gusto verlo, ¿podría explicar a la señorita que el caso de Roxana y Yhajaira está cerrado? He tratado de hablar con el comandante pero no he tenido suerte. Con la muerte de Meraz se abrió solo. Se puso serio. En ese caso es algo que no me incumbe y tengo cosas más importantes que hacer. Dejó su silla. Siéntese, Ramírez, los ojos del Zurdo chispeaban. El abogado obedeció. Lo que he dicho es cierto, las chicas muertas no son asunto mío. ¿Quién le pidió que solicitara la suspensión de la investigación? Luis Ángel Meraz y ya está muerto; estábamos a punto de vender el negocio y no nos convenía que se supiera demasiado del caso. ¿Quién era el interesado? Imelda Terán, que es prestanombres de Dioni de la Vega. ¿Por qué se interesaría un narco por un table de segunda? ¿Eso cree? Pues da de comer a varias familias y ganancias considerables a los socios.

¿Dioni conocía el lugar? No, pero conoció a Roxana en el Sinaloa. ¿Adónde se la llevaste la última vez? Bajó la cabeza para decidir la respuesta. El viernes antes de su fallecimiento, la dejé en una residencia que tiene cerca del Alexa y cuando volví a saber de ella, estaba muerta. ¿Supo Meraz de esta relación? Afirmó. ¿Tenías algo con Roxana? Nunca me acosté con ella; la conocía desnuda porque le tomé unas fotos, queríamos hacer un catálogo para clientes, ella las amplió y las colocó en su habitación. ¿Entre quiénes distribuiste el catálogo? Al final no lo hicimos, el tatuaje que casi besa sus labios vaginales no le gustó a nadie, ¿quién quiere otro pene allí a la hora de la hora? No importó que ella sostuviera que con ése gozaba doble. La información que nos facilitas es muy valiosa, ¿por qué no dabas la cara? Salí, fui a revisar a un grupo de chicas a Guadalajara; y por cierto, llegan mañana.

Ramírez los guió a la casa. Puerta amarilla.

Los recibió el velador; dijo que el señor De la Vega salió el domingo anterior en la madrugada y no había vuelto ni llamado. Era un hombre de 70 años que no parecía pistolero. ¿Desde cuándo trabaja con el señor De la Vega? Desde niño, primero con su papá y desde hace 15 años con él. ¿Conoció a Roxana? Claro, la mujer más linda que he visto en mi vida. ¿Estuvo aquí con De la Vega? Sí, llegaron el viernes como a las diez de la noche y se fueron el domingo en la mañana; iban contentos, aunque no debería decirlo para mí que ésos se querían de verdad, según oí le iba a comprar el bar donde trabajaba. La muchacha fue asesinada. Me dijo uno de los escoltas de Dioni, una desgracia. ¿Tu patrón únicamente tiene carros? ¿De dónde saca eso? Desde muy joven sólo le gustaron las trocas, su mujer tiene un BMW pero a él nunca lo he visto manejarlo.

¿Es atrabancado desde joven? Mucho, pero ahora no deja a sus escoltas. ¿De qué color es el carro de la señora? Azul marino.

Rodo fue por Gris. Antes analizaron la lista de empresarios, políticos, narcos y algunos miembros de la diócesis de la ciudad que compraron autos de lujo, sin que los incitara a investigarlos. Un carro con llantas gringas, expresó el detective. Si ella se cotizaba alto el chofer tiene dinero y la puede esperar. ¿Quién la esperaría en domingo? Silencio. Alguien sin familia, un forastero o un clavado. El Zurdo meditó: Yolanda abrió la puerta. ¿Yhajaira, cómo estás? Bien, Roxana salió temprano. ¿No me engañas? La apartó y fue hasta la habitación de Mayra y luego a la de ella. Yolanda simplemente aguardó. El tipo regresó a la sala. Voy a esperarla, ¿oíste? Está bien, pero no aquí, es mi cumple y espero a una persona. Se enfureció, tomó el cuadro de la selección de futbol y lo estrelló en. No, Chiquilín lo vio cuando fue a celebrar. Un sacerdote, exteriorizó Gris y el Zurdo se atragantó, ésos no tienen familia directa, al menos no evidente. Si fue un forastero ya nos jodimos, cambió de tema Mendieta. Especularon unos minutos. ¿Viste cuántos autos grandes y oscuros? Hasta que llegó Rodo.

Regresó a la casa de la puerta amarilla. Necesito ver a su jefe. Le dije que vinieron y no le gustó, dijo que los mandara mucho a chingar a. Espere, hable con él, dígale que el Zurdo Mendieta quiere verlo. El viejo le echó una ojeada y cerró la puerta. Dos minutos después abrió y le pasó su celular. Es la señorita Imelda. El Zurdo se presentó. Quiero hablar con Dioni de la Vega. ¿Sobre qué? No es asunto suyo, dígale que deje de hacerle al loco y tome el pinche teléfono. El velador abrió los ojos. No me agrada su estilo. Me importa madre, dígale a ese cabrón que si tiene huevos conteste. Cállate el hocico, pinche poli de mierda, no soy el Richie Bernal. Me vale madre el Richie, la que me interesa es Mayra Cabral de Melo, ¿por qué le cortaste el pezón? Silencio. Callas, ¿verdad? Pinche narco, lástima que no te tengo a la vista para romperte el hocico. Estás pendejo, poli, muy pendejo, y compórtate si no quieres que te den cran; el hecho de que seas protegido de los Valdés me tiene sin cuidado, ya sufrirás por eso y escucha: Jamás hubiera matado a Roxana, ¿oíste? Jamás; primero me corto un huevo. Córtate los dos. He hecho mis investigaciones y casi tengo al culpable; esto no se quedará así, poli, ese cabrón a mí me las paga. El Zurdo quiso decirle que deseaba lo mismo, pero calló. No quiero que te metas, ni tú ni nadie, y para que veas que no te miento, te voy a confiar algo: el Richie Bernal me pidió que te diera piso; no te preocupes, y ahora que le dieron a él, yo tampoco me preocuparé; pero el cabrón que se chingó a mi niña y la ultrajó, va a caminar, y apártate si no quieres valer madre, ¿entendiste? ¿O quieres jalar conmigo?, de ser así lo primero que debes saber es que la gente de Dioni de la Vega es gente de Dioni de la Vega y no hay más. ¿Dónde te veo? Imelda irá por ti, pero no ahora, mañana o pasado, este día es especial, para algo mucho mejor, y si te contesté fue para que no estuvieras chingando. ¿Sabías que el compa que se la escabechó maneja un carro gringo blindado? Lo sé, también sé que se birló 18.000 dólares que mi niña llevaba, y te repito, ese güey no será para ustedes, es para mí, ya verás lo que hago con él.

Mientras se aproximaba al Quijote pensaba en el pezón, y en que si De la Vega lo quería arreglar que lo hiciera, total, eran de los mismos. Ah, Mayra, te gustaba andar entre las patas de los caballos, mi reina, y el lodo.

¿Los placas dónde estamos? *No creo que seas poli, tienes ese encanto de los hombres de bien que los hace ver ridículos.* Tal vez sea mejor ladrarle a la luna.

Cuarenta

Castelo se hallaba inquieto. Vio el reloj: seis cuarenta y tres de la tarde. ¿Qué putas hacía allí cuando debía estar tomando café y viendo la tele tranquilamente en su domicilio, conversando con su señora? Un favor. ¿Qué onda, pinche Foreman?, ¿ya se te quitó lo joto? ¿Qué pasó, señor?, ni que fuera gripa. Lo había saludado la tarde anterior el principal operador del líder del Cártel de Tijuana. Unas horas después le llamó un primo del jefe de Ciudad Juárez y esa mañana el capitán de escoltas del capo de Reinosa. Querían reunirse y necesitaban su casa de Altata, un alucinante destino turístico situado a 60 kilómetros de Culiacán. Preguntaban si podía hacer el favor de prestárselas. La reunión sería ese día, a alguna hora de la noche. Con antelación, dos hombres de cada bando se presentarían a revisar los alrededores. La casa se ubicaba a la orilla de un manglar que Castelo cuidaba con sentido ecológico: Orinaba cada que andaba borracho dizque para preservarlo de las hormigas. Por el otro lado estaba la bahía, siempre apacible, salvo en época de ciclones, y a unos 200 metros el caserío blanco de los vecinos y los restaurantes.

Foreman había hecho trabajo para los tres y no podía negarse. Le habían enseñado que el día que no supiera responder a sus amigos se iría desdibujando. ¿Para qué sirve un tipo así?

Los hombres que llegaron a mediodía no hicieron comentarios. Revisaron las habitaciones, el techo, los depósitos de los baños, la cisterna. Notó que el que mandaba era de Sonora. Después bajaron una caja de Chivas 25 años, varias marquetas de camarón, carne, chorizos, paquetes de salchichas, especias, galones de agua purificada y 20 cartones de cerveza. Creo que los voy a dejar, manifestó con una sonrisa, se quedan en su casa, con esta llave cierran y. Usted no va a ningún lado, don Foreman, es la orden que tenemos, advirtió el lugarteniente del capo de Juárez. Puede dormir, ver la tele, lo que quiera, pero aquí. Me tienen desconfianza, los putos, concluyó. ¿Sabe si me quieren para algo? ¿Por qué no prepara la cena? Aquellos van a llegar como fieras; de seguro mi jefe va a querer ceviche de camarón. Ya carnal, dijo el de Tijuana, deja de hacerle al loco, cocina algo para nosotros y prepara lo de los jefes. El mío prefiere camarones rancheros con mucho chile, soltó el de Reinosa. El de Sonora dijo que con carne su jefe se conformaba. Foreman sonrió, bebió de su litro de café y fue a la cocina. Bien sabía que era una orden: Hijos de su pinche madre, dejó el panamá blanco sobre la mesa y se colocó un delantal. Su calva brillaba.

A las siete treinta y cinco se escuchó ruido de carros. Media docena de camionetas, se acercaba. Seis AK-47 las ubicaron. En las cajas viajaban doce pistoleros que alistaron sus fusiles automáticos y un lanzagranadas. Vea quién es, pidió el de Sonora. Castelo cruzó un pequeño jardín. Se aproximó al cancel de acceso coronado por una buganvilia en flor. Allí se detuvieron. Foreman, abre esa madre, gritó el jefe del Cártel de Tijuana, que conducía la capitana. Oye, gracias por prestarnos tu cantón, no te daremos demasiadas molestias. Si no se comen lo que preparé, no me vuelvan a invitar. Estamos hambrientos, intervino el de Juárez acercándose, ¿tendrás algunos camarones, por ahí? Deje que los pruebe, no los va a querer compartir. Castelo caminaba al lado de la camioneta que avanzaba. Yo también me apunto pa'los camarones, dijo el de Reinosa, en el asiento trasero de la doble cabina, y chingue a su madre el que se raje, ¿y usted, Quintana? Creo que cenaremos como la gente, comentó Eloy saludando al Foreman de mano, ¿y tú Dioni, eres estándar? Al son que me toquen bailo. Entonces a cenar, el de Reinosa andaba con el desayuno. Quintana ordenó a su lugarteniente: Ve que los plebes estén bien colocados afuera y dales de tragar. Me encargo, hizo una seña a dos de sus compañeros que lo siguieron.

Los capos ocuparon una mesa que en un instante se llenó de delicias: ceviche de camarón, aguachile, salchichas asadas, chorizo frito, carne asada, pargo zarandeado. En cuanto el de Reinosa se instaló, le sirvieron camarones rancheros. Al lado, un sicario abría cervezas y estaba listo con el whisky. Dos saleros promocionales de Coca-Cola daban orden a la mesa. Cada quién mantenía su arma a la mano.

Durante más de una hora comieron y compartieron recuerdos que los divertían: ¿Se acuerdan cuando me dio por matar jóvenes con camisa blanca? En qué bronca nos metiste, tuvimos que darle piso al comandante de la Federal.

Luego pasaron a tratar el motivo de la reunión. El sicario de las bebidas distribuyó whisky. Quintana lo tomaba derecho. Los saleros estaban a la mitad.

El de Tijuana tomó la palabra. Esta guerra es otra cosa, no quieren negociar, parece que ahora lo que ansían son muertos. Si se trata de eso, no van a batallar, el dilema es que las operaciones se dificultan y la raza no acepta trabajar. Ese tampoco es problema, hay un chingo de desocupados.

Como veinte millones. No todos sirven. De esos veinte millones alguno ha de servir. Bastantes, diría yo. La gente de la sierra ¿cómo está? Lista, la semana pasada llegó el armamento y están para lo que nosotros digamos. Los míos también están al tiro. Pero debemos esperar; dejemos que ellos peguen el primer chingadazo. Ya han pegado varios en Michoacán. Debe ser estrategia. ¿Con quién consiguió Samantha las armas? Un tal McGiver, pero es poquitero, nosotros estamos con los buenos. Todavía no las entrega, también a mí me va a surtir. No olviden que mataron al gringo que era nuestro contacto. ¿Quién? No se sabe. Mientras aparece uno nuevo, McGiver puede proveernos. No estoy seguro, se me hace que Samantha lo enredó. ¿Y nuestros amigos del gobierno qué dicen? Nada, ya nos informarán cómo van las cosas, pero no debemos confiarnos. El asunto es que la idea de Samantha de negociar es una pendejada, necesitamos huevos en el mando y el que los tiene es Eloy Quintana. Yo estoy con usted, don Eloy. Y yo. Todos eran su gente. Se separarían del cártel y harían su grupo, engancharían a los gringos necesarios y darían la pelea, en unos años serían los más poderosos. Quintana explicó con amplitud y ambición su programa: Todo Sonora sería suyo, además de las plazas que ellos representaban. Se pusieron de pie y se abrazaron. Dioni, ahora tú serás el jefe en Culiacán, ¿quién es ese McGiver? Un contrabandista, parece que es de acá. Pues hay que darle piso, está muy involucrado. Me encargo. Castelo, panamá sobre la frente, en la habitación contigua, agitaba su whisky sin probar. Fumaba.

Se despidieron. Foreman, gracias, y no olvides que lo que se te ofrezca, aquí tienes amigos, no chingaderas. Diez minutos después, sólo se oía el ruido de los vehículos que se alejaban. En la mesa había un fajo de dólares que Castelo no tocó. Apagó las luces y se sentó a beber café. Lo prefería. Se acordó de sus hijos que esperaban bebés, ¿saben cuándo permitiría que sus descendientes se metieran en negocios turbios? Nunca.

Cuarenta y uno

Mendieta conversaba con el velador. Fumaban tranquilos, sentados en unos sacos de cemento. Pues sí, regresó. Café oscuro, grande. Al amanecer. Pasó despacito, volteando; creí que se iba a bajar pero no. Siguió. Luego aceleró y se perdió rumbo a Mazatlán por la carretera libre. ¿Está seguro? ¿Quién dijo que más sabe el diablo por viejo que por diablo y que no tengo un pelo de tonto? Humo blanco. El chofer no se veía pero el carro sí. Y dice que no parecía carro mexicano. Para mí que es gringo, un poco alzado, de llantas gordas. La ciudad está llena de esos carros, reflexionó el detective, ¿qué será más fácil, encontrar un carro o a un hombre? Claro que a un hombre, un carro no comete errores. Encendieron otro cigarro. Estuvieron unos minutos en silencio, viendo la noche. ¿Por qué no habrá llovido? Dicen que está cambiando el clima. El día de san Juan cayeron unas chispitas y nomás. A ver si no se viene toda junta el mes que entra. Es la segunda vez que lo veo, nunca imaginé que la poli buscara realmente a los culpables. Pues ya ve. ¿Era algo suyo la muchacha? Última calada. Amiga, el Zurdo se puso de pie. Bueno, voy a casa, que pase buenas noches. ¿Sabe una cosa? El viejo se paró también, tal vez el hombre que busca no vive aquí, porque pasó para aquel rumbo, dio la vuelta en U y de regreso fue que se vino despacito. ¿Hacía ruido el carro? Nada, era una sedita.

En casa revisó de nuevo la lista de Olmedo: ningún foráneo. Si es gringo no tiene por qué estar aquí.

Durante horas meditó sin llegar a conclusión alguna. ¿Y Rivera, dónde está? Ni hablar, otro caso no resuelto.

Cuarenta y dos

El convoy de los jefes tomó la carretera a Culiacán. En posición protegida la Hummer de Eloy Quintana, el nuevo capo de la región. Avanzaban a buena velocidad. En el entronque para la urbanización Nuevo Altata, se les apareció el diablo. Dos vehículos les enviaron bazucazos de frente, dos, de la carretera a Nuevo Altata, además de dos, de la retaguardia. Los hombres de Quintana respondieron pero era demasiado tarde. De la gasolinería que estaba a un lado de la autopista y del expendio de cerveza, al otro, prorrumpieron 54 sicarios armados con AK-47 y Barret disparando como locos hasta que no se movió nadie. Aire fúnebre. Fuegos fatuos. Max Garcés y sus lugartenientes saltaron de sus escondrijos a dar tiros de gracia. Cero bajas. Samantha Valdés, vestida de negro, con el pelo recogido, los alcanzó. El Guacho abrió la puerta de una camioneta y apareció Quintana herido. Pido mano, expresó la mujer con voz firme. Quintana la miró. Garcés le pasó una Smith & Wesson. Eres igual que tu padre. No creo, él era buena persona: a mí no me dejan serlo. Disparó tres veces. Quintana se sacudió. Samantha regresó el arma, y seguida por Garcés y su chofer, se encaminó a su doble cabina. Imposible evitar el enfrentamiento dentro del estado, exteriorizó. Garcés, hazte cargo; que quede claro quién manda aquí; mañana me reúno con los de la ciudad de México en Los Ángeles y sabrán mis pretensiones. Despreocúpese jefa, vaya tranquila.

Foreman Castelo esperaba nervioso. Sabía que le había vendido su alma al diablo y que lo primero que se vería afectado sería su pedigrí. Se lamentaba, era un profesional serio y de prestigio y esa reunión le echó a perder la vida. La doble cabina se estacionó frente a la puerta de su casa donde Samantha había ordenado que aguardara. Pasaban de las doce de la noche. Salió, el Guacho fue a ubicar a los guaruras que viajaban en una Hummer detrás. La mujer bajó el cristal blindado. Foreman, pide lo que quieras, sé que te gusta el rock & roll pero igual puedes retirarte, todo lo que tiene que ver contigo corre por mi cuenta. Lo pensaré y quiero que sepa que me dolió lo de don Marcelo. Lo sé, una vez me dijo que si tenía algún problema de limpieza tú eras el único seguro y vaya que demostraste lealtad. No había atolladero en que yo cayera que su padre no me sacara. Me contó algunas cosas, y no está de más decirlo, Foreman, cuentas conmigo lo mismo que contabas con mi padre; ya me dirás qué decidiste. ¿Usted sabe quién es Leo McGiver? ¿Quién quiere saber? El Zurdo Mendieta. ¿Todavía eres amigo de esa lacra? Nadie es perfecto. Es de nuestra gente, fingió engancharse con Dioni de la Vega y nos enteró de un par de cosas; además, nos trajo las armas que usamos esta noche, ¿alcanzaste a oír? Una auténtica maravilla; bueno, vete a dormir que tu mujer debe estar preocupada. Gracias. Samantha desapareció tras el cristal y el vehículo se marchó. Nunca pensé que me retiraría tan joven, musitó el Foreman, que acababa de cumplir 56. Entró. Regó gasolina en las esquinas, encendió cerillos, tomó el fajo de dólares y se largó. Sollozaba.

No quiso atender la llamarada de una casa que había construido poco a poco.

¿Qué pasó Adán?, ¿esperas que vaya por el dinero, o qué?

Gandi, de verdad, no lo tengo, el negocio apenas está levantando, y con lo que le ocurrió al señor B, si se riega, dudo que tenga pronto la afluencia deseada; sé que te lo debo, pero comprende que me lo prestaste para invertirlo y fue lo que hice.

Sé que no todo lo invertiste allí, pero no es de mi incumbencia.

No creo que no lo entiendas, eres empresario.

No estoy dispuesto a meterme en problemas, Adán, ni por ti ni por nadie.

Consígueme una prórroga, por favor.

Ése no fue el trato y ahora la situación es complicada, ¿cuánto vale tu rancho?

No pensarás despojarme por esa cantidad, vale mucho más.

Ya te dije que no soy yo. El martes te caigo con un notario, simplemente para estar preparados.

¿Qué clase de prestamista eres que no puedes conseguir una prórroga con sus respectivos intereses?

Uno que sólo le presta a sus amigos capital que no es de él; así que ahí nos vemos.

¿A qué hora vendrás?

Por la tarde, oye, ¿irás al sepelio de Meraz?

El Gandi Olmedo escuchó el clic. Sonrió.

Mientras, McGiver esperaba. Dulce Arredondo había conseguido al fin *Las dos Fridas* y se lo regaló a Samantha, a quien no terminaba de convencer, incluso después de revelarle la conspiración. Le confió lo de Conolly y le agradeció su protección; sin embargo, sabía que era un derrame que no se había tapado. Twain se lo dijo claramente y le pidió que se retirara hasta nuevo aviso, le hizo saber que ellos ya lo estaban negando. De pronto, su única opción era el cártel.

Cuarenta y tres

Era domingo y el Zurdo reposaba extenuado. A la falta de sueño sumaba un profundo sentimiento de inutilidad, de fuera de tiempo y con todas las líneas de investigación agotadas. ¿Dioni de la Vega el asesino? Nada le indicaba esa posibilidad y le daba flojera enfrentarlo. Bebía Nescafé cuando timbró su teléfono; lo dejó sonar varias veces como en la noche anterior. Antes de terminar la taza se activó de nuevo: descolgó. Era Win Harrison. Ven al hotel Lucerna a desayunar, te invito. ¿Marcaste hace unos minutos? No, es primera vez.

El lugar se hallaba saturado. Se sentaron en el bar. Ayer ya no te vi. La investigación me ocupó todo el tiempo. ¿Hubo avances? Estamos en un callejón sin salida. Por cierto, ayer al llegar al hotel, me abordó un hombre: ¿Es usted Jean Pynchon? ¿Y usted? Me dicen el Culichi, ¿usted rentó una Cheyenne? ¿Por qué? Sonrió. Yo también, y lamentablemente nos las cambiaron. ¿Seguro? Segurísimo, así que, si no es mucha molestia. Cuando le conté que había estallado se puso pálido, me dio las llaves de la mía y se marchó. Les sirvieron ensalada de fruta, quesadillas, huevos con tocino para Win y café. Pensé que sería algo más acá, emocionante. Igual yo, lo más probable es que ese señor no fuera hombre de negocios. Con la muerte de Valdés quién sabe cuánta gente rara ande por acá, ¿y Samantha? Esa mujer es una obstinada, se negó a darme información sobre Leo McGiver, es tan lista que me ha hecho pensar que realmente nada sabe. Te lo advertí, ¿qué vas a hacer? ¿Quieres colaborar otras 24 horas? Si tú me ayudas. Estoy apoyando, ayer un equipo especial localizó a tu sospechoso en Toronto y confesó: mató a su esposa con una Ruger 9 milímetros, no eliminó a Mayra Cabral de Melo pero sí a Yolanda Estrada; creía que sabía de su crimen y en una crisis la fue a buscar; me informan que el tipo enfermó por la tensión nerviosa y que está dispuesto a purgar su condena aquí. Qué decente, ¿qué puedo hacer por ti? Cuando aparezca McGiver, me lo haces saber. Te iba a pedir que me llevaras con Dioni de la Vega pero lo mataron anoche. ¿Dónde? ¿No sabes? En Altata. Toda la noche sonó el teléfono, quizá fue por eso.

En cuanto encendió su celular lo llamó el jefe.

¿Qué has hecho, Zurdo? Trabajar, jefe, ¿por qué? Anoche hubo un enfrentamiento en Altata y requiero que auxilies a Pineda. ¿Cuántos muertos? Veintidós, todos miembros del cártel de los Valdés, lo que quiere decir que esto se va a poner peliagudo. ¿Identificaron los cadáveres? A todos. Dígame con quién me reporto. Con Pineda; y otra cosa: llamó Lagarde muy consternado, pretende venirse a la cárcel, dice que lo interrogó el FBI. ¿En serio? Lo que oyes, les contó que había matado a su mujer. ¿Confesó algo de Mayra Cabral de Melo? No sé, el caso es que está a punto del infarto y no quiere saber nada de Canadá; Zurdo, tú y yo teníamos un acuerdo y te dije claramente que él nada tuvo que ver con tu teibolera. Lo recuerdo. Le ordené a Lagarde que se quede allá y a ti te quiero en el caso de la matanza; mañana le entregas los cuerpos a Ramírez y punto final. ¿Y yo qué responsabilidad tengo en eso? Te relacionaste con Madrid, me contó Angelita, ¿quién me asegura que no hayas hecho lo mismo con los gringos? Jefe, no invente, usted sabe lo que me provoca el FBI. ¿Dónde estás? Llamé a tu casa hace rato y no respondiste. Salí a correr, ya sabe, un policía debe tener buena condición. Como sea, deja a Lagarde en paz; ayer en la noche Gris le llamó a la mamá de Mayra y mañana llega, entregaremos el cuerpo tal y como eran los deseos del licenciado Meraz, a quien ahora vamos a enterrar; ah, pasa al almacén por tu chaleco antibalas, te va a gustar, con esta bronca más vale prevenir y si no tienes dónde comer hoy, cocinaré crema de chícharos verdes, por si se te antojan. ¿También golfina? Briseño colgó.

Win y él se despidieron en la puerta del Lucerna. En cuanto a McGiver me avisas de cualquier cosa relacionada con él que igual lo encontraré, ¿sabes que se hospedó aquí? ¿Y? Ayer se fue; gracias Mendieta. Suerte. ¿Te interesa que modifique tu expediente con nosotros? Si es para empeorarlo, sí. Sonrisas.

En el Forum vio la relación de pelis. No se decidió entre *16 blocks* y *300*. Mejor se fue al Quijote, donde tampoco la pasó bien porque su amigo estaba de descanso.

¿Es usted de los que piensa que los domingos son horribles? Pues el Zurdo también.

En casa saludó al perro y a sus dueños que iban a misa de seis. Ring. Necesitaba hablar con alguien así que descolgó sin ver. Gorda's place. ¿Edgar? Voz fresca, desconocida. ¿Quién? Susana Luján, ¿te acuerdas de mí? Hey, Susana, claro que sí, ¿cómo estás? Bien, Edgar, gracias a Dios, ya nos dijo Enrique que eres un policía famoso, que has encarcelado a varios narcotraficantes y que hasta te están componiendo un corrido. ¿*Nos dijo* y no *me dijo*? Mendieta eligió ser prudente. Gracias a los consejos de él he tenido éxito. Qué gusto, de veras; bueno, sé que te contó de Jason y. Silencio mordiente. ¿Estás ahí? Sí, te escucho. Pues me gustaría conversar contigo al respecto. Dime. No por teléfono, en 11 días iremos a Culiacán y él está muy entusiasmado, Enrique le comentó que deseas conocerlo. Claro, Susana, será un placer hablar contigo del asunto, sí, también estoy emocionado. Gracias, Edgar, entonces por ahí nos vemos.

Chale.

Después de una pésima noche, casi a las ocho de la mañana, respondió una llamada de Robles. Jefe, hay un acribillado en la orilla del canal Rosales, en Bacurimí. Llama a Pineda, son su especialidad. No puede, sigue en la matazón de Altata, el comandante también anda en eso, según dicen son como 30 cadáveres. Como puedes ver, lo de la guerra es en serio, ¿y no hay quién vaya a Bacurimí? Le encontraron una credencial de elector a nombre de José Rivera Güémez y otra como empleado del Alexa; a lo mejor tiene que ver con el caso que usted investiga. Voy para allá.

Lo siento por tu madre, murmuró el detective, a la que no le pudiste cumplir. Los ojos no cambian, se los cerró, ¿dónde leyó eso? Mierda, al final todo lo que puedes expresar lo has leído. Pinche Parra, ha de andar encantado perdiendo el tiempo con los gringos.

Las portezuelas se hallaban abiertas, observó los tapetes lavados, el tablero, el asiento manchado de sangre, una botella de agua en el centro; tras el respaldo del asiento un paraguas negro. El resto limpio. ¿Listo? Uno de los técnicos se acercó, ¿Celular? De los buenos. Te encargo sus llamadas y mensajes de los últimos días. En dos horas le tendremos todo, ¿Fue con cuerno? Contamos 32 ojivas. ¿Y sólo una era de muerte? Dos en la cabeza. El cristal trasero se hallaba deshecho. Lo balearon por detrás y por la izquierda.

A una hora prudente le marcó a Gris. Agente Toledo, muévete con cuidado, ametrallaron a Rivera en Bacurimí. Oiga, si Samantha Valdés se convierte en la jefa del cártel tendremos vara alta, ¿no? ¿Qué te hace pensar eso? Cuando menos ustedes se conocen. Ellos no necesitan de nosotros, Gris, tienen a casi toda la policía mexicana y parte de la DEA de su lado. Decía, por si alguna vez necesitábamos algo, ya ve que le entregamos a unos culpables hace tiempo. Ni quién se acuerde de eso, Gris, ¿estás en tu casa? En el aeropuerto, espero a la mamá de Mayra Cabral de Melo; le llamé para informarle que el comandante me obligó el sábado, pero usted estaba desconectado. Me lo comentó ayer, ¿sabes quién mató a Yolanda Estrada? No. Lagarde. Lo confesó. Pobre chica, tan equis, ¿no? Supongo que también destruyó la foto de la selección de Brasil. Es posible, ya ve todo lo que hace una cuando se enoja; oiga, llevaré a la señora a la jefatura, nos vemos allí. Gris, ya no quiero saber del caso, tómale declaración y entrega el cuerpo, yo compraré una botella de Macallan que bien me la merezco. ¿No es muy temprano?

Iba llegando a la Col Pop cuando sonó el celular. ¿Cómo amaneciste, enfadoso? Disfrutando la fama de la policía mexicana. Pinche bola de huevones. Huevona tu madre, güey, hay media corporación en un asesinato masivo en Altata y yo vengo del canal Rosales donde amanecieron catorce cadáveres. ¿Altata dices? No mames, ahí tengo una casita y estoy yendo para allá. Qué bueno que vas a entregarte, testigos oculares aseguran que fue un cabrón gordito, con facha de malevo. Tu puta madre. Oye, lo de los muertos es cierto y si quieres mi consejo no vayas, qué onda. McGiver es contrabandista de armas y gente de los Valdés. O sea, un tipo ejemplar. Ahora quiero mi regalo cabrón, pasó mi cumple y te hiciste pendejo. Colgó.

En casa lo recibió Ger, ¿qué le pasa, Zurdo? Trae los ojos como si se le hubiera aparecido el diablo; se fue de parranda o a poco ahora sí va en serio lo del combate a la delincuencia. No pararemos hasta acabar con ese terrible flagelo de la humanidad. Bravo. Mi Zurdo para presidente, ¿quiere desayunar? Como no lo vi, no guisé; ahora mismo le preparo unos chicharrones de pargo para que empiece el día con el pie derecho. Sólo café, Ger. No hay Nescafé, ayer se lo acabó, cáigase para ir al Oxxo por un frasco. Ve con Hilda, está más cerca. También necesito queso, machaca y jabón. Luego vas a ley, ahora trae el café. Antes de entrar al baño bebió un trago largo de whisky: Edgar, ponte las pilas, pendejete, no vayas a perder la cabeza, mantente frío, si quieres llegar al final y rascarte la panza en tu chalet, condúcete como un policía de verdad. La pasión apendeja, la tristeza atrofia; ponte trucha. Es sólo un pezón de menos, está bien que te llame la atención pero no te claves, carnal, no te claves porque te pierdes. Como un torbellino llegó la imagen de Bardominos, el cura que había abusado de él cuando tenía ocho años y a quien su hermano había mandado al otro mundo. Se recuperó con un whisky doble. Necesito a Parra.

Bebió el Nescafé caliente. ¿Seguro que no quiere sus chicharrones? Desayuna tú, si queda, lo dejas en el micro. ¿Si llama el gringo? Que me marque al celular. Eso me gusta, pobre chico, con eso que hace usted imagino cuando mis plebes les llaman a sus padres, es horrible pensar que les hacen lo mismo. Pero él no es mi hijo. Pues él dice que sí. ¿Eso te dijo? Me contó varias cosas de su mamá, yo la conocí, era un cuero, hasta le puedo decir que yo deseaba ser como ella de bonita, la chica más linda del barrio. Luego me cuentas. Escapó. Al abordar el Jetta estacionado en la calle no advirtió que el perro le movía la cola.

Mientras conducía sin rumbo experimentó el vacío: Al fin comprendo el significado de ser un cero a la izquierda, de vivir sin sentido, de ejercer una profesión que no me sirvió para resolver el caso que más me pegó por dentro. Chale, y Jagger como si nada, recogiendo calzones de sus fans. Sin embargo, se repuso rápidamente y fijó su atención en *Woman*, con John Lennon. Caballería. Le contestó a Gris. Jefe, perdone que insista.

Elena Palencia vestía con moderación. Sin maquillaje. Confirmó la historia del futbolista. Quiero darle a mi hija el entierro que merece, era muy buena, servicial y siempre pensó en el retiro; le guardé dinero suficiente para vivir una vida de calidad. Suspiró. Sé que tiene un par de cuentas en bancos mexicanos. Aparecieron los documentos y le serán entregados. Es una gran pérdida, si ustedes la hubieran conocido estarían de acuerdo. ¿Y su padre? Un pobre infeliz al que nosotras hemos sacado de la miseria; tenemos un negocio en São Pablo que él maneja, pero no lo podemos dejar mucho tiempo solo porque su familia lo esquilma. Pobre, mi hija, pensaba hacer carrera de actriz; tenía belleza y talento, lástima que no la conocieron. Yo la conocí, y como usted dice, era una gran persona. Elena miró al Zurdo. ¿Es usted el policía de Mazatlán? ¿Cómo lo sabe? Ella me lo contó, me lo contaba todo, déjeme ver. Abrió un neceser lleno de cartas. Fue hace unos tres meses. Gris observaba estupefacta. A ver, usted se llama, ¿es zurdo, verdad? A ella le hizo gracia que lo fuera, revisó varias cartas y extrajo una. A ver, leyó, aquí está, permítame: Edgar, usted se llama Edgar. Sonrió ligeramente. Le encantaba escribir cartas, eran como su diario, su principal pasatiempo y aquí tengo todas las del año. Pasó la carta al Zurdo que leyó su nombre. Elena, qué bonita letra tenía su hija, ¿nos deja leer algunas? Claro. ¿Y los trámites, a qué hora empezamos? En este momento.

El Zurdo pidió a Terminator que llevara a Elena a la morgue con la orden de entregar el cadáver de Mayra Cabral de Melo. Volvió con Gris. Agente Toledo, si se le antoja echar un ojo a las cartas, hágalo, yo no quiero saber nada de nada, sólo deseo hacer lo que le comenté hace rato. Entró Angelita. Jefe, Paty Olmedo insiste en hablar con usted. Dígale que no estoy. Me da pena, se oye muy triste y hasta ha lloriqueado.

El Gandi Olmedo aspiraba a reunirse con su hija el domingo pero ella estaba súper comprometida, así lo expresó, con sus amigos; quedaron para desayunar el lunes. A Paty siempre se le hacía tarde y esta vez también; entrada la mañana llamó para ofrecer disculpas pero no obtuvo respuesta. Fue a casa, encontró la puerta sin llave y a su padre en su sillón favorito con un tiro en la frente. Al lado, la botella de whisky, dos vasos, uno sin probar.

Paty lo observó y se le vino el llanto. Pensó que realmente no era tan malo, mucho mejor que don José Antonio, quien había matado a su ex esposa y tenía ahora y para siempre el odio de su hijo. Marcos se lo participó. Tampoco era feo; rudo, irónico y cacique, pero no feo; fiel a sus búsquedas y a su colección de deshechos. Ni hipócrita, a muchos les dijo sus verdades. Permaneció un momento inmóvil. Además eliminaron a la mujer que le gustaba; pobre papá.

Sonó el teléfono: ¿Sí? ¿Familia Olmedo? ¿Quién habla? Un amigo de Fabián Olmedo, ¿me comunicas con él? No puede atender. Dígale que habla McGiver, ¿eres su secretaria? Soy su hija. Ah, ¿cómo estás? Tu padre habla maravillas de ti, eres su ídolo. Paty gimoteó. ¿Qué pasa? Lo mataron, señor, lo acabo de encontrar con una bala en la cabeza. No me digas, recientemente le traje un trozo de guitarra y me encargó otro, éramos amigos desde chicos. Paty afirmaba sollozando con más fuerza. Estoy muy triste señor. McGiver, Leo McGiver. Hasta hace unos días supe cuánto lo quería, lo especial que era, estoy deshecha. Te diré algo, él creó un imperio para ti, te aconsejo que desde este momento tomes las riendas y no dudes. No estoy segura de que sea para mí. Claro que sí, hace poco me lo confió, es más, estaba muy preocupado por lo que pasó entre ustedes. ¿Le contó? Creía en ti y me lo hizo saber, decía que eras medio loca pero que sus negocios jamás fracasarían en tus manos y seré tu primer cliente: necesito doce hummers para mañana, si tienes blindadas mejor, sólo haré que las revisen para estar seguro, mandaré por ellas antes de las tres de la tarde; factura a cada una de las empresas del grupo LEQ que tienes registradas; como vas a estar ocupada con el asunto del sepelio, llama a la secretaria y pásale la orden, que lo veo con los gerentes. No lloraba, escuchaba con asombro de que algo en su cerebro se acomodara a las palabras del contrabandista. Soy pequeña, reflexionó, pero el mundo de los negocios es más. Estaremos en contacto. ¿Me acompañará? Estoy saliendo de la ciudad, al regreso te busco, ¿qué harás con la colección de tu padre? Continuarla. Es que me encargó una pieza. Consígala. Tengo a la vista algo de Kiss.

¿De esos maricas? Ni se le ocurra. Se despidieron. No sólo el show debe continuar, también los negocios. Paty se encontró de nuevo con el cadáver y gimió, se sentó y marcó a Mendieta.

El Zurdo y el equipo tomaron posición del lugar. Los vecinos no habían visto nada ni escuchado el disparo. Los técnicos revisaron los celulares y descubrieron que su última llamada había sido el día anterior. Adán Carrasco respondió que eran amigos y que trataron de negocios. Se sorprendió al enterarse.

Caballería. Era Gris. Jefe, tiene que venir.

Cuarenta y cuatro

¿A estas alturas leerían una carta donde Mayra revela a su madre su temor a ser asesinada y por quién? Lo que pensé.

Salían de la jefatura escuchando *Jumping Jack Flash* a todo volumen cuando recibió la llamada de Samantha Valdés. Necesito hablar contigo, comandante. No soy tu hombre, Samantha, soy demasiado pendejo y todavía un poco honesto. Precisamente por eso me interesas, Zurdo Mendieta, ¿crees que no necesitamos gente honrada en nuestras filas? Aunque no lo creas o no lo hayas pensado, este negocio no funcionaría sin grandes dosis de fidelidad y honradez; el grupo que se resquebraja, si no aplica correctivos con urgencia, desaparece. Eso de Altata estuvo feroz, ¿no? Era necesario. ¿Qué te hace pensar que puedes confiar en mí? Lo sé, Zurdo Mendieta, en todo caso mi intuición, y si lo quieres saber, el respeto que te tenía mi padre aunque no lo manifestara, y bueno, me gustó lo que me confió McGiver; qué te parece si nos vemos en una hora en el Miró. No llegaría, acabamos de ubicar al asesino de la chica del Alexa y vamos por él. ¿Necesitas apoyo? Lo pensó. No estaría mal, manda seis hombres de los que disparan. ¿Adónde? Le dio las señas. ¿Seguro? Aunque no lo creas, como dices tú. Era amigo de mi padre. Tú verás a quién eliges. Eres duro, Zurdo Mendieta: van para allá. Pinche Mick Jagger, no nomás tú haces cosas emocionantes, puto.

El trayecto fue exacto para recuperar la ira y actuar con ese ímpetu.

Llegaron a El Continente que sin la presencia yanqui se sentía desolado. Algunos trabajadores se movían con normalidad en sus labores cotidianas. Se detuvieron a unos veinte metros de la casa. En el suelo mojado, el Zurdo ubicó huellas de llantas que reconoció. Gris aprobó cuando se las señaló. Atrás de ellos, Terminator, el Camello y dos refuerzos portaban AR-15 y sus chalecos nuevos; el primero indicó a los trabajadores que se alejaran, algo que hicieron con rapidez mediática. Adán Carrasco salió a su encuentro con una sonrisa que se endureció al instante. Atrás, su capataz con armas a la vista. ¿Qué se le ofrece, detective? Veo que viene muy acompañado. Vengo por ti, Adán Carrasco, pinche criminal. ¿Qué locura es esa detective? Soy hombre de paz. Un asesino es lo que eres, y vas a pagar. Tengo doble nacionalidad, detective, combatí en dos guerras y soy amigo del padre del presidente del país más poderoso del mundo. Dieron un paso adelante. Dile al mamón que tienes al lado que tire sus armas y entrégate, con esas influencias a lo mejor te extraditan mañana. Calor húmedo. El tipo desenfundó y apuntó a Mendieta, quien correspondió con igual gesto; el capataz hizo lo mismo con los demás, que también reaccionaron. Antes de acabar contigo, detective, ¿cómo lo descubriste tan pronto? No lo puedo creer. Dejaste huellas imposibles de borrar. El tipo se puso difícil, le debía dinero y no me quiso esperar, tuve que liquidarlo, pero no creo haber dejado huellas. Disparó, lo mismo el capataz pero estaban nerviosos y las balas rozaron sus objetivos. Si no me doblaron los iraquíes menos ustedes, policías de pacotilla. El Zurdo y su gente se lanzaron al piso soltando tiros mientras Carrasco y su acompañante se resguardaban tras la casa. Los placas se hicieron bola entre dos jeeps estacionados que se utilizaban para la cacería.

Un bazucazo los hizo retroceder. Los tiros de los AR-15 rompían cristales y rebotaban en la pared sin hacer mayor daño. Los detectives disparaban con los mismos resultados. Un segundo bazucazo incendió un Jeep y los policías quedaron paralizados. Segundos ásperos. El tercero, enviado de la entrada del rancho, impactó la pared de la casa, lo mismo que el cuarto. Los refuerzos enviados por Samantha Valdés habían llegado. Eran muy jóvenes. El Zurdo y Gris se deslizaron a la parte de atrás. Quiroz bajaba de un carro estacionado detrás de la patrulla 161.

Al dar vuelta a la residencia se toparon de frente con Carrasco y su capataz que se acercaban a un auto café oscuro. El ex francotirador apuntó al Zurdo que transpiró y por primera vez en muchos años tuvo la certeza de que no quería morir, que era un sobreviviente de tantas cosas y que el retiro era un opción interesante; vio el arma que le apuntaba a nueve metros, el gesto del asesino y sintió vértigo; aún así afirmó la Walther a la cabeza del contrario. Pelo corto, mirada fiera. Lo mismo hizo Gris. Así que también te echaste a Fabián Olmedo. Poca cosa para lo desgraciado que era. ¿Y quién te dijo que estabas calificado para hacerlo? No me digas, ¿a poco hay que solicitar autorización para eliminar a un imbécil? El capataz con un AK-47 muy concentrado. Carrasco con una Beretta 9 milímetros. Al lado, el cuarto donde Win rescató al Zurdo. Aquí vamos a quedar, detective, es ley militar. En ese momento se sumaron cuatro placas apuntando con AR-15 y otros tantos narcos con cuernos de chivo; los más jóvenes portaban calibres que pronto dejarían notar. Donde quieras, *Osito de peluche,* que te pusiste difícil con Roxana y la despachaste. El capataz prudentemente colocó su Five-Seven y su cuerno en el suelo y alzó las manos. Un Barret 50 agujeró el tanque de agua con el nombre del rancho y otro hizo añicos el parabrisas del auto de llantas anchas. Carrasco se cimbró. ¿De dónde sacas eso, detective? De mis huevos, pendejo. Los sitiadores cerraron el círculo, los polis se veían contentos entre los narcos. El asesino se desencajó. Le di más de trescientos mil dólares y no la pude conquistar. Gris Toledo, atenta, apuntando al criminal. ¿Tan poco? Era una desgraciada, una puta imposible de saciar. Según le escribió a su mamá, hace dos meses la adorabas. Me hechizó con su cuerpo, su maldito baile y su falta de lealtad, hasta el señor B la disfrutó. La mutilaste, ¿por qué? ¿Fue tu vieja, verdad? Ya me extrañaba tanto interés de un policía mexicano, ¿te pidió anillo de compromiso? Pues nada. Se llevó la pistola a la boca. Bang. Cayó hacia atrás, zapatos rudos, huellas similares. El Zurdo recordó la explosión de la Cheyenne, cuando le cayó encima y calzaba las mismas botas. Los detectives bajaron sus armas, fastidiados.

Tal y como llegaron los narcos desaparecieron.

Un ventarrón buscaba a Juárez.

«Querida mamá:

»Espero que estés muy bien. En mi carta anterior te conté que no sabía qué hacer; pues ahora ya sé; aunque tengo los mejores clientes del mundo, me iré. En estos días el Osito Adán estuvo insoportable con sus amenazas, algo que ya te comenté, que si no volvía con él me iba a matar y que qué me estaba creyendo, ya ves cómo ha sido ofensivo últimamente. Podría pedirle a mi macho que lo ponga en su lugar pero me da miedo, acuérdate que me prohibió verlo hace más de un mes y si le salgo con que no le obedecí me puede ir peor; hoy lo veré para que me dé dinero que luego te mandaré. Así que lo mejor es irme. Tal vez la próxima te la escribo de otra ciudad. En cuanto a mi papá.»

En el despacho de Carrasco encontraron el bolso y esta segunda carta donde ella lo acusaba. De dinero, nada. Llegaron los peritos. Quiroz hizo varias fotos antes de acercarse al detective que abandonaba el inmueble. Mi Zurdo, ¿cuándo nos echamos unas cheves? ¿Cheves? Un tequila es lo que me hace falta. Un momento después Gris Toledo le acercó una botella que rescató de la 161. Tomó directo una buena dosis. Al encaminarse al Jetta sintió el pálpito, corazonada, sospecha, y regresó al cuerpo de Carrasco. Charco de sangre. Buscó en sus bolsillos. De vuelta con Gris escuchó su pregunta; no respondió. En su mano cerrada apretaba una bolsa de plástico que había envuelto en su pañuelo. ¿Por qué le habrá cortado el pezón? Abordó el Jetta: se imponía restablecer la integridad en el cuerpo de Roxana y beber su whisky como Dios manda.

Latebra Joyce, septiembre de 2010